盛体

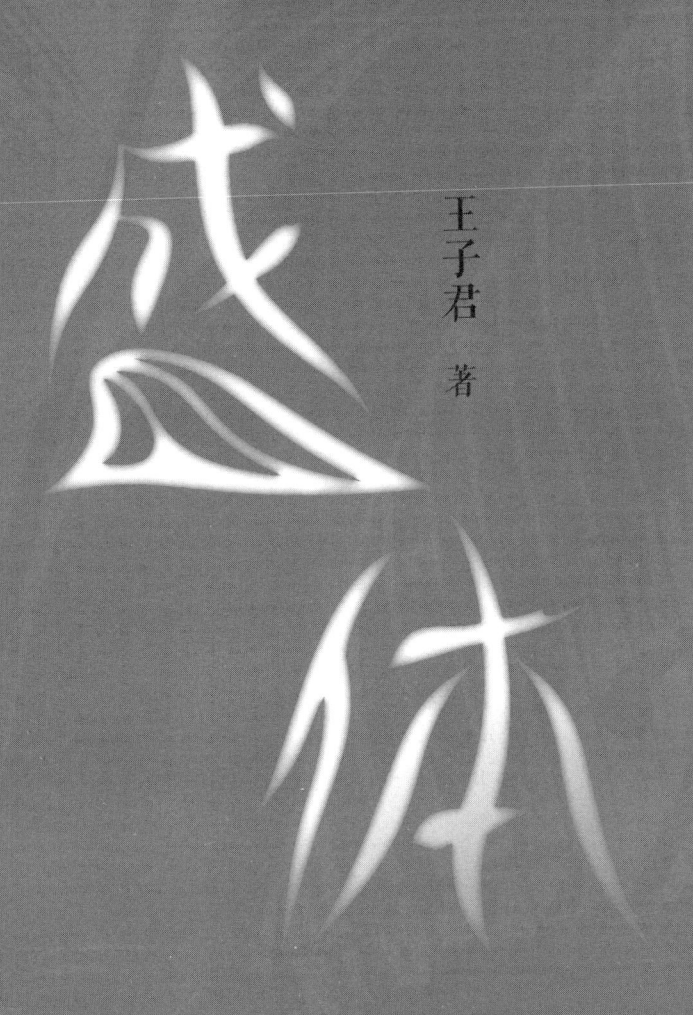

王子君 著

时代出版传媒股份有限公司
安徽文艺出版社

图书在版编目（CIP）数据

盛体 / 王子君著. -- 合肥：安徽文艺出版社，2025. 5. -- ISBN 978-7-5396-8252-5

Ⅰ. I247.5

中国国家版本馆 CIP 数据核字第 2024HS8675 号

出 版 人：姚　巍
责任编辑：汪爱武　　　　　　　　　封面设计：秦　超

出版发行：安徽文艺出版社　　www.awpub.com
地　　址：合肥市翡翠路 1118 号　邮政编码：230071
营 销 部：(0551)63533889
印　　制：安徽新华印刷股份有限公司　(0551)65859551

开本：880×1230　1/32　印张：8.375　字数：169 千字
版次：2025 年 5 月第 1 版
印次：2025 年 5 月第 1 次印刷
定价：39.80 元

（如发现印装质量问题，影响阅读，请与出版社联系调换）
版权所有，侵权必究

目 录

一　尔蕉的处女画（代序幕）　　　／ 001
二　两生花奇妙相遇　　　／ 009
三　一个蝎形疤和五个追求者　　　／ 044
四　曾渔的花园　　　／ 071
五　蝎尾蕉盛开成爱　　　／ 086
六　文身颠覆蝎形疤　　　／ 109
七　隐居大师的痛　　　／ 120
八　曾渔之死　　　／ 132

九　肉体,繁花似锦　　　　　　　　　／153
十　行为艺术展上的忏悔风潮　　　　／163
十一　历史,覆盖不了　　　　　　　／200
十二　卢浮宫的诱惑　　　　　　　　／214
十三　圣洁的觉醒(代尾声)　　　　／236
余音　　　　　　　　　　　　　　　／261

如果不是因为她(杨尔蕉),我怎么都不会想到,一个人的胎记会成为她肉体的密码,成为人性的试金石,经由它,通向善或恶。而她,会因为它,拥有丰沛的生命、自由的灵魂,成为爱,成为光。

——书亚的札记

一 尔蕉的处女画（代序幕）

她独自行走，有声音从空中传来：要有光！

光，让一切掩盖毫无意义。

一幅全身文有蝎尾蕉花图案的人体艺术画，在早晨和煦的阳光里熠熠生辉。

杨尔蕉站在阳光里，注视着一米开外的画作。

油画中，一个女子以背对观者的站姿入画，双手轻松自然地交叠在脑后，拢住头发。

她背部的皮肤上，盛开着三枝蝎尾蕉花。花朵娇嫩、艳丽、饱满，花瓣是红色的，镶着黄色的边，花尖处像一只只随时可能飞离的小鸟，热烈而优雅，与手臂上、臀上、腿上的蝎尾蕉花枝图案，形成既有序又浪漫的呼应——那些花枝仿佛正被微风吹拂，有一种轻轻摆动的鲜活。

蝎尾蕉花随性地绽放。每一枝花都是独立的，或直立，或斜出，或倒垂，跳脱而明亮，而从整体效果看却一点也不显得凌乱、突兀。

枝叶是明绿或宝蓝或暗紫的,随花形在其中若隐若现,反衬得整个图案生机盎然。

没有被油彩覆盖的肌肤,星星点点地洒在叶间、花间,凝脂般光滑白皙,正好做了画面上的留白,让密实的画面显得轻盈、清澈。

所有的色彩如同用大自然中最美的调色板调配而成,加上艺术化的写意处理,虚虚实实、自然空灵,令人惊艳。

女子的头微微侧转过来,几缕波浪般的鬈发从指缝间垂出来,垂在肩颈处,披着阳光,如丝如缕地遮住了半边脸,只露出一只深黑的眼睛、若隐若现的鼻梁以及下巴的轮廓。那眼睛里闪耀出一种光,自由的、神秘的光,像是要透视眼前一切事物。光笼罩着画面,产生一种迷离、梦幻的效果。

杨尔蕉用花色头巾将头发束成高高的马尾,宽松的棉布围裙套在长裙上,手执一支画刷,一副劳作时的打扮。阳光从飘窗照射进来,给她披上一层温暖的光亮,也将高大、宽阔的画室映成枫叶红,透亮。

杨尔蕉喜欢这样充满阳光的早晨,喜欢在阳光里作画。自从她读到那两句话——"神说:要有光。就有了光。"——她就迷恋上了光。她觉得这两句话让她的生活有了分水岭:在这之前,她害怕光,害怕光亮下的自己,她的心正坠入黑暗,满是徘徊犹豫、自卑自怜、无助悲观;在这之后,她有了追逐光、活出光来的强烈愿望。尽管她仍然孤独迷茫,不知这光究竟意味着什么,但她不再怯懦,不再顾影自怜。若隐若现的光,渐渐地照进她心灵的角角落落,扩展了她阳光明亮的心的空间。她忘不了自己的丈夫曾渔第一次将她带进这个画室时的感觉。那时,阳光从这扇飘窗照进来,她的心莫名地平静喜乐。

她站在光里,欣赏了一阵自己的画作,便走到画架前,用画刷尖端在画像头部和背部的花枝边缘处轻轻刮擦了几下,画就有了几处明显的光影,从而更加生动立体,色泽明暗深浅仿若天成,真实而魅惑。她又退到飘窗前,顺着光看了看,这才满意地点点头,将画笔搁到画架边的大板台上,顺手拿起手机。

"书亚,亲爱的,抽空到我家来,我的画完成了!来帮我参谋参谋举办画展的事。醒来后回复我。"尔蕉手指一松,给书亚发去了语音。她的声音里透着喜悦、自信和一丝神秘。

书亚是个"夜猫子",不到凌晨一两点不睡觉,不到日上三竿不起床。

尔蕉本以为书亚来家恐怕得中午时分了,没想到她还在画室里仔细审看画作,一丝光线、一点花色地细调,书亚就骑着她的蓝色摩托车来了,下巴上挂着一只蓝色的口罩。

仿佛是有心灵感应,书亚今天醒得特别早,一开手机就听到了尔蕉的语音,再也睡不了回笼觉,早餐都没吃就赶过来了。今天又是周日,路上不堵车,特别顺畅。她骑车穿过一条又一条街,竟然一个红灯都没遇着。

书亚一进画室,将外衣脱了挂在一旁的衣架上,转身便看到了画架上的那幅画,顿时目瞪口呆。

良久,她惊呼道:"尔蕉,这是你的第一幅画,处女作?惊世骇俗！你太让人震撼了！祝贺你，祝贺你！真是太棒了，太美了！"

书亚的面部肌肉似乎也跟着兴奋起来，一道竖纹跳动在双眉之间，显得很有力量。这道竖纹并不太深，平时不注意看不出来，但只要书亚一激动，就非常明显。

尔蕉也激动起来，走到画作前，指着画面："真有那么棒吗？你倒是点评一下，怎么个美法？"

书亚双手交叠着抱在胸前，又认认真真、仔仔细细地查看了一番画作。阳光已退至窗棂，但画室里仍是暖融融的，画面仍绚丽妖娆。整幅画作，像是上天随心所欲地种在人体上的一丛蝎尾蕉花，有凡·高的疯狂色彩，有莫奈的梦幻意象，有雷阿诺的鲜丽透明，有提香的高贵光感……枝枝叶叶正在生长，繁复有序，简约明快。正是蝎尾蕉花开得最盛的时期，形似翅膀的花朵似乎随时会飞舞而去。对了，还有曾渔绘画的那种既写意洒脱，又感性唯美的气韵，让人体会到生命的丰富和表现形式的多样性。但是，它的整体气质是尔蕉自己的，绚丽而沉静，繁复而单纯，真实而梦幻，孤独而自由。尤其是人物肚腹上的那枝花，用写意的手法，变形扭曲得太精到了，让人感觉到某种意识正在觉醒。对，它传递出的就是尔蕉的个性，她自由的气息，她的生命意识，她隐藏不住的力量。

书亚虽然没有学过美术，但美术修养与她所学的传媒、文学也是相辅相成的，加上在和曾渔交往的那些年里耳濡目染，获得了许多绘画知识，大大提升了她的审美情趣和鉴赏水平。尔蕉说要画画的时候,她并未对尔蕉抱有多高的期望,以为就是将来世上会多一个女画家而已,尔蕉的处女作一定是曾渔的灵魂附体式的,也就是说,会是曾渔画的临摹,充其量是翻版。现在一看,好家伙,太出乎意料了!尔蕉的作品是完全独立的一种风格,透出的是女性自珍自爱、骄傲自豪的精神,她不得不打心眼里叹服。

"曾渔说你有艺术天赋,我看说小了,应该是天才!"书亚由衷地说。

尔蕉心里一颤。"曾渔的灵魂附体",她原本也是这样认为的。如果不是有曾渔灵魂上的相助,她又如何能够这么完美地完成自己的处女作?可是,如果仅仅是那样,画成的画就不会有横空出世之感,书亚就不会感到如此震撼。书亚是个有文学和艺术鉴赏眼光的人,而且她不会虚夸自己。

书亚的话说到她心坎里去了,但她又隐隐觉得,书亚的表述还不够,此画不仅仅表现了女性自爱自珍、骄傲自豪,还有更深层次的内涵,具体是什么,她也捋不清。

"你花了半年时间画这幅画,值得。"书亚依然沉浸在画作的意境中。

"嗯,太值得了。不过你是不是太夸张,爱屋及乌了呢?"

"不是夸张。我可是个实事求是的人,如果我有限的美术欣赏水平和卓绝的第六感没错,你这画绝对可以写进美术史。"书亚非常自信。

"若果如是,人过留名,雁过留声,像《千里江山图》的王希孟,我死了也值了。"尔蕉喜悦至极。

"年纪轻轻的,干吗说死?王希孟如果活到八十岁,而不是只活到十八岁,那会是什么样的盛景?"

"好了,我就举个例子嘛!真要画出青史留名的画,岂不是比什么都值?"

"美好的日子还长着呢!对了,画名想好了没有?"

"我想给它取名《盛体》,繁盛的盛。"

"《盛体》……《盛体》……好,无限美妙的身体孕育着繁盛丰饶的思想。我喜欢这样的表达。"书亚沉吟道。

"好,那就这样定了。"尔蕉用一支细细的油笔在画作下方空白处写上了"盛体"二字,并签上自己的名字和日期。

"为一幅画办画展,这样的事只有你尔蕉敢做。"书亚揶揄道。尔蕉刚开始画这幅画时就说过,这幅画若能画成,她就专门为这幅画办个画展。当时书亚玩笑着表态说:"你搞巡展我都支持。"现在看来,尔蕉当初并非心血来潮,眼前的这幅画堪称惊世之作,办单幅画展也不失其分量。

"你搞巡展我都支持。"书亚意味深长地说。

"也不是一幅画,还有曾渔的两幅画,正好构成一组。"

"哪两幅?这个你没有讲过呢。"

"抱歉啊,我没讲过。我是一直没想好怎么对你讲。"

"明白。"书亚也不在意,再亲密的朋友也会有隐私。她相信尔蕉想讲的时候自然会讲给自己听。她转而切入今天的主题,问尔蕉打算什么时候搞个人画展。

"立即着手,下个月,如何?"

"下个月？这么急？"书亚惊讶地说，随即又点头，"不过也没事，就三幅画嘛！我马上联系场地。"

尔蕉一笑，指着宽敞的画室："不用找场地，就在这里办。"

尔蕉带着书亚在画室里转了一遍，一边转一边说自己的想法。这个面积近200平方米的画室，已经分成了两部分，三分之一为"杨尔蕉创作室"，三分之二为"曾渔绘画艺术展室"。这次个展同时推出"曾渔绘画艺术展"。她的个展就用"杨尔蕉创作室"的现有空间。她想用铝合金板将创作室分隔成四个单元，其中三个单元依次展出《盛体》和曾渔的两幅画作：《黑香》和《繁花》。剩下那个单元，她想好了，她要搞一个"杨尔蕉行为艺术展"。这间展室里将放置一张超大的床和一个五斗柜，五斗柜上要摆上水果刀、皮鞭、电棍、丝巾、绳索、玫瑰等物品。当然，行为艺术展是为几个特定的参观者准备的。她将为他们每个人单独做一场行为艺术表演，像那个塞尔维亚行为艺术家所做的一样。当然，五斗柜上不会有枪这类杀伤力强的武器，因为她没有枪，也不敢涉枪。

尔蕉在场地上激动地走动，双手比画着。

"等等，等等，你把我说糊涂了。"书亚打断了尔蕉。

书亚知道尔蕉文身的事，但不知道《黑香》和《繁花》。她对曾渔的画作非常熟悉，却没听说过这两幅。曾渔一年前在海岛上的热带植物园创作《盛体》时死于一场火灾，这件事对尔蕉打击极大。尔蕉去往海岛处理后事，费了九牛二虎之力方捧回丈夫曾渔的骨灰。书亚陪着她来去，又在农庄里陪了她三天，陪着她把曾渔的骨灰埋在农庄花园里的合欢树下。那三天,尔蕉沉浸在悲痛中,完全没有精力向她倾诉。书亚知道,曾渔再造了尔蕉的生命,或者说,曾渔发现了尔蕉的艺术天赋,激活、催生了她潜存已久的艺术灵魂。但关于这两幅画,她真不知情。

"《繁花》《黑香》是什么?行为艺术展又是什么?你这家伙藏着很多秘密啊!"

"对不起,不是秘密,对你来说不是秘密。只是有些事我难以启齿,我害怕揭开它们的盖子。现在是时候了,是时候说出来了。"尔蕉真诚地说道,并挽起书亚的胳膊,"走,我们去吃早餐。吃完早餐,我给你看《黑香》,我把一切都讲给你听。"

书亚脸上的疑云顷刻间化作灿烂的笑容。

她查看着肚腹上的蝎形疤,
像查看正在盛开的蝎尾蕉花,亦像查看自己的童真时代。

二　两生花奇妙相遇

她独自行走,有声音从空中传来:要有光!
光,让一切掩盖毫无意义。

尔蕉认识书亚才三年,却像从生下来就相识相亲的知己。

书亚是自由写作者,本名池青莲。说"池青莲"不会有多少人知道,说"书亚",那可是在网上收获了百万读者的作家。但她从不以"作家"标榜自己,而是自称"自由写作者"。

池青莲学的是新闻传媒专业,大学毕业后,应聘到一家行业出版社当编辑。她是非常幸运的,她进社的时候正好有一名老编辑退休,她顶替了老编辑的在编名额,成为这个出版社的最后一名"在编人员",也就是正式员工。后面进来的,据说就没有"在编"一说了,都是合同制员工,属于"非在编"。

在这个出版社当编辑其实非常省心,尤其是"在编人员",就像捧了个铁饭碗,常常上面交办的选题都做不完,编辑们根本不用一天到晚挖空心思策划选题、考虑营销。而且这家出版社待遇还非常好,编辑们久而久之就有了惰性。很多老编辑干了大半辈子，也没有一个真正自创、独立策划的选题，没有真正编辑、出版过一部有重大社会影响的书。

池青莲对于一个单位把人分成三六九等的人事制度很有看法，并没有因自己是"在编人员"而得过且过，反而像"非在编人员"一样努力。但闷头做了一年这样的编辑后，她觉得与自己的编辑、出版理想出入太大，便想做一些非虚构类文学图书，也就是以重大的社会问题调查为内容的报告文学。初生牛犊不怕虎，她大胆地向社里打了报告，申请顺应潮流，出版一批非虚构类图书。出版社从鼓励年轻编辑的立场出发，批准了她的报告，并让她负责抓这类选题，看看能否为社里开辟一个图书新品种。但营销部门平时随便发一本书都有看得见的效益，他们实在没有动力为池青莲这样一个无名编辑冒险经营所谓的新品种图书，对她的选题都投反对票。池青莲不死心，主动提出，只要选题通过，赢亏她可以自负，结果前几本书全砸在自己手上，年终奖扣了还亏损。她没办法，只得去做一些自费出版的文学书。可这类书的作者，一是有权，可以公费出书；二是有钱，一本书花上几万元"出版经费"不在话下；三是倾其所有也要出版一部作品，好当作在地方出名或在单位晋升的敲门砖。当然，也有个别人纯粹是为圆自己的文学梦。做了两年这类书后，池青莲觉得自己太对不起自己的专业了，也浪费了自己的青春年华和才智，遂萌生退意。

她一个"在编人员"，离开这样一家很多编辑、同业者削尖脑袋想钻进去的出版社，这不是有病吗？几个平日里交流较多的同事悄悄劝她，这年头工作难找，福利好、没太大压力的工作更难找,让她别想她的什么非虚构类图书了,和大家一样,做社里安排的选题,或像现在这样做做自费书,耗着吧。找工作难确实是一个严峻的现实问题,一向行事果决的池青莲犹豫了,就继续朝九晚五地耗着。这期间,她和交往了三年之久的男友夏问蝉结婚了。夏问蝉比池青莲大五岁,硕士毕业后分在池青莲所在行业机关做文秘工作,一路顺风顺水,在一次机关组织的慰问下属单位的活动中认识了她。不久,他被调到了宣教室,成了出版社上级主管出版业务部门的一个副处长。他们的儿子出生的时候,他又调任行业一位领导的秘书,拥有锦绣前程。同事们对池青莲有一个"靠山"丈夫羡慕嫉妒得要死,可池青莲看着襁褓中的儿子,陷入了迷惘:自己的文学梦、自己的出版理想呢?难道就这样机械地做一些自己并不喜欢的图书直到终老吗?她越想越害怕。

她记得毛姆说过,人生有两宝,一是思想自由,一是行动自由。

而她认为,要获得这些,首先要有时间和空间上的自由。因此,自由是行动,是你看得见的理想,是你可以发挥最大潜力的职业选择,是根据你自己的喜好、选择和良知,以不会给他人造成伤害的方式来追求幸福,不受束缚地经历人生。

她静下心来,将自己希望做的选题内容列了个清单,上网浏览,发现居然没有几本类似出版物,倒是有几家前卫杂志社在发布有关这类选题的非虚构作品征稿启事。看到启事,她激动了,这正是自己当初填报大学志愿时的理想——"深度挖掘事实真相,深度探索人性美丑。将隐秘的社会问题以文学的形式拉拽出

二 两生花奇妙相遇

水面,由社会来决定取舍存留"。这样的刊物,不正是自己想要的平台吗?她试着联系了一番,对方表示,他们很缺优质稿件,一旦发表,稿酬从优。

池青莲决定选择写作,不再在不可能实现的出版理想上浪费时间。但她要走的,不是已经山色繁华、人潮翻涌的文坛,她要另辟蹊径,通过非虚构文学创作实现自己的文学理想。

产假一过,她就向单位递交了辞呈。出版社总编、副总编几次挽留,均不能动摇她的决心。夏问蝉最初是极力反对她辞职的,辞了职到哪里找这么稳定、待遇这么好的"在编"工作?可转念一想,这样也好,她在家安心带孩子,省得出去抛头露面。世道趋利,人心多元,那些在外面出人头地的女人,要么变得强悍如男人,要么为权力和利益耍尽机巧。总而言之,女人仿佛失去了女人本色。况且她在他的下属单位,也不利于他开展工作。他是个主张"男主外,女主内"的男人,认为这样社会与家庭才能井然有序。还有,他相信,她现在一门心思要做一番自己想做的事,是因为她处在不知天高地厚的心理阶段。等她"自由创作"碰壁了,她就会醒悟、成熟,就会老老实实地找一份稳当的工作,或者安安心心地当一名全职太太,和众生一样过平凡的生活。

孩子一岁的时候,池青莲发表了第一篇非虚构类作品:《你为什么要辞职?》。她采访了几位因写辞职信在网络上轰动一时的人物,从他们的辞职中挖掘出用人单位的薪酬待遇、人才政策、工作时间、劳资关系等方方面面的弊端,颂赞社会对于个人理想选择的宽松态度,以及人才自由流动所爆发的惊人创造力成果。

一"文"惊醒梦中人,一时间,很多怀抱理想却与自己所从事的工作格格不入的人才纷纷辞职。但事情发酵后,池青莲被"人肉"了。丈夫夏问蝉的身份被披露出来,这令其所在部门的头头儿惊出一身冷汗。好在作品本身没有涉及任何敏感问题,也不带任何偏激色彩,故而未能对他们形成真正的冲击风浪。此后,为了避免给夏问蝉的前途造成影响,池青莲给自己取了笔名——"书亚",采访的选题也从不告知夏问蝉。鉴于经常要外出采访,她动员丈夫请刚刚退休的公公婆婆来家帮忙带孩子。夏问蝉是个不折不扣的"官迷",一心想升职,将更多的心思放在工作上,也就一口答应下来,只警告她在外面不许招摇。其实他明白,尽管池青莲是个阳光、率真、敢想敢做敢当的人,但平台用稿不会越雷池一步,她的选题触碰到真正的敏感问题时,采访便会秘密进行,受访者也不会用真名,她根本无法招摇。

随着岁月流逝,书亚的写作事业做得风生水起,微博上的粉丝量噌噌噌地涨过了百万。

杨尔蕉正是在这时认识书亚的。一晃,现在已三年了。这三年,她们都经历了不少事,也大有成长。

那是一个阳光灿烂的秋日。那时候人们出门不用戴口罩,可以无拘束地交谈、来往、聚会。

那一天是周日,尔蕉去看在中国美术馆举办的意大利艺术展,展览上,有一些画作令她目眩。阳光绚丽的海岸、帆船上飘扬着各色旗帜的港口、优雅沉静的乡村风景、色泽明艳的小镇建筑、个性张扬的美丽女郎……油画一般深深地印在了她的脑海里。

二　两生花奇妙相遇

她的心情愉悦至极。对绘画艺术的憧憬,让她又一次萌生辞职去学画、去追求艺术理想的念头。她从在银行工作的第二个月起就有了这样的想法,也曾很多次写下辞职信,但每次写完又撕掉了,终究还是不敢迈出那一步。因为她需要一份稳定的工作来维持生存。她并不喜欢与钱打交道,她的理想是当一名画家。她时常处在一种幻觉中,想象自己是一名画家,背着画夹四处流浪、采风作画,发现不凡的风景,发现美,画出想象中的画面。自己的绘画基础为零,而绘画需要花费金钱。没有工作,生活用度、画画开支从哪里来?家里本来就不宽裕,自己又成年独立了,总不能向老爸伸手要钱吧。就那样在矛盾纠结中一拖再拖,转眼工作三年了,她还没有辞职。现在,她觉得她不能再打退堂鼓了,她还很年轻,她可以从零开始。

她走出美术馆时,午后的阳光铺满了城市,像一幅以金色为底色的油画。她怦然心动,当机立断,在街边的美工店铺买了绘画工具,迎着光往前走。街对面是地铁站,她要坐地铁回住处。

刚到十字路口,红灯亮了,要过马路的行人停住了匆忙的脚步,尔蕉也停住脚步安静地等待绿灯亮起。她望着蓝色的天空中太阳闪着十字金光,正渐渐西行,便想,这样的天空若是用油画来表现,该是如何旷远浩瀚……忽然,有位女子与尔蕉擦身而过,酒红色风衣掠起了一阵微风。只见她踏着斑马线往马路对面走去,全然无视对面亮着红灯,而刚刚亮起绿灯通行标志的道路上,两辆摩托车正加速驶来,后面紧跟着滚滚车流。

"小心红灯!车!"眼看摩托车就要冲上斑马线撞上女子,尔蕉几乎是本能地往前冲了两步,使劲将那女子往回拖拽。

也许是用力太猛,两个人一起倒在了地上。

就在她们倒地的那一刻,车流哗哗哗地从斑马线上驶过。一辆摩托车急刹车停在了路边,差点撞上马路牙子。摩托车驾驶员的吼声传了过来:"不要命啦!"想来那驾驶员也是惊得差点魂飞魄散。

行人见两个女子倒在地上不动,怕沾染了什么似的,潮水般退开,退出一片空旷地,远远地看着她们。

红灯很快变成了绿灯,行人匆匆往马路对面走去。尔蕉推了推压在自己身上的女子:"嗨,你没有摔着吧?"

女子缓缓站起身,拍了拍腿,又拍了拍衣服上的尘土:"我没摔着。谢谢你!你怕是摔得不轻吧?我整个人都压在你腿上了。"她略带紧张地向尔蕉伸出手。

尔蕉笑笑,拍拍自己的大腿,风趣地说:"应该没事。你看我,肉厚实,穿得也多。"她抓住女子的手,试图起身,却疼得咧起了嘴。

"哎呀,你受伤了!我带你去医院检查一下吧。"女子扶着尔蕉站起来,刚才闯红灯时魂不守舍的状态已被惊吓和担心取代。尔蕉动了动腿,感觉没什么大问题。

女子执意要带尔蕉去医院。尔蕉自知不严重,便说:"街对面有家必胜客,要不我们去那里面的洗手间看看有没有伤到哪里,若自己能处理,就不去医院了。"

"我讨厌去医院。我包里有创可贴、消毒纸巾、红花油,可以

二 两生花奇妙相遇

对付。"尔蕉拍拍背包,告诉女子。因为长期在外生活,尔蕉已养成了习惯,为防止意外受伤,包里常备着这些东西。女子紧张的神情轻松了许多。

两个人来到必胜客的洗手间里,尔蕉脱了外衣,撸起衣袖看胳膊肘,又脱了长袜,撩起裙子看腿部疼痛的地方。她检查了一番,发现右胳膊肘摔伤了,渗出了血,创面比较宽,右腿上有一块厚厚的瘀青。

尔蕉手脚麻利地用消毒纸巾擦拭了伤口,在大腿上的淤青处抹了点红花油,让女子帮她在胳膊肘上贴了两个创可贴,重又穿上衣服,一语双关地说:"放心,你没讹我拽倒你,我不会讹你摔在我身上。"

女子哈哈大笑起来。

社会上发生的种种救人反被讹诈的故事,怎么会发生在如此明事理的阳光女子身上?

从洗手间出来,女子找了张靠窗的餐桌,不由分说地拉着尔蕉坐下,叫来服务员,点了两杯咖啡。

尔蕉微笑着看着女子,心里觉得她有一种无法形容的美,是那种从内到外自然溢现的明媚自如,只是不知为什么,她的目光偶尔会游移不定。

"我叫池青莲,自由写作者。"女子突然意识到有眼睛在盯着自己看,她将游移的目光集中起来,连忙介绍自己,"我三十三岁了,有个儿子,上小学一年级。看上去我比你要大好多,我叫你妹妹吧。"

"嗯,你比我大差不多八岁。"

"啊,妹妹果然好年轻。"

"我叫杨尔蕉,木易杨,你字一边的尔,美人蕉的蕉,雨打芭蕉的蕉。我在银行工作。你叫我尔蕉吧,这样亲切。我不喜欢姐呀妹呀的称呼,显得假,也显得俗。"

池青莲眼睛一亮:"好,尔蕉,我喜欢你的率真。你人美好,性格也美好。你叫我青莲或书亚都可以。书亚是我的笔名。"

"书亚,这名字好,让我想起约书亚,希伯来人的精神领袖约书亚。"

书亚心头一热。她望着尔蕉,神情凝重地说:"尔蕉,对于我的生活来说,你像一道光。"

尔蕉迎着书亚的目光,盯视她的眼睛足足有三十秒,笑容随之绽放:"那一定是因为今天是个光亮的日子,你让我成为光。"

那真是一个美好的下午,两个女子相遇,遇见善举,遇见美好的心灵,遇见光。

她们从下午五点一直聊到晚上八点,直到书亚的婆婆打电话来催她回去,说孩子不好好写作业,嚷着要她回家辅导。书亚的话更多些,她讲述了自己的学习经历、恋爱经历和工作经历、写作经历。当她说到六年前从出版社辞职的事时,尔蕉惊喜莫名。

"这年头,辞职是一种勇敢的行为,尤其是你这样的在编人员。"尔蕉羡慕地说。

"也不单纯是勇敢,主要要看自己究竟想要什么样的生活,关键是不能患得患失。如果患得患失,就永远迈不开步,永远递

二 两生花奇妙相遇

不出辞职信。"书亚显得非常自信,这是她的切身体会。

"不患得患失很难,人总有基本的生存问题要解决,要考虑。"

"那倒也是。我做过关于辞职行为的调查,确实存在这个问题。"

"你可能不存在这个问题,但靠写作不知能走多远?"

"不,我也存在这个问题。我只是不去放大这个问题带来的压力。我用我的写作理想支撑我的精神,产生最大的抗压值。比如说,我要照顾孩子,要做家务,如果我一味埋怨家庭生活琐碎,我就会有负重感,把家庭生活与写作看成矛盾的。所以我就换了一种思维——把家庭事务处理妥了,我就有充足的时间创作了。这样,心态就变得积极了。"

"理想与现实,你找到了让它们共生的方法。"

"我虚长你八岁,但生活确实就是这样,教我们去寻找生存之道。"

尔蕉问书亚,为什么选择这样一种不确定的自由职业。

书亚固执地认为,无论社会和科技如何发展,文学所提供的精神世界的价值是任何物质手段都取代不了的。如果文学没有了,就什么都没有了。文学本应该是揭示黑暗和不正义现象,揭示人性丑恶、灵魂肮脏的利器,把人性撕开了,看其中到底是多么黑暗、败坏,追求光明热烈的理想是多么艰难曲折,像托尔斯泰和鲁迅的小说。自由写作者,本质上也是作家。写作题材上的选择是自由的,但写出来的文字要变成印刷品,仍然受控于种种语言的游戏规则。不确定的自由职业,就意味着前途会更艰难。

书亚说:"我想以文字传道,传人间正义与心灵高尚的道。"

书亚在生活上,是个崇尚自然、简约和质朴的人,不喜欢被物质的东西束缚,而文学可以让她放飞思想,自由想象。她把对文学的兴趣也内化为生活追求。她之所以选择写作这个职业,是因为她对文学有着自己独特的理解。

在她看来,文学比新闻更有力量,更能打动人心、直视人性。文学的本质特点就是人性的显微镜,是社会的放大镜。从文学是社会的放大镜这个角度,作家要通过透视社会各种热点、冰点问题,抽丝剥茧,找出最真实的根源,以形成社会反思,引起相关方面的重视,促成解决问题的相应对策。文学发出的只是作家个人的声音,但这声音必须有人性的高度和正义的力量,而不单纯地展现个人的日常或情绪。作家是传道者,是思想的引领者。这个道,便是透过现象和真相折射出来的真理。她以非虚构文学为侧重点开始写作,是考虑到自己阅历尚浅,需要在生活中好好历练,而现实的社会问题可以使她快速深入各种人生、社会现象当中,接触到人性、社会的复杂性,丰富生活和文学的意象。

刚开始时,书亚只是想做一些能引起读者关注的、反映社会现实的问题调查,比如重组家庭、人口老龄化、留守儿童问题等等。但渐渐地,她发现,这些不仅仅是人性或道德的问题,还是社会良知和社会责任的问题,是执政者对待人民生命、健康、安全的态度问题。她很赞成网上的一些议论,他们这一代人还是幸运的,在少年时代便迎来了大开放和全球化,不用像他们的父辈那样经历艰辛的生活。但在调查走访中她发现,实际上,他们这一代人看到的现实生活,往往与他们在书本上学到的知识有很大的差异。尤其有一些令她思维撕裂的触目惊心的现象,让她有种不敢下笔着墨的绝望。但她不曾想过放弃写作,她想展示这些差异,以提醒民众和执政者,我们的社会还有许多阳光照射不到的地方。六年过去了,她已经离不开写作,写作成了她的生活方式,她通过写作来思考人生、认识社会、表达思想,也通过写作丰富自己的生命体验。

书亚的形象在尔蕉心目中像一位思想者,陡然高大起来。

人的一生总是会不停地认识人,但真正值得结交的不会很多。在尔蕉有限的人生路上,她看到人与人之间,很多东西,比如爱情、尊严,皆已物化,多充斥着权衡和算计、掩饰和试探、欲望和功利,热烈的、坦荡的、诚挚的、单纯的感情难得一见。而她在如此年轻的时候结交了书亚,真是幸运。她觉得自己和书亚就是思想上的两生花,萍水相逢却能彼此打动、彼此信任,仿佛荒野上的两条河突然在某一处交汇,自然地成为流向一致的力量。

那一晚,尔蕉兴奋得睡不着觉,耳畔一直循环着一首歌。她不知道歌名,但知道它是英国悬疑侦探类电视连续剧《天堂岛疑云》中某一季的主题曲:

> 也许纵身一跃,我将飞翔
> 也许纵身一跃,我将自由
> 天空一碧如洗

阳光使我陶醉

置身于阴云间,我自远方而来

那一直是个暗无边际的世界

从无人知晓

如今我陷入香甜的睡梦中

拥有了梦寐以求的

永恒的宁静

尽管那集剧情是关于谋杀案的侦破,但尔蕉记住了那个美丽的天堂岛和这首歌。她想把"宁静"二字换成"自由",可想了想还是没换。对于她来说,辞职的话就会换来时间自由,而有了时间自由,她的身心便会自由,自由带来宁静,她就不再躁动不安。

第二天一上班,尔蕉就向所在银行分理处递交了辞职信。一周后,她的辞职由支行批准。她约书亚出来喝咖啡,说要谢谢书亚。

书亚对尔蕉心存感激,对她的印象也很好。她便离开电脑,骑着一辆蓝色的女式摩托风风火火地来了。她换了一件藏青色的聚酯纤维质地的短款薄棉服,里面衬着高领的酒红色打底衫,灰白色的牛仔裤,宽边的紫红太阳镜高高地推在头顶,短发非常自然地从耳边向后翘去,带着微微卷起的发尾,将她鹅蛋形的脸完整地显现出来,整个人显得自信、干净。蓝色的摩托头盔拎在手上,透出一种精致干练、英姿飒爽的气质。

书亚一落座,尔蕉就将一杯咖啡递到她的手里,自己也端起一杯咖啡,轻轻与她碰了一下:"来,为我获得自由,干杯!"

尔蕉说话很柔和,但满脸放着光。

"获得自由?"书亚狐疑地看着她,"你是指恋爱还是婚姻?"

"哈,都不是。我今天辞职了!"尔蕉的神情有些傲娇,"我想辞职想了三年,是你那天关于辞职的话,让我有了临门一脚的勇气。所以,谢谢你!"

书亚张大嘴巴,不敢相信似的说:"慢着慢着!尔蕉,你那可是银行工作哩,比我出版社编辑的工作要抢手得多啊!"

"我想做我自己。再说了,你一个在编编辑都敢辞职,我本就是合同制员工,有什么舍不得的?"

"不,你不要和我比辞职的事。我结婚了,我有家,有丈夫,真要遇到问题我有依靠。而你,我不知你有没有退路,你才走入社会三年,以你的年纪,正处于独自打拼的阶段,工作才是最可靠的港湾。"

"我的退路就是画画。我想好了,如果不迈出这一步,我就永远只有梦想,理想永远不可能实现。迈出这一步,即使头破血流,我也不回头了。我不想再生活在患得患失的状态里。"

"明白了。来,恭喜你成为自由人!既然已经辞职,就先不要去想再找什么工作的事。你会明白,有了自由,方寸之间也是天地。总有一天,你走过的路,你作过的选择,即使暂时看上去没有用,没有道理,甚至可能让你后悔,也会成为有价值的事情,会在你生命的某一时刻变成一条价值线,指引你走向并找到、实现你想要的生活。"书亚举起咖啡杯。

"好有哲理!"

"读书读的。"书亚自嘲地笑了笑,"对不起,刚才我还以为你与男朋友分手了,或是从婚姻中获得解放了。"

尔蕉慢慢搅动着咖啡,似乎有些走神。有几缕光打在她的脸上,迷离而温婉。

书亚不明就里,关心地问道:"你结婚了吗?或者有男朋友了吧?"

尔蕉回过神来:"书亚,你也要问这么世俗的问题吗?"

书亚被噎了一下,笑道:"不是世俗,是想多了解你一点哩。再说,找男朋友,结婚,是很自然的事,每个人都要经历的,不俗气。难道你不想经历这一切吗?"

"我,杨尔蕉,是一个自由人,自由的单身贵族,是一个表面阳光开朗,内心却时常感到孤独无奈的人。当然,更多时候,我也享受我的孤独。"

书亚感到尔蕉的性格不像自己那样外向爽直,她表面文静温柔,内里韧性十足,一旦下了决心就非常决绝。她回避自己的提问,一定是心里有事。书亚很好奇,但又喜欢她这种思维在云端飘着、不食人间烟火的样子,便顺着她的话说:"每个人都是孤独的,事实上。"

"但总应有呼应得来的灵魂。如今我不觉得那么孤独了,有个灵魂走近了我,那是你的,书亚。"

  一个人在遇到红灯时一定要冷静。人的一生会遇

二 两生花奇妙相遇

到多少次红灯,我不知道。如果不冷静,可能就会付出生命的代价。

我庆幸,在真实的红灯面前,在生命遇到危险的一刹那,我遇到了杨尔蕉。

因为那一刹那,她像一束光照进了我的生活,一束从生活的云层中透出的光。

我们有多少人能成为他人生活中的光呢?我希望有一天我也能成为一道光,成为尔蕉生活中的一道光。我们,彼此辉映,彼此照亮。

——书亚的札记《随想录》之 No. 77

尔蕉的话没有半点虚饰。一直以来,尔蕉发现女人们聚在一起,是从来不谈精神上的追求的,她们只关心谁家老爸当什么官,谁嫁了个有钱的先生,谁对付自己先生的小三有一套,谁在准备周游世界,什么牌子的化妆品好,什么牌子的衣服时尚,整容要去韩国,等等,从来不会关心你这个人喜欢读哪一类书、价值观怎么样,你有什么样的人文理想。你如果说话涉及人性的高贵或公平正义,她们一定会问:"什么是人性?""高贵是形容词吗?"或者:"公平正义值多少钱?"因为这些话题,在她们看来都是幼稚、肤浅、不切实际的表现。

"尔蕉。"书亚伸手盖住尔蕉握杯的手,动情地轻轻拍了两下,眼角有些湿润。

尔蕉的话不无道理。孤独,在某种意义上,书亚也是孤独的。

她那天说,尔蕉是一道光,她是想说,尔蕉这道光照进了她的孤独和她的灵魂。那天如果不是尔蕉,如果尔蕉像其他行人一样,不曾注意到她闯红灯,或者注意到了也不伸手拽她,她可能在这个世界上就不存在了,或者她会被车撞伤成为残疾人,成为植物人。谁知道,她遇见了尔蕉。

"谢谢你这么说,尔蕉。我们都不再孤独。你是我的救命恩人,这个命,不只是肉体上的生命,你让我从犹豫、混沌中惊醒过来。"

尔蕉见书亚又提那天的事,觉得书亚把她本能的行为看得太玄妙了,便想岔开话题,打趣道:"你言重了,也或许我是上天派来的守护神,你在世上的使命还没有完成哩,怎可遭遇横祸,命绝于此?"

书亚收回了手,但依然望着尔蕉,好几次欲言又止的样子,目光游移。

"怎么了?"尔蕉敏感地觉察到了书亚情绪的变化。

书亚定定神,下决心似的说:"嗨,说出来不怕你笑话。你知道吗?那天我之所以会毫无意识地闯红灯,是因为……"她明亮地一笑,神情淡然起来,"我发现丈夫有了外遇,而且对方是他的女上司,一个大他二十多岁的老女人,应该喊阿姨的。"说到最后,她又有些恨恨的语气。

"啊?!"尔蕉着实吃了一惊。

"我以为,我选择了自由写作后,婚姻成了我的城堡、我的安乐窝,丈夫成了我最亲最爱的人,我很感恩有这样的婚姻,感恩丈夫能放任我的'自由无业'选择。谁能想到,他竟是我想都不曾想到过的一种人。"书亚不再避讳。

年初的时候,书亚在与朋友聚会闲聊时得到一个信息:城市婚外恋群体正在扩大。她有点不敢相信,但朋友说得有鼻子有眼,还说就在城中心一个公园里面,有一个以相亲为名的单身男女聚集的地方,被人们称作"相亲角"。婚外恋者也常常混迹于此。公园旁边有一个不起眼的酒店,就是婚外恋者约会的地方,他们选择在这个地方约会,可以成功地避开人们的目光。还有一个非常奇怪的现象是,到这里来的婚外情者,大多是男小女大,普通的白领居多。朋友还说了一个真实的故事,故事的主角就是她的邻居。她有一次无意中撞见,她的邻居和他的"女朋友"在电梯口话别。虽然那女人看上去比邻居年长,但从那神态看,分明是依依不舍,关系非同一般。邻居惊慌、羞怯地说,这是自己的表姐,从外地来看他,就要回她住的酒店去。朋友也不是那么好蒙骗的,等那女人走后,讪讪地笑着跟到邻居门口,问他老婆出差怎么还没回来。邻居没办法,坦白说这是他们合作单位的一个中层,有急切的文件要他签字,顺车就过来找他了。"你懂的。"邻居坏笑起来,一再恳求她不要声张。

当时书亚并没有想到要写城市婚外情题材,因为她正忙于另外一个选题的采写。待到那个选题完成后,她突然想起这个题材也很值得挖掘,便缠住朋友约见她的邻居。软磨硬泡了将近一个月,朋友的邻居才肯露面。这位邻居是一个单位的销售,他的"女朋友"是一家商场的部门经理。两个人在驾校相识,爱得如火如荼却又悄无声息。他们原本都有家庭,可都因人到中年,婚姻发生危机而产生了厌倦感,最先是为了寻求刺激,但渐渐地就难舍难分了。他说这种男小女大的情况已有不少,他猜想这是职场上男人压力日增的可能的原因之一。不过双方都有家庭和孩子,离婚麻烦,所以干脆不离婚,保持这样的关系反而不引人注意。

这次采访证实了城市婚外情群体在扩大的说法。书亚决定深入调查一下这件事情,她觉得婚外情群体的扩大对城市人的伦理、家庭、婚育、人性是一个巨大的冲击,一定能引起人们的关注与思考。

通过朋友的邻居,书亚又秘密采访到了两对婚外恋者。他们都不约而同地提到公园"相亲角"及旁边的酒店。在他们的建议下,她乔装打扮到他们所说的公园"相亲角",实地感受一下另类"相亲",顺便看看是否可以"猎获"更多的采访对象。为了不引起别人的注意,她特地没有穿平时外出采访时穿的缀有许多口袋的"相机服",还少有地选择了乘坐地铁出行。

书亚一走进"相亲角",第一眼看到的,竟然是自己的丈夫夏问蝉!尽管他的装束与平时完全不一样,还戴了一顶鸭舌帽,帽檐压得低低的,她还是一眼认出了他!

他坐在一棵大树下的长椅上,紧挨着他的是一个衣着时髦、看上去年纪比他大不少的女人!那女人挽着他的胳膊,头靠在他肩上,十分亲昵!

可以想见书亚的震惊与愤怒!

她没有立刻冲上去质问他，反倒像自己挨了几记响亮的耳光一样，只觉得脸上火辣辣的，无地自容般地逃走了。她百思不得其解，夏问蝉怎么会是和朋友的邻居一样的男人？他今天不是和单位青年员工去参加企业联盟组织的"全民阅读活动"了吗？啊，平日里他牢骚满腹地说要开会，要加班，只是在找借口而已，实则都是"约会"去了啊！

她就是那次从公园回家的路上闯了红灯，并因此和尔蕉相识的。

她仿佛是自己偷情被抓住了似的，又狼狈又悲伤又无助，穿行在大街上，茫然至极。

但与尔蕉的相识拯救了她和她的精神。

那天晚上，夏问蝉回家后，书亚将他叫到卧室，关上门，让他坐在椅子上，自己坐到床边，拷问他："夏问蝉，你今天并不是去参加'全民阅读活动'了。我已经知道你去了哪里，我只希望你把一切跟我讲清楚。而且，我告诉你，我不会给你第二次机会。"

夏问蝉看着书亚眉心竖纹暴立，听着她话里浓浓的警告意味，不知道她究竟知道了什么、是怎么知道的、知道多少，但可以肯定的是，她确实是知道了一些事情。他了解她，她较起真来，事情不弄个水落石出是不会收场的，这种时候若是不想失去她，他只有说出实情。于是，他老老实实地向书亚坦白了一切。

在书亚辞职后不久，夏问蝉陪领导去一家名噪一时的企业搞文化调研，被企业女老总顾薇幽默风趣的讲话所折服，也被他们的现代企业文化建设理念所吸引，记了不少笔记，并在顾薇指定他发言时应对自如。顾薇在座谈会后,竟对夏问蝉的领导说,小夏秘书很机敏,也懂企业文化,她要"挖"夏问蝉到她那里去。领导笑说:"你要从行业机关挖人才到企业,可是要花大本钱呢!还要看小夏本人愿意不愿意。"领导和夏问蝉均以为顾薇是开玩笑,并没有把她的话当真。但事后,顾薇约见夏问蝉,正式提出请他去企业做她的助理。一般来说,很少有人从机关单位跳槽去企业,但夏问蝉不知为什么一下子就动了心。他跟书亚一说,书亚认为企业工资高,有老总器重,将来发展空间未必小过机关,也就同意了。她想都没想过,顾薇会对自己的丈夫生出什么非分的想法来!

跳槽到企业以后,夏问蝉出差的机会多了许多,每次出差都是三四人同行。作为顾薇的助理,他既小心又机灵地行事,深得顾薇信任。有一次参加完会议后,顾薇要临时去一个较偏僻的企业下属单位"微服私访",且指定带上他。当地正值旅游旺季,住宿紧张,好不容易才在一家酒店要了一间别人临时退订的标准间。夏问蝉要出去给自己找民宿,顾薇让他别折腾了,说可以和她住一个房间,反正有两张床,就将就一晚吧。夏问蝉犹豫地说:"这要让别人知道,影响多不好。"

顾薇笑道:"我都不考虑这个问题,你考虑什么?我们明天才去企业呢。现在这地方,谁会认识你和我?再说了,你还怕我把你吃了不成?"

夏问蝉便横下心来将就一晚。

两人看着电视,闲聊着。顾薇突然很温存地看着他,告诉他,

二 两生花奇妙相遇 029

她喜欢他。她舍得花大本钱挖他来企业，就是因为喜欢他，这样她出差就可以堂而皇之地带上他。她喜欢他，不是一般的对下属的欣赏，而是动了感情的喜欢，是爱情。也许对于他们各自的家庭来说，这是不道德的、越界的，但是对于她来说，这份喜欢是真的。

夏问蝉毫无思想准备，一下子蒙了，慌了神，不知如何接话。他回想起来，很多次，下班了，顾薇总是让他留一会儿，借故修改文件、计划行程之类，和他单独讨论；很多次，顾薇总是有意无意地把手搭在他的胳膊上，或在他的腰间揽一下；很多次，顾薇让他帮忙选择出席重要场合的服装，并让他帮着看看颜色是不是合适……就像一个女人对待自己喜欢的男人一样，千方百计地和他待在一起，千方百计地要表现出亲密举动，顾薇喜欢他、爱他很久了！顾薇对他说话轻声，看他时眼神很温柔，原来是爱情！

就在夏问蝉回忆往事的时候，顾薇走到他的身旁，俯身揽住他的头，轻轻抚弄他的胸肌。夏问蝉一动也不敢动，又胆怯又害怕，却又有种莫名其妙的冲动。顾薇见他没有动弹，也就越发地放肆。稀里糊涂地，在紧张、兴奋、好奇、羞耻、期待等种种复杂的情绪中，夏问蝉做了顾薇的情人。那时，池青莲怀孕七八个月的样子。

顾薇安慰他说："你不要担心，我们这样是神不知鬼不觉的，以我的年纪，只要我们在单位表现正常，一般不会被怀疑的。我绝不会纠缠你，索要更多的时间和情感，我相信你也不会。那么这样的情感才更稳固、更有意义，也不会妨碍家庭，而且可以让我们从家庭的琐碎生活和庸常情感中超脱,更专注于事业。我会适时提携你的。我们在事业上可以携手前进。"

夏问蝉竟无言反驳,甚至有种受宠若惊的感觉。他觉得自己的骨子里在向往着一种婚外的情感。也许,每个男人潜意识里真的都有与别的女人亲近的欲望,只是对于像他这样相对被动的男人来说,需要被撩拨起来并被明目张胆地示爱罢了。他回味着自己被一个年龄大得可以叫阿姨的女人抚摸、亲吻、贴身紧紧拥抱的滋味,竟心旌摇荡。他知道顾薇是个可以主宰自己命运的人,至少现在是这样。

但是,仅仅是这样吗?夏问蝉问自己。

他想起自己第一次见到顾薇时为她的风采所折服的情景,想起自己为什么会毫不犹豫地放弃机关工作到企业去,为什么会心甘情愿地陪顾薇加班熬夜工作,为什么出差总是为顾薇作最好的安排……原来是自己的心里对她亦有一份向往和爱慕,早已经是一种超越同事、上下级关系的情感了!

夏问蝉震惊,惊喜。

夏问蝉很快适应并享受起和顾薇在一起的时光。他身为助理,和顾薇出双入对,因为举止得体,从未引人猜疑,这为他们提供了良好的空间。顾薇正处于女人最有风韵的年纪,唯美的妆容,精致高雅的西装,往主席台上一坐,气场逼人,令女人羡妒,令男人生出非分之想。她一直对男女下属一视同仁,爱护如子女,这样的行为早已让她赢得了上上下下的好评,在政商两界畅通无阻。

二 两生花奇妙相遇 031

两年前,顾薇被调到一个更大的企业任老总,走时特意将夏问蝉提拔到办公室主任的位置,并许诺过一阵子要将他调到她身边去任职。但随着国家监管越来越严格,顾薇一时间无法分心来安排夏问蝉的事。又由于忙,顾薇时间上、行动上不那么自由了,两人的见面虽未曾中断,但是越来越少。夏问蝉很苦闷。书亚忙于自己的采访、创作及儿子的教育,对于夏问蝉的升职,除了高兴,从没有想过背后还有别的原因,而看他苦恼,还以为他是没有完全适应新来的企业领导、工作不好开展的原因,除了鼓励,未加深究。

书亚越不知情,夏问蝉就越愧疚,越愧疚,就越希望找到可以倾诉情感的人。他去找顾薇。以往都是顾薇约他,这是他第一次主动找顾薇。顾薇却大吐苦水,说现在忙,上面监管得厉害,希望为前途着想,终止这种情感关系,工作上的事待有机会再作打算。"终止情感关系?"对夏问蝉来说,这简直是晴天霹雳。爱情中的人总是既敏感又脆弱。他正处在被顾薇吸引得五迷三道的时间段。顾薇虽然年长他许多,却有妻子书亚尚欠缺的更深刻的体贴,还有更丰富的阅历引导他的人生。与其说他迷恋顾薇的情感,不如说他迷恋她的权力和她的资历。顾薇虽然忙,虽然监管严格,但似乎事情不是这么简单。终于,夏问蝉发现,顾薇已有了新的"助理",就是她现在的年轻助理。他猛然明白,也许顾薇身边从来就不缺年轻的男"助理"。夏问蝉越发苦恼了,苦恼却又不能发泄,不能纠缠顾薇。他知道自己回不到从前,回不到单纯地和书亚过生活的日子了。他不安分了,他难道不能像顾薇那样找到新的对象吗?因为身边没有他喜欢的人选,他也没有胆量从熟人中寻觅,便通过一个聊天群找到了一位"姐姐",两人约在"相亲角"见面,希望在公园里走走坐坐,进一步了解后去旁边的酒店。

哪知"出师未捷身先死",他被书亚发现了。

夏问蝉得知书亚因为发现了他的秘密而差点闯红灯,幸被杨尔蕉救起的事,难过、自责得不得了。他说有机会一定要当面感谢杨尔蕉,但他的婚外情事实已经发生,改变不了了。他也并不后悔,他崇拜顾薇、信任顾薇,认为顾薇是个强大的女人,他从她那里学到了不少的人生智慧。但他从来没有想过抛弃自己的家庭。书亚若因此和他离婚,他绝不辩驳。他发誓,只要书亚不和他离婚,他保证以后不再犯,他绝不会漠视书亚。

书亚有那么一瞬间竟被夏问蝉打动了。如果顾薇真是个普通的女人的话,书亚相信夏问蝉绝不会和她出轨。她整晚未眠,第二天,她作出了决定,她选择了沉默,或者说默认。她知道自己在情感上是一个完美主义者,但面对生活也有实用主义的一面。离开夏问蝉是不现实的,因为他们的儿子还小,而强迫夏问蝉马上完全回归,也是不现实的,那不如就维持现状,不要把家庭生活弄得支离破碎。

他们达成了默契,这几天就是这样过的。书亚心有不甘,但在现实问题上,她除了妥协,没有更好的办法,至少目前没有。她很痛苦,但她像很多做妻子的一样,为了孩子仍维持着情感出现了危机的婚姻。有时候,所谓选择,就是两害相权取其轻而已。

"你看看,对于一个妻子来说,这是多么悲伤的故事。"书亚酸涩地笑笑。

丈夫的行为,让书亚对婚外情这个话题有了突破性的思考。他们也不只是一种情感的寄托,还可能是权力保护的需要。因为顾薇是洞察到了这种关系的奥秘的,女人图谋年轻的爱,男人图谋上升的阶梯,一般不会走火入魔到影响双方婚姻的地步,那么事情就不会败露。她不知道这种隐形的办公室权色交易,在各行各业各阶层里有多少,将来会不会也成为腐败的一种形式。这种担忧不无道理。在权力与性关系中,人们对女性依附于权力的关系往往敏感,对年轻男性下属和年长女性上司的交往却存疑较少。

不得不说,书亚这确实是一种突破性的思考,突破性的独立思考。

"尔蕉,我们知道,权权交易、权色交易、权钱交易,从权力交易的本质来说,这三种最为常见。如今,权色交易多了一种超越常规逻辑的形式,因为它相对隐秘、安全,以后会不会泛滥起来?"

"泛滥谈不上,毕竟异性相吸是最普遍的审美趣味,而这种异性相吸,都是指男大女小。有权势的女人毕竟少,敢于追逐年轻男人的更少。"

"也是。哎,我们扯远了。"书亚还是有些落寞。

"也真是,男人对老女人感兴趣,我这样的女子却没人追。"尔蕉笑道,似乎想冲淡这种尴尬的气氛。阳光温暖地映进咖啡馆。她很奇怪,她对夏问蝉有一种天然的包容心。

"我要是男的我就追你。"书亚也轻轻笑了。

"可你不是。"

"对了,你的条件这么好,为什么还没有男朋友?你是不婚主义者吗?对不起,我还是要问这些世俗的问题。"

"不是,我有过男朋友,都被我吓跑了。当然,从严格意义上来讲,真正确定当男女朋友交往的,只有一两个。如果从发生性关系的角度说,只有一个。"

"怎么会这样?说说看,怎么被吓跑的?"书亚极有兴致地追问了一句。

尔蕉却缄默了,许久,才幽怨地说:"也没什么。你知道,男人爱女人,爱的多不会是女人的灵魂,他们更看重肉体的欲望,所以我这样的女子,单身最好。"

书亚虽有些失望,但她明白,每一个人都有自己的难言之隐,尔蕉一定有什么不便吐露或还不是吐露时机的隐私,也就不再追问,很自然地转移了话题,问尔蕉现在辞了职,下一步有什么打算。

尔蕉的打算却是书亚始料不及的。

尔蕉最想画画,但她从来没有画过画,所以首先想花三年的时间看清楚、思考清楚自己能不能走绘画之路。她想去世界上的一些地方游历,去看法国巴黎的卢浮宫,去意大利看文艺复兴时期的艺术遗存和现代绘画,去美国参观纽约大都会艺术博物馆。她在银行工作三年,积蓄足以支撑她在三年中去这几个地方走一圈,如果不够,也可以采取"穷游"的方式。至于三年后怎么办,她相信船到桥头自然直,也许她会在法国或意大利的小画廊里打工,也许会在旅途中遇到一个像光一样的人谈情说爱。

"我感觉你就是自由的萨迪。"书亚喃喃地说。

"萨迪?"

"嗯,一位伊朗诗人。"

书亚联想起萨迪,心里面更加觉得遇到杨尔蕉是多么幸运。这个在她现有的生活阅历中如此与众不同的女子,让她感到采访中看到的那些经历忧愁黯淡的人,卑微到尘埃里害怕见光的人,也终将看到人生有美好的选择,有选择的权利。

书亚心里划过一道闪电。丈夫夏问蝉和顾薇的事,和公园里那个女人的事,她可以完全放下了。她不能将大好时光纠缠在一个无解的情感里。

她正想说一下夏问蝉的事,手机响了。她冲尔蕉打了个手势,起身去门外接听电话。尔蕉听出电话铃声竟是《泰坦尼克号》的主题曲《我心永恒》的旋律,便知书亚是个执着的人、坚强的人、包容心强的人,也是一个浪漫的理想主义者。这样的人,一定会发光。

  我仿佛成了尔蕉讲的那个《天堂岛》故事中的一个人物。我来到一个小岛,被美丽的风景吸引,认为这是个神圣的地方。我迷路了,我找了很多路,到最后却走向了大海。我听到身后有声音叫我不要靠近悬崖,但是我想看看那悬崖,看海水一直通达地平线甚至更远的地方。那是令人敬畏又让人心生向往的美与危险。

——书亚的札记《随想录》之 No.78

书亚回到座位时,脸上写满了兴奋:"曾渔先生的电话。"

打电话的是画家曾渔。书亚称他"曾渔"或"曾渔先生",或"曾渔老哥",可以说他们是忘年交。刚辞职那阵子,她的一个在一家杂志社当编辑的大学同学请她帮忙采访曾渔。这家杂志社策划了一个选题,叫"隐居的大师",采访对象共二十位,涵盖了文学、艺术、科技界的曾经声名显赫却突然销声匿迹的作家、艺术家和科学家,他们好不容易才找到曾渔的电话。书亚一听"隐居的大师",立即答应采访曾渔。画家高更因为厌倦现代文明而隐居在塔希提岛,曾渔隐居因为什么?

书亚做了些功课,得知曾渔曾是美术学院油画系主任、教授、博士生导师。曾渔本是美院的学生,毕业时,以一幅《南国植物》惊动了美术界,毫无争议地留校任教。此后一二十年,美术界的各种金奖,曾渔拿到手软,他的画作市场价也越炒越高,希望拜在他门下的学子不计其数。但就在传言说他要出任美院副院长时,一封实名控告信令美院与美术界喧哗了。控告信是油画系一个叫紫苏的女学生写的,她控告自己为曾渔当人体模特时,曾渔性侵了她。曾渔未作任何辩解地辞去了教授、博士生导师、主任等所有职务和头衔,相当于回归到一个自然人的身份。之后,他始终保持沉默,除几位铁杆朋友外,切断了与所有人的联系。他住进了远离城中心的一个农庄,建起了自己的画室。从此,他像受

二 两生花奇妙相遇　037

到惊吓的鱼,一下子沉到水底去了,像从美术界蒸发了一样。

书亚不解,"隐居的大师"这样的策划,怎么会把曾渔这样一个有污点的人列为采访对象?是因为他当年的光环确实太过耀眼无法回避,还是因为年代久远,人们遗忘或原谅了他的污点?毕竟,真正称得上"大师"的当代画家如同珍稀动物。但曾渔的背景资料引起了她极大的兴趣,为了完成采访,她设计了好几种采访策略。

当书亚找上门去的时候,曾渔十分吃惊,不明白怎么有人能找到他,并想采访他。他申明自己不会接受采访,但这个地方离城里远,能找到不容易,来了就参观一下画室,喝杯咖啡吧。书亚一听,并不急,也不提问,只是耐心地介绍自己自由写作者的身份,以及自己辞职从事职业写作的动机是希望按照自己的专业理想,探寻事情的真相。她相信曾渔辞职的背后也有着深层的真相,这真相能打破外界的传言。她的话果然产生了效果,曾渔对她刮目相看,带她参观画室时,对每一幅画都详细讲解。书亚暗自得意,不料参观完了,曾渔还是拒绝接受采访。

曾渔的理由是,真相确实与当年的传言不一样,他在辞职后很快就明白了,他那时没有选择翻案,现在更没有必要。高飞之鸟,死于美食;深泉之鱼,死于芳饵。自己名誉的毁灭,乃因自己曾有贪恋女色的毛病,"死"有余辜。他已经辞职十年了,事情已过去十年了,翻案对那个女生不是什么好事。他相信那个女生如果是一个把性当作一种游戏或交易的人,这十年里,或以后,她肯定还会重复这种诡计,那么她迟早会落入别人的手中,受到惩罚;

而如果她只是被人利用一时糊涂,过后她的内心必然会受到谴责,世俗的舆论不会怜悯她。十年的隐居,曾渔觉得非常值,他觉得自己站在了更高的维度看人间、看人性、看艺术了。他画画不再是为了获奖、参展、获得市场认同、获得评论家赞颂,而是为了留给后世,留给世界艺术宝库。

书亚不甘心,拿出了媒体人刨根问底的劲头,连珠炮似的向曾渔发问。

"曾渔先生,你真的不沮丧吗?"

"不沮丧。"

"是什么支撑着你?"

"信念。"

"什么样的信念?"

"我是曾渔。"

"你难道……没有欲望了吗?"

"有。我的欲望是美,艺术的美。"

"发现美是需要能力的。幽闭自己的生活,你不寂寞吗?寂寞不利于发现美。"

"我幽闭的是自己的交际圈,没有幽闭自己的生活与思想。我不寂寞。我以独立思考,提升发现美的能力。即使在黑暗里,我也能看见光,看到美。"

书亚笑了,停止了发问。

她悟到曾渔的境界,曾渔已超越十年前的他自己,更超越同时代的众多画家。他是真正的"隐居的大师"。她答应曾渔,绝不向外界透露与他有关的半个字。

尽管她为没有完成采访而满怀遗憾,但在采访期间,曾渔带给她许多不一样的思考,她把这些思考都记录了下来,反复看了几遍,越看越觉得回味无穷,便美滋滋地将这些思考命名为《采访札记》,并由此衍生出一项采访"副业"——以札记的形式写作采访过程中的一些额外的思考。只要有新的思想火花,她就记录下来,随着时间的推移,她的札记内容越来越丰富了。她计划到一定时候出版自己的札记,书名都想好了,叫《随想录》。

书亚的遗憾,也在"隐居的大师"系列报道结束后得到弥补。她信守承诺,没有写出报道,没有发表一个字,这赢得了曾渔的信任。曾渔主动加了她的微信,亲切地说:"如果你愿意,我将你当成一位小友,你有任何事需要我帮忙的,我必当尽力。"此后,书亚和曾渔常在微信上互动,有时曾渔还邀请她去画室看他的新画。她拥有了曾渔这样一位大师朋友。

有一次,书亚去曾渔家,正碰上曾渔为一个女模特画肖像,她当时就炸了,因为曾渔告诉过她,他已经十年不画女性了。书亚好不容易等到他结束当天的画画时间,送走那女模特后,劈头就问:"曾渔,你不是十几年不画人体画了吗?原来是偷偷地画呀!"曾渔忧伤地摇头。他没有说假话,那个女模特是他最好的朋友的女儿,宫颈癌晚期,朋友想给女儿留下一幅画像作纪念,她自己也希望曾渔给她画一幅画像作遗像。书亚半信半疑,心里还是有了疙瘩,有了疑虑。但没过多久,曾渔邀请她去参加一个小型葬礼,那个女模特的画像摆放在灵堂里,书亚才知道自己真的误会了曾渔。

她向曾渔道歉。但她的道歉方式很特别,她请曾渔为她画一幅肖像。

曾渔打趣说:"看在你没有一棍子将我打死的情分上,我答应你再破一次例。"

但书亚那时忙于"城市拾荒者"题材的采访,竟一直没有再见曾渔。有关"城市拾荒者"的采访,进行得非常艰难,也让她看到了另一种人生。对于现代城市来说,拾荒者是人们常见却漠不关心的一个群体,他们经历的酸甜苦辣,是城市风景的有机肥料。她不忍中断那些采访。曾渔也不催她,说她随时可以去找他,他腾出时间了也会主动给她画。

一晃,书亚认识曾渔六年了。

曾渔今天打电话来,就是要她最近有了空时去他那里,他给她画肖像。她答应择日去,但要带朋友杨尔蕉一起去,曾渔当然欢迎。

尔蕉听得入迷:"这真是神隐。不过你怎么看关于他的性侵事件?你相信吗?"

"如果我不认识他,或认识他以后没有后来的交情,我可能会相信。但是,从我认识的曾渔来看,不可能。他那种长相、风度和气质,只会让女人着迷。在校园里,女学生为他倾倒都来不及呢。我用脚后跟想,也不会发生性侵事件。"

"想想也是。你呢,你为他心动过吗?"

书亚怔了怔:"我?我非常欣赏他,别忘了我们是忘年交。

二 两生花奇妙相遇 041

如果我是单身,我恐怕会爱上他。但我是个感情专一的人,结婚后还没对别的男人有过移情别恋之想。"

"说得我都想早点认识他了。"

"他绝对是世界级的大师。到时我介绍你们认识。"

"那太好了!我可以提前欣赏到世界级名画。"

"但是你不能爱上他。"

"为什么?"

"年龄差距太大了。你可以被他的艺术吸引,像我一样成为他的忘年交,但不要爱上他。年龄是婚姻生活的巨大鸿沟。"

"我还没打算爱上任何男人。"

"爱情可不是能提前作打算的。爱情来了,洪水也挡不住。"

"嗯,我想我也不会爱上一个比我爸爸还年长的男人,不管他有多么优秀。"

"不过说起来还是蛮令人心酸的。"书亚又叹道。

当年控告信出来后,曾渔在社会上一时名声扫地,狼狈不堪。辞职后,他妻子也和他离了婚,而且要走了除他的个人作品以外的房子、车子、存款等所有财产。离婚后,她很快办理了移民加拿大的手续,带着儿子远走高飞了,并扬言再也不会和他联系,而且真的从此和他断了往来。从情感上来讲,书亚不相信曾渔心里不感到孤独。曾渔辞职时才四十啷当岁,正是男人的黄金岁月。这么多年,一个艺术家,不再娶,不找女人,得有多大的毅力才做得到啊!由此可见那个事件对他的打击有多大,真正是彻底伤了他的元气。听说他还犯过心脏病。"艺术上,他是一个凡·高式的人物,人们都称他曾先生,他不喜欢别人喊他老师、教授,因为那个称谓对于他来说是一个痛。"

但尔蕉相信曾渔不会感到孤独。经历过繁花似锦,而又耐得住十六年寂寞的画家,绝不会感到孤独。他应该是彻底地活在艺术中的人,心灵也会繁花似锦。

尔蕉对曾渔的感觉后来在他们见面时得到了印证。当然,这是后话。

她查看着肚腹上的蝎形疤,
像查看正在盛开的蝎尾蕉花,亦像查看自己的童真时代。

三　一个蝎形疤和五个追求者

> 她独自行走,有声音从空中传来:要有光!
> 光,让一切掩盖毫无意义。

尔蕉和书亚吃过早餐,往二楼书房去。走到楼梯口,尔蕉又回头冲还在厨房里收拾的阿桂喊:"阿桂,煮壶咖啡上来哈!"

"哎!"阿桂清脆地答应了。

阿桂原是曾渔的保姆,全名叫桂小云,大家一直喊她阿桂。曾渔去世后,管家曾明远回了老家,尔蕉问阿桂愿不愿意跟着自己,以助理的身份工作,阿桂十分感动地说愿意。家务料理之类的事并不多,尔蕉有意培养阿桂,便让阿桂去学了家政,以备将来之需。她决定从事绘画艺术后,又给阿桂报了一个艺术经纪人培训班,让阿桂更好地适应她的助理身份,承担一些有关画室的接待工作。阿桂比尔蕉年长近二十岁,但对尔蕉很忠诚,发誓说为了曾渔先生,她也要留下来帮助尔蕉。

曾渔在的时候,尔蕉已将阿桂当作家人看待了。曾渔走后这一年来,阿桂学了不少东西,进步神速。

两人来到二楼,并没有直接去书房,而是先去了卧室。

卧室依然保持着曾渔在世时的风格,早晨的阳光可以任意地洒照进屋,简洁明快。但尔蕉把窗帘换了,换成了蝎尾蕉花图案的窗帘。她在网上找了好久才找到这么一款。她喜欢这种热带花卉,她觉得这也是一种思念曾渔的形式。

"非常好。"书亚打量着房间,确实没什么大的变化。曾渔去世后,她就是在这里陪尔蕉度过三天的。

尔蕉拉开大衣柜门,从里面拉出一幅画,画框用花色布料包着,看上去与《盛体》的尺寸规格一样。她一层一层地打开花布,一幅色泽诱人的裸体画映入书亚的眼帘。

"这是你!"书亚后退两步,讶异道,"画面好美!"

确实是美好的画作。画中,一枝蝎尾蕉花斜卧在主人公尔蕉平坦雪白的肚腹上,金红色的苞片,镶着金黄色的边,片片饱满,鲜艳欲滴,充满了诱惑,令人遐想。

"这是画的魂,神来之花!"书亚指着画中的那枝花,惊叹道,"这样的画作,怎么题为《黑香》?"

尔蕉也站过来欣赏着画中的自己。这确实是曾渔的神来之花,是他的艺术想象力,表现的是一个在暗黑精神世界里孤苦却不颓丧、未消亡的童真灵魂。

渐渐地,尔蕉原本愉悦的神色变得凝重起来。她伤感地说:"书亚,你知道吗?这枝花的部位,原本有一道丑陋得令人恐惧的蝎子形伤疤。"

书亚正在惊疑之际,尔蕉又从大衣柜里拉出一个画框来,翻

三 一个蝎形疤和五个追求者

开上面的布帘。

那是一个和《黑香》《盛体》大小规格一样的画框。画框中镶嵌着一帧裸体摄影图，人物就是尔蕉，站姿、神态、光线，与《盛体》几无二致。

那是在新婚之夜，曾渔为尔蕉拍摄的裸体照。他用他十几年前的佳能相机，并在镜头上蒙了一层肉色丝袜作滤镜拍出来的，呈现出一种朦胧雅致、神秘魅惑的质感。他喜欢一些有年代感的艺术工具，认为它们表现出的效果要比现代科技有文化气息与艺术感觉，让人回味。他在《黑香》中画蝎尾蕉花的那个部位，真有一道形似蝎子的、焦黑中透出铁锈红的伤疤，灯光下，那道疤扭曲蜿蜒，似死似活，令人触目惊心。

"这幅照片，我会挂在展厅的第四个单元——行为艺术展室里。"尔蕉的语气突然有了一丝冷意。

书亚的心倏地一沉。这一刻她似乎明白了一切，又似乎陷入了更加混沌的思维中。

书房那边传来了阿桂的喊声："尔蕉，咖啡好了！"

尔蕉将两幅画收起，对书亚说："走，我们边喝咖啡边聊。"

书房布置得很雅致、很温馨，一长两短的深红色布沙发呈"U"形摆放，配着中间的越南黄花梨木质地的宽面茶几，更添了几分文艺之气。

农庄里的大部分家具，都是原主人、曾渔的好友丁飞留下的。丁飞拉走曾渔的画时，将农庄大门钥匙、楼房钥匙统统交给曾渔，并给他留下了一张银行卡。用曾渔的话说，这张卡"足以让他下半辈子生活无虞"。丁飞还说,如果曾渔以后有资金上的需求,尽管开口就是。因为他知道,曾渔送给他的画,肯定不止这个农庄的价值。

在咖啡香里,尔蕉和书亚相对而坐。

尔蕉直视着书亚:"书亚,你是我最亲最近的朋友,某种程度上也是再造我精神生命的人,至少间接地再造了我。因为你,我才认识了曾渔,才有了和曾渔美好的两年的生活,虽然短暂,却令我的灵魂丰沛,长出翅翼。我今天要将我的人生向你倾诉,你要用心记着,你甚至可以录音,可以作为你以后写作的素材。但是记住,我永不复述。"

气氛似乎陡然间肃穆起来,书亚有些不知所措。她感到事情肯定无比重要,也感到尔蕉对自己沉甸甸的信任,感到尔蕉一颗伤痕累累却又坚不可摧的心。

"你说,我用心记下,将它们镌刻在我的脑海里,没你的许可,永不示人。"书亚双手端起咖啡杯,朝尔蕉轻轻举了一下。

"好。一切都是从照片上那个疤痕开始的,或者说,是从一个胎记被烫成蝎形疤开始的。那个疤原本是一个胎记。"尔蕉一点也没有斟酌字句就开始了讲述,似乎已经准备了很久很久。

书亚像被烙铁烙到了一样陡然弹立起身。

"什么?尔蕉,慢着,你说胎记?!"

"是的,我说那个疤原本是一个胎记。怎么了?"尔蕉朝相框努了努嘴,惊愕于书亚的反应。

书亚突然满脸绯红,飞快地脱下了上身的衣服,又把胸罩摘了,将光裸的上身袒露在尔蕉面前。雪白的肌肤闪着光,一颗黄豆般大小、状若四叶草的红痣紧紧贴伏在丰满结实的左乳房上方!

尔蕉还未从惊愕中回过神来,书亚紧张激动而又喜悦万分地说:"尔蕉,我彻底明白了!我们的相遇,那天,你把我从斑马线上拽住,你和我在很多观点上像两生花一样一致,原因就在于胎记,在于我们都有神秘的胎记,独一无二的生命符号!"

书亚盯着那颗红痣,脸上洋溢着看天书一般的兴致。

"你看它像不像四叶草?"书亚干脆在尔蕉身边坐下,拉起她的手摁在红痣上,"这是属于我的胎记,我与生俱来的生命的符号!"

"像,像。"尔蕉的手在平滑的皮肤上触碰到一颗微微隆起的肉粒,她也绯红了脸,但没有立即撤回手,而是细细地抚摸了一阵才拿开,眼睛里有一种艳羡的光。

书亚仍显得激动难抑。她的胎记和尔蕉的不一样,她从来没有为这胎记苦恼过,害怕过,这胎记反而成了她的美好的点缀。她发现夏问蝉有了婚外情,仍然没有和他分开,其中一个重要的原因就是,一直以来,夏问蝉把她的这个胎记看成一朵真正的四叶草,幸运的四叶草,把爱她当作他的幸运。

"这真是神奇!我们两个带有胎记的人,居然能在纷繁的人流中相识,继而相知相亲!"尔蕉如在梦幻中。

"你再看我们两个的胎记,你的在靠近私处的地方,我的在乳房上,这又是多么奇妙!一个代表生,一个代表育,生命成长的两个必要的、重要的环节！我们的相遇，绝对不会是偶然的！"

"嗯，非常有道理。胎记是一种身体上的痕迹，但每个人的胎记都不一样。莫非真是上天给我们的记号？"

"我是完全相信的！"书亚说着，自己用手指捻了捻红痣，低头看了看，拿起胸罩穿上。

"但是，为什么你的胎记这么漂亮，我的胎记却变成了蝎形疤，以致我要想尽办法覆盖掉？"

"这或许就是更神秘的所在。但无论如何，这些神奇的胎记都是我们身体的一部分，花也好，疤也好，这些特殊的痕迹代表着我们的独特性和生命的真实性，是一种暗示。"

书亚坚信胎记是上天赐予的礼物。她穿好衣服重新坐到尔蕉的对面，笑道："不好意思，我太激动了，你刚起头我就打断了你。你现在接着说吧。"

"好的，一切就是从我那神秘的胎记开始的……"尔蕉恢复了严肃的神态。

春天下午的阳光从窗户照进来，投下一片如金如缕的光，两个在光芒中的女子，一个用心倾诉，一个用情倾听。很明显，书亚关于胎记的插曲让两个人有了更加亲密无间的感觉，那是她们友情的密码，也加重了她们灵魂相亲的砝码。

尔蕉出生在黔东南一个偏僻贫穷的山村里。她出生的那个年代，中国的改革开放正在轰轰烈烈地进行。父母亲当时都年轻气盛，一心想改变贫困的命运，结婚不久便双双南下深圳打工。两年后，怀胎七月的母亲回乡待产。那时母亲也不过二十七八

三　一个蝎形疤和五个追求者

岁，见了世面回来，看到家乡依然贫穷落后，越发不愿安于现状，不甘心山村闭塞的生活环境。生下尔蕉后，月子一坐完，她便又南下了，将摇篮里的婴儿托付给了爷爷奶奶，以后几年，也只是在过年的时候才回家住上一二十天。父母亲对女儿心中有愧，在深圳也日思夜想着女儿，但打工挣钱不正是为了女儿的将来，为了女儿以后不用像父辈一样贫穷吗？他们狠着心，更加没日没夜地干活挣钱。尔蕉到了上学的年龄，他们左思右想，终于将尔蕉带到深圳上学。但是，因为没有深圳户口，尔蕉不能在深圳考大学，高中时，尔蕉不得不回到老家读书。因为中学在镇上，为了尔蕉上学方便，父母亲花了十几年的积蓄，在镇上买了一套房子，将爷爷奶奶接到了镇上，以便照顾尔蕉。

　　尔蕉出生的时候，左腹下侧有一个细小的胎记，细小得不仔细看根本看不出来。尔蕉慢慢长大，那胎记也慢慢长大，像一只幼小的黑蝴蝶停在柔嫩的肌肤上，不但不难看，反而成了一个顽皮可爱的点缀。爷爷奶奶也从不以为意，在他们的观念里，胎记是一个人的生命烙印，一点也不奇怪，也无须担心。在尔蕉四岁的时候，一天傍晚，奶奶正在炭火灶边给她洗澡，邻居家传来急切的喊声："救命，救命！"伴着小孩子哇哇的哭声和狗叫声。紧接着邻居家大孩子来拍门，让奶奶快去帮着撞门救人，他弟弟和小狗被反锁在屋里了。那天爷爷去邻村还未回来，奶奶一听赶紧出门去救人，刚和其他赶来的邻居把门撞开，就听到了尔蕉凄惨的哭声，奶奶又急得回家来。一进门，奶奶不由得倒吸一口凉气！只见火炉上的水壶倒在炉边，尔蕉跌坐在地上，扁着嘴哭，肚腹上胎记那块地方被烫得起了一片水泡。不用说,尔蕉自己拎水壶倒水,拎不动,跌倒了,水壶倒了下来,滚烫的壶嘴正好砸在她的肚子上,将那胎记重重地蹂躏了一番。奶奶吓出一身冷汗,一把将尔蕉抱起,从炉边抓起一把灶灰撒在伤口上。她拍打着尔蕉,一迭声地说:"宝贝,不哭,不哭,等一下就不疼了。"但是尔蕉仍疼得大哭。奶奶心疼得眼泪直流,一个劲儿地怪自己忘记叮嘱孙女不要乱动水壶了。她望着倒在地上的烧水壶,后怕中又有一丝庆幸,庆幸壶里的水没有倒出来,庆幸壶嘴没有碰到尔蕉的脸,否则破相了怎么得了?!

尔蕉的烫伤不疼了,但那道伤疤落痂后,却像一只长得歪歪扭扭的蚕豆,黑红黑红的,再也不像从前的黑蝴蝶那么灵动可爱了。

因为伤疤不再疼,再加上尔蕉渐渐长大,学会了自己洗澡,事情慢慢就淡化了。但那胎记依然在长大,虽然很是缓慢,却像尔蕉身体发育一样,不曾停止。到了尔蕉来例假的时候,胎记似乎才停止生长。而那个疤痕却始终没有长大,胎记往"蚕豆"周边延伸,最终形成了蝎子一样的形状,安静的时候还好,运动过后,疤痕就变成黑红或铁褐色,或紫黑发亮,像蝎子翻卷起尾巴要投入战斗般,好生恐怖。

尔蕉是在青春初潮时,第一次对镜观察自己的裸体的。她本是怀着几分羞涩和新奇,看自己的乳房。小小的却轮廓优美、饱满的乳房,昭示着少女的身体正在健康发育,她心中喜悦。然而她也看到了这道疤痕,她一直不曾在意也不曾刻意对镜审视的这道疤痕，竟变得如此丑陋、如此可怕！她六神无主了。离开深圳回老家上高中前，她战战兢兢地让妈妈看自己的身体。妈妈看着女儿青春的胴体上有一道蝎形疤痕，震惊、心酸之余，陷入深深的自责。她知道那个事故，也看过女儿小时候的伤疤，但她不曾想到，那疤痕竟会"变异"成这个模样！她觉得对不起女儿，是自己没有尽到抚育女儿的责任。但她知道，她不能再加重女儿的心理负担，便装作云淡风轻地说："尔蕉，不要紧，它就是个疤。现在医疗美容技术发达，这疤痕和胎记应当都可以去掉。你安心上学，高考结束后，你回深圳来，妈妈一定找最好的医生帮你做手术去掉它。"

尔蕉答应了。少年时代在深圳那个充满阳光、有海潮奔涌的地方度过，她的性格也像阳光一样透亮清爽，像大海一样动静有致。身上的疤痕，这时候也仍然没有让她想过会带来什么样的影响。父母亲建议她将来报考金融专业，找工作容易，收入也高。体恤父母常年打工的辛劳，高考结束后，尔蕉没有丝毫犹豫地填报了金融类高校，十分顺利地考上了中央财经大学。

她回家乡读高中那年，小镇中学新一届毕业生张千林考上了清华大学，这是全镇第一个考上清华的大学生，整个学校、整个小镇沸腾了。

尔蕉一年前跟父母亲回来乔迁新居时，在和小时候同村的玩伴、已到小镇读书的同学聚会时认识了张千林。本以为是一面之缘，她回来上学，张千林就要去北京上学了，以后也不会有什么交集。但开学前几天，张千林不知从哪里得知尔蕉回来上高中的消息,径直找上了门。他说他一直记得她,可不可以加个微信,以后好联系,怎么着也算是校友嘛!刚披上"清华大学生"光环的张千林找自己要微信,这真是令尔蕉受宠若惊。

可是尔蕉还没有手机,便给他写下了自己的 E-mail,大大方方地说,可以写信联系。她也希望能考上名牌大学,想请他传授一些学习秘籍。

张千林对尔蕉还真是用心至极,毫无保留地将自己的学习心得一条条列出来告诉她,而且硬是挨到她三年后高考结束,才正式向她表白爱慕之情。尔蕉与众不同的气质,在第一次见面的时候就彻底吸引了他。在他眼里,那是一种明亮、大气、见过世面的气质,她的笑容,传递出一种大地和水、太阳、风在运转般的能量。尔蕉正是春心萌动的年龄,而且三年来,张千林早已经潜进了她的心,这一层窗户纸一捅即破。高考结束后,尔蕉没有立即回深圳,而是在家乡停留了十来天,和张千林玩遍了家乡的山山水水。张千林知道,尔蕉基本上没有好好游览过自己的家乡。

两颗青春的心热烈得像着了火。

终于,在最后那天的行程中,他们跑到了隔壁小镇,麻着胆子在一家旅馆开了房间。一进房间,他们既兴奋又紧张,衣服都来不及脱光,就羞羞怯怯地品尝了禁果。

黑暗降临,激情却刚刚燃起。

张千林拉亮了房间里的灯,他要好好欣赏一下自己渴慕的、心爱的尔蕉的身体。

他一眼看到了尔蕉光裸的左腹上那道醒目的疤痕,在白炽的灯光下,在尔蕉的呼吸声里,像一条正冲他蠕动的黑褐色蝎子。

"啊!蝎子!"张千林惨叫一声,像见到了鬼魂一样,胡乱地穿上衣服,逃也似的跑出了房间。

沮丧、伤心、孤独,痛苦和无限的耻辱感、羞耻感、无奈感,顷刻间像黑暗一样吞没了尔蕉。

尔蕉第一次意识到,那道疤痕对自己的人生将产生什么样的影响。

但是,这次令人痛苦与耻辱的体验,也让她看清张千林的真正面目,山盟海誓言犹在耳,却因为一个疤痕弃她而去。而后,整整两天过去了,张千林竟连一个字的音信也没有,若是真遇到刀山火海呢?这样的男生不值得自己倾心为之付出。她不完美,她要学会爱自己,成为一个坚强和自信的人。

她想起妈妈的承诺,带着一颗受伤的心回到深圳,想让妈妈带自己去做手术。岂料妈妈一年前患了绝症,为了不影响她的学业,也为了给她上大学积攒更多的学费,硬是没有告诉她,也不肯去做手术,拖了半年,感觉撑不下去了,才去做手术,到了医院,被告知已到了晚期。爸爸已苍老得不成样子,流着泪告诉尔蕉,本来他们是想等她拿到高考录取通知书去学校报到后再告诉她的。他们相信她一定能考上大学。

尔蕉如五雷轰顶。那晚,她在海边坐了很久很久。

她回忆起自己的成长过程。从小,她不在父母亲身边长大,但她拥有一个身心健康成长的少年时代。读小学、初中时,和父母亲在一起了,她亲眼看到父母亲为生活打拼的艰苦。为了她能安心读书考大学,他们专门在镇上买了房子,而他们自己,节衣缩食,耗尽了青春年华,耗干了健康的身体。

她回想起自己在深圳上学时是多么快乐、多么无忧无虑。父母亲不让她干任何家务活,知道她喜欢看绘画展览,一有时间就带她看各种艺术展览,只要是她喜欢的绘画图书,他们就不计较价格高低一律买下。他们让她感到自己是明珠,是宝贝,不输任何书香门第之家的子弟。同样,他们也望子成龙,把摆脱贫困生活的希望深深寄托在女儿身上……但是,他们为了她能在一个公平、没有歧视的学校里快乐无忧地学习,付出了高昂的学费,更付出了惨痛的健康代价!

她感到自己的心慢慢沉入海底。去他的名牌大学!去他的张千林!去他的医疗美容!去他的蝎子疤!我要挣钱救妈妈!

尔蕉日日守在妈妈身边,咨询医院如何延长妈妈的生命。院方说:"要治好你妈妈的病只能做手术,目前只有一种最新进口的美国医疗设备适合做这种手术,成功率也高。手术后,以你妈妈的年纪,最少也能活上十年八年。但手术费奇高,你们这种打工家庭怕是承受不起。而且这种设备全市尚只有两台,能否排上队还是个未知数。"虽然自忖家里的经济条件肯定做不起这个手术,但尔蕉还是看到了希望。她一方面动员爸爸出面向所有亲朋好友借钱,另一方面自己打工挣钱。她当即去找工作,就近在一家麦当劳餐厅当了服务员,白天工作,晚上照顾妈妈,上网搜寻各种偏方与招工信息。她一门心思要治好妈妈的病。

当爸爸又喜又忧地交给她大学录取通知书时,她大胆地说出了自己的打算:放弃上大学,以录取通知书为应聘材料,在深圳找一份可拿高回报的销售类工作,挣钱给妈妈做手术。

爸爸原以为她在麦当劳打工就是利用假期帮助挣些家用,现在一听,勃然大怒:"你能挣几个钱?那可是天文数字,你救你妈妈?"

妈妈则训她糊涂:"爸爸妈妈吃了没读书的亏,才拼死拼活地挣钱让你读书,希望你能改变命运,不要重复爸爸妈妈的老路。妈妈得的是绝症,又已是晚期,多活几天少活几天也没什么区别,而你的大好人生年华才正开始,哪个轻,哪个重,你分不清?你若放弃上大学的机会,妈妈肯定会少活好多天。你的追求若只是像妈妈一样打工,打一辈子工,临到头来岂不是和妈妈一样的命运,有病连医院都不敢进?女儿啊,改变生活、改变命运就从上大学开始吧!你的路还长着呢,你是妈妈的荣耀,是我们家的希望,你安心上大学才是妈妈的良药啊!妈妈对不住你的是,妈妈要食言了,不能帮你找最好的医疗美容医师了,你以后自己寻机会做掉那个疤吧。你和张千林好好相处。如果处不好,也没关系,总有一天,你会遇到更在意你灵魂本质的好男孩。不管怎样,你不能自暴自弃,你要好好学习,好好成长,你要活出光来,要成为光一样的人⋯⋯"

这是妈妈第一次在尔蕉面前说这么多的话,每一个字,像钉子一样钉在了尔蕉的心里。

尔蕉伏在妈妈的怀里泣不成声。因为要在家乡逗留十来天,张千林追求她的事,她打电话告诉过爸妈,张千林因蝎子疤而逃跑的事,她还没有提,现在更不敢说了。这是刚刚成年的她人生中触到的第一个大暗礁,她像掉落大海的溺水者,原本可以向父母亲请求援助,却不得不独自求生,使劲扑腾出水,强忍恐惧,装作淡定、坚韧。但,越不能诉说,内心就越孤独、痛苦。爸爸走过来,双手环抱着母女俩,也忍不住失声痛哭。

尔蕉上大学后的第一个寒假,妈妈走了。

大学第一学期,尔蕉体验到的不是新生的喜悦,而是孤独、无助、忧伤,对未来感到迷茫和不安,还有深深的恐惧。她渴望温暖。同班的一个男生郭立春向她伸出了温暖的手。郭立春从一个遥远的边陲小村来,纯朴得有些木讷,一身简单的粗布衣,一些家境优裕、穿着时尚的同学总向他投去鄙夷的目光。但是他并不在意别人对他的歧视,他在意的是如何提高自己的学业。他看到了人群中尔蕉孤独的身影,迅速向她靠近。他希望两个孤独的人在一起能战胜孤独、战胜那些浅薄的人。也许是想摆脱张千林对自己的伤害造成的阴影,也许是极度的孤独让她无法抵挡一个男孩温暖的笑容,她竟毫不犹豫地回应了郭立春外出游玩的请求。外出游玩,是追求她的信号。他们在周末去爬香山,躲在香山的某棵红叶树下拥抱亲吻。当他掀起她的衣服,看到她身上黑红的蝎形疤时,眼中的欲火顿时化作了惊恐与厌恶,美丽的风景仿佛也由红变成了黑。他们再也无心观景,快速起身折返。下山的路上,郭立春沉默着。那样的沉默,让尔蕉羞愧、心虚得恨不得从山上立即滚下一块巨石将自己压死。

肚腹上的伤疤,成了尔蕉获得爱情的一道天堑。

仿佛只有在妈妈身边才是最安心的。然而,这个寒假,她与妈妈诀别了。她怎么也无法理解,那么勤劳善良、那么能吃苦、那么想改变生活与命运的妈妈,才四十多岁的年纪,却因病撒手人寰。

她问爸爸,爸爸流着泪摆手。

她问苍穹,苍穹上覆盖着一层厚厚的乌云。

她问大海,大海像往常一样潮来潮去。

她年轻的心,变得灰暗、沉闷、黑暗与死寂。

整理妈妈遗物的时候,她发现一个陈年的纸箱里居然有一本绘有心形图案的蓝色封面的笔记本。她正在惊奇,爸爸说,他们刚来深圳时,一个社区教会来他们厂发礼物,送给他们一个笔记本。他们拿回来就一直放在纸箱里没有用过,也没有去教会听过讲道。但不知为什么,家搬来搬去好几次,这个破旧的纸箱却一直没有扔掉。

尔蕉随手翻开了笔记本,一眼看到了写在扉页上的这两句话:

神说:"要有光。"就有了光。

整个笔记本,就只有扉页上写的这两句话。

尔蕉的心怦怦怦地急速跳动。"要有光!""要有光!"她生活里的光在哪里?!

有一道看不见的光遽然穿透她的肉体,照亮了她的心。那正要坠入黑暗的心与希望,顷刻间被一个无形的力量拽住了,提拉住了。

她想起妈妈说的话——"你是妈妈的荣耀,是我们家的希望"。她就是妈妈的光,是家庭的光。

要有光。她要活出光,活出荣耀来。

新学期来临,尔蕉以全新的面貌重返大学校园。脸上的悲戚没有了,心中的孤独感没有了,她全身心投入了学业,完全无视身上那个如恶魔一般的胎记加烫伤形成的蝎形伤疤,无视爱情。

但青春芳华,爱情总是不停地来敲门。

大二的时候,在清华大学和财经大学联合举办的一场学生联谊会上,清华大四学生韦似的目光,从头到尾没有离开过尔蕉。跳交谊舞时,韦似立即站到了尔蕉面前。他五官俊秀,身材高大,体格健硕,戴一副黑框低度近视眼镜,儒雅中不乏阳刚之气,自信得有些桀骜不驯。尔蕉本无心跳舞,但是联谊活动,不好推拒,便礼貌友好地接受了邀请。一支支舞跳下来,尔蕉对这个话并不多但很善于引导舞伴的韦似自然没有反感。

很快,韦似向尔蕉发起了凌厉的追求攻势。他们开始约会。随着进一步的交往,尔蕉了解到,其实韦似能言善辩,那次跳舞只是因为紧张而表现得不善言辞。他是个官二代,家庭条件优越,虽然不是北京人,但家里早就在北京买下了一个三进的四合院,也买了豪车,并有父辈朋友时时关照他。韦似经常表现出很厌烦家人对自己实行"长臂管辖"的样子,但在生活上他又很依赖这种"管辖"。总体上,尔蕉感觉他是一个比较独立的人,她喜欢独立、自信的韦似,渐渐地对他生出了爱意。她知道张千林现在已是清华留校老师,但从不问韦似是否认识他。理论上他们应该是认识的,因为他们的专业一样,也只差一个年级。她上大学后,从来没有和张千林联系过。

韦似约她去近郊度周末,他开车来接她。他发誓说会视她为瑰宝,他希望彼此的关系能够更亲密。尔蕉明白韦似约她度周末的意义,在心理上做好了准备。其实,她心里也渴望着像其他大学生一样,有火热的恋情。她很想告诉韦似自己有伤疤在身的事,可潜意识里又希望他自己亲眼看到后再来询问她,她也能借此看看他眼中"瑰宝"的珍贵,是否可以战胜一个丑陋的疤。

游玩过后,韦似就开车直接把尔蕉带回了自己的四合院。四合院外表古旧,里面却是现代化的装修,豪华得让尔蕉大开眼界,真是一点也不亚于尔蕉在深圳见过的最豪华的酒店。院子虽不常住人,但经常有人打理。韦似很自豪地带着尔蕉参观了一圈房子,最后来到了他偶尔在周末回这里住的房间。他急不可待地将尔蕉拉到怀里,尔蕉兴奋、紧张而娇羞的模样撩拨得他欲火中烧,他连拉带扯地脱掉了她的衣服,自己也摘下了眼镜。就在这一刻,他看到了她洁白的身子上有一道黑影。他似乎想起了什么,将本已摘下的眼镜重新戴上。此时,尔蕉已是荷尔蒙膨胀,爱火燃烧,全然忘记了自己左腹下侧有只"蝎子"的事情。那道疤,随着她急促的呼吸而变得黑红发亮,像受到刺激的蝎子高高扬起的尾巴,似乎只要韦似敢"进攻"尔蕉,它就会狠狠地蜇他几下。

"当真是好恶心、好可怕啊!"韦似一头倒在床上,惊恐万分地嚷了一句。

尔蕉好像被兜头泼了一盆冰水。"当真"？他为什么说"当真"？

"你早知道我身上有疤?"她一下子坐起身来,一边问一边穿上衣服,又羞又恼。

"是的,我知道。我好奇,但我没想到这么难看、这么让人害怕。"韦似气咻咻地嚷。

"张千林告诉你的?"

韦似犹豫了一下,还是点了点头。他和张千林都是学校读书会成员,只是张千林高一届,毕业后留校,还担任了他们班的辅导员。大三时,有一次读书会组织五六个读书小组成员外出活动,他们都在这个组里。活动结束后,大家希望放松一下,便凑在一起喝啤酒。不知谁出了个主意,每个人都要讲一个自己最难忘的爱情故事。轮到张千林时,张千林已经喝高了。他借着酒劲,动情地说起了自己的爱情故事。他说他深爱过一个叫杨尔蕉的女孩,她漂亮、聪慧,她的笑容像金秋的阳光一样明艳,他足足等了她三年才开口告白,其间传授给她好多读书学习秘籍。哪知,他偷尝禁果时,发现她肚皮上有只会动的"蝎子",好丑陋,好恐怖,好可怕。他吓得逃跑了,爱情也被吓死了。悲剧的是,他一直忘不了那只蝎子,他也忘不了杨尔蕉的笑容……

"更悲催的是,杨尔蕉之后,我再也没谈过恋爱!"张千林恨恨地说。

张千林酒后吐真言,还清醒着的韦似记住了"杨尔蕉"这个名字。那次清华跟财经大学开联谊会,看到联谊会的名单里有"杨尔蕉"时,他几乎是怀着一种"探宝"和"探险"并存的心情来参加活动的。看到杨尔蕉的第一眼,他明白了张千林那样的高才生为什么会忘不了她,他就觉得她是"宝"而不是"险",立即在心里说"爱了爱了"。他不信一个人身上的伤疤会把人吓跑。

但事实打了他的脸。

尔蕉的心被狠狠地刺痛了,她没想到张千林会"出卖"她的隐私,更没想到韦似仅仅因为对蝎子疤的好奇而费尽心机地来追求她。

她穿好衣服,一脸清高,极为认真地整理了一下头发,然后说了声"再见",便头也不回地离开了四合院,从此再也没有理睬过韦似。韦似一个人在房子里待到第二天,越想越气,这个杨尔蕉,自己小心翼翼地和她处朋友处了好几个月,好不容易要得到她了,却被她的一个蝎子疤吓得魂飞魄散。事实上,她的离去,就相当于她"甩"了他,这令他感到羞辱与不甘心,心里想一定要出了这口恶气。于是,他发疯般地求她,希望她回心转意,如果她因此真的和他分手,他将把她的隐私公开。但她不再回复。

韦似更加愤怒,觉得自己的自尊心受到了伤害,报复性地将蝎子疤的事散布给了他的校友和联谊会上认识的财经大学的学生,甚至好几次恐吓她说:"杨尔蕉,你以后别让我碰到!我发誓,你要让我碰到,我保证一定闭着眼睛也要把你搞到手!"有那么一阵,无论白天黑夜,尔蕉只感到黑聚拢过来,流言聚拢过来,异样的目光聚拢过来。每一句流言都是绳索,每一道目光都是精神牢笼,勒住她,捆紧她,让她喘不过气,让她抬不起头,让她感到整个世界整个社会都想撕扯下她的衣服看她那奇怪的蝎形疤。被男友嫌弃,不被爱,这种痛苦还只是隐秘的、可以独自承受的,但面对大众的目光和嘲讽的眼神,她就像没穿衣服的皇帝。皇帝不知情,她却只有绝望、愤怒和无助。流言蜚语是最伤人的武器。人性的丑陋,远比她身上的疤更甚!她不敢想象,未来还会遭遇到什么样的羞辱……

一天下午,她来到颐和园,在昆明湖边长久地徘徊。她好想纵身一跃,以洁净的湖水来彻底洗去裹紧她的黑,让那些暗黑的目光和流言再也伤害不了自己。

就在这时,她的耳边响起妈妈"要活出光来"的话,想起自己是家里的荣耀。

而且,她听见有明亮而温柔的声音从空中传来:要有光。

她骤然醒悟,她不能任黑吞噬自己,她要有光的生活,要活出光来。

青春遭逢创痛却不坠落的人,灵魂已然绽放。

——书亚的札记《随想录》之 No.82

直到大学毕业,尔蕉再也没有谈过恋爱。虽然追求者不少,但她一概冷冷地拒绝。她害怕他们像韦似一样,早已知道了自己的隐私,将追求自己当成探险和刺激的游戏。

她知道,每当她穿过校园,就有一些目光在打量她,有一些人

三 一个蝎形疤和五个追求者

甚至对她指指戳戳。但她目不斜视,总是一脸阳光地穿过这一切,去自己的目的地。

那时候,她会想起妈妈的话,听见"要有光"的声音。

那段时间,心无旁骛的尔蕉极大地夯实了学业的基础。除了学校图书馆,她几乎跑遍了北京城大大小小的书店、博物馆、美术馆、艺术画廊,没有错过任何一场大型艺术展。她广泛涉猎艺术,乐在其中。

校园内,她的专业知识日益扎实;校园外,她的眼界不断开阔。她成了秀外慧中、内外兼修的真正知识型的现代女性。也因此,她在银行实习过程中表现特别优秀,实习结束时,银行负责实习的主管破例直截了当地问她愿不愿意到他们行来工作。在大学生满世界投简历,找工作难甚至去送快递、外卖的情况下,她不费吹灰之力就找到了一份待遇优厚的工作,实在羡煞不少同学。

当然,银行有银行的规定,新入职员工首先要在分理处当柜员一年。柜台工作是枯燥的、机械的,但只要有耐心细致的工作态度就能做得很好。一年中,她没有出过一次差错。眼看就要转岗,她却因提出了一项建议酿成大"错"。

她观察到,银行网点设立的引导员岗位实属多余。所谓引导员,就是一个职员负责向每一位来银行的顾客询问"您要办什么业务",然后根据顾客的回答将他们带到相应的柜台。但并不是所有顾客都喜欢职员主动询问他们要办什么业务,而且她觉得引导员一天到晚重复那句话上百遍,实在也好无聊,久了,笑容也是僵硬的、虚假的。有些顾客的回答还极不情愿。她曾私下里问过几位顾客,他们说,取钱、存钱、汇钱、开户、销户,上银行无非就是这些事,这都是自己个人的隐私,为什么要在大庭广众之下说出来呢?如果自己不知道怎么办理,那自然会主动咨询。尔蕉认为这符合人性,便提出一项合理化建议——像机场大厅一样,在营业厅一侧设置一个咨询台,在大门入口以醒目的箭头标志标注咨询台位置,并以文字提示"有疑问,找咨询台"。分理处的营业厅本身面积不大,这样顾客一进门便一目了然,既可引导需要咨询的顾客自己上前咨询、寻求帮助,又可让那些完全有能力办理对口业务的顾客私密地办理自己的业务。但她的建议被分理处主任视为对现有规章制度的挑战。

分理处主任是个尖下巴女人,在尔蕉眼里,那下巴尖得可以在地上钻洞,甚至可以把地球撬起。主任对尔蕉在实习期的表现早有耳闻,但内心里认为,她肯定是凭美色而不是凭本事才得到赏识,畅通无阻地进了银行的。以前职业高中毕业就可以做银行柜员,现在已不再是银行高速发展的时代,产生不了大量的新岗位,一般来说,能来银行实习的,必须有引进数百万资金的能力,要安排工作,必须有引进更可观规模的资金的能力。即使这样,就算海归进银行也得先从柜员做起,一般的本科生很难通过学校招聘进银行。她杨尔蕉,一个草根出身的大学生,既无权又无钱,竟在实习期就可以确定进银行,这光靠优秀是不够的。

尔蕉分到这样一个主任的手下,一来就被看不顺眼。世间就有那么些女人,对比自己漂亮、年轻、有才干的女人生出天生的防范与妒忌。那个招杨尔蕉进银行的主管不久便被调到别的地方去了。他被调走后,分理处主任看杨尔蕉更是如鲠在喉,但苦于没法挑出她的毛病,她倒好,提什么合理化建议。本来,银行非常欢迎员工提建议,总行、分行均设有提合理化建议的平台,一经采纳还有奖励。对于员工的建议,分理处只有上报权,无权处置。可建议呈上没几天,主任找她谈话,对她大肆地冷嘲热讽,让她安分守己,莫自以为是,显摆自己的能耐,银行里有背景的人多了去了,像她这样的是走了狗屎运才进了银行的门,最好老老实实地待着。

尔蕉终于明白,主任扣押自己的建议,完全是出于对自己的妒忌、打压,便再也忍不住了,也不知哪里来的勇气,猛地拍了一下桌子,指着主任气愤地说:"你到底想怎么样?银行是你开的吗?是不是要经过你的同意才能进?你有什么权力不将我的建议上报?你有本事就开了我吧!"

尔蕉本以为这一下捅了马蜂窝,自己要卷铺盖走人了,心想不干也好,一天到晚看这样一个上司的脸色活着,实在有损尊严,也永无出头之日。不想第二天风平浪静,同事们看她的眼神都带着赞许。原来这主任一向欺软怕硬,大家早就看不惯她了,只是碍于这份工作不能丢,一直由着她颐指气使。尔蕉松了一口气,心想,有些人也许就是这样做人的,你越让着她,她越是欺负你。可是,她舒心了没几周,就被安排担任了引导员。主任没权力辞退她,却有权力分配她在这个分理处的岗位。

尔蕉站在银行门口迎来送往三天后,想明白了一个道理。在这里,没有她说话发言的权利,她除了服从,还要学会谄媚,学会隐藏自己的锋芒，否则小鞋穿到她烂脚也不得解放。她不喜欢这样的环境。丘吉尔说，凡是人怕人、人整人的地方，就是野蛮部落。这里不是明刀明枪地整人，更让人惧怕。

她只好抱着一种体验岗位的心态，以固定的笑容和热情的态度适应着引导员的职责，一干就是一年多，直到她在银行系统的一次"全国金融知识问答电视大赛"中，以个人第一名、团体第二名的成绩脱颖而出，被分行领导过问后，支行人事处才想起当初招进了这么个人，把她调到另一个分理处当了业务经理。

她却厌倦了这份职业。她心目中理想的工作环境是，全员可以有创新的思维，有思想的碰撞，有透明的分配制度，有坦诚的交流，有畅所欲言而免于恐惧的自由，不用害怕因个人能力出色而遭小人打压。而在现实中，尽管办公条件越来越好、越来越现代化，但除了上传下达的指示与任务指标，除了穷尽一切手段完成任务指标以保住工作岗位的残酷现实，人们的大脑中没有什么新的现代文明意识。在没有任何背景和人际关系的情况下，前程几乎不会有光亮。她一眼可以望见自己和大部分同事退休时的模样。她看不到希望。

她的心不安分了，她开始梳理自己想要的人生是什么，她的理想究竟是什么。

要有光。她告诫自己，鼓励自己要成为光。

怎样才能成为光？

自由的心。

心的自由。

三 一个蝎形疤和五个追求者 067

她反反复复地回答自己提出的问题，开始寻求成为光的途径。

　　在银行工作的三年，她遇到了不少追求者，但真正让她觉得可以试着接触的只有两个。一个是顾客易建。易建刚从海外归来，来银行办事，被她的笑容迷住，于是不厌其烦地来银行，来一次送一束鲜花，死乞白赖地要和她交朋友，搞得满城风雨；一个是在那次金融知识竞赛中屈居其后的选手白扬。白扬虽然成为她的手下败将，但确实被她在大赛中展现出来的博学和风采折服，由衷地爱慕她。大赛结束后，他便开始频频向尔蕉发动攻势。尔蕉不愿经历如前三次一样的遭遇，于是一开始便告知他们，自己有难看得可怕的伤疤在身。白扬很年轻，也很理智，说愿意挑战一下自己的心理承受力。易建倒是信心满满，心想一个疤能有多可怕？易建一表人才，因耽于家业至今单身，回国不久便开了一家旅游公司。他第一次约会就想去开房，让尔蕉将伤疤展示给他看，看看自己能否接受。尔蕉理解他的意图，但绝不愿意如此轻浮地第一次约会就去开房，让他看自己的身体。喝完茶她就回了自己的宿舍，拍了一张蝎子疤图片发给他。他气得大骂："好难看，好丑陋！你真是金玉其外，败絮其中！"尔蕉万没料到他如此素质，便没有回应。可没过几天，易建给她发来微信，竟酸溜溜地挖苦她：赶紧把你那疤做掉吧，你自己不照镜子不怕，别人看到了怕呀！还蔑视地说，如果费用有问题，他可以赞助，不要再吓别人了。然后竟将她拉黑，从此杳无音信。尔蕉庆幸没有和他继续发展。后来她无意中得知，易建是个情感骗子，朝三暮四，花名早已在外,他在追求尔蕉时已有女友。经历此事后,尔蕉主动地让白扬看她的蝎子疤,并打算在他发问时告诉他这疤的来历,希望能与白扬真正发展下去。在赛场上,白扬所表现出的幽默机智、知识面广赢得了尔蕉的青睐,她觉得和他相处有一种棋逢对手的感觉。但白扬一看到蝎子疤,就吓得面色惨白,仓促逃跑了。尽管有了充分的心理准备,尔蕉也仍然感到深深的刺痛,觉得爱情连一个疤痕都敌不过,还能敌得过岁月的风风雨雨吗?但两个人在事业上惺惺相惜,恋爱不成,倒成了纯粹的朋友。后来白扬交了新的女朋友,仍没有中断和尔蕉的联系,彼此的信任是牢固的。

"这就是我在遇到曾渔前所谓的'恋爱史',一个蝎形疤吓坏了五个男人,亲爱的书亚。"尔蕉把头往沙发背上一靠,在长长的叙述后喘了口气。

尔蕉的讲述基本上是平铺直叙,不掺杂强烈的情绪和评判。但书亚听得如痴如醉,从中感受到她的绝望、悲伤,感受到她追寻爱情、追求要有光的境界的辛苦。

"我觉得那不是蝎形疤,那简直是只灵蝎,是天蝎。它把那些男人的灵魂试探出来了。五个男人,没有一个人问及你伤疤的来历,可见他们在乎的,首先是自我的欲望。即使是张千林,用了三年的时间等待你,分手后也不曾忘了你,他的爱情也没有战胜他的恐惧,他也没想到追问一下伤疤的缘由。我鄙视他们!他们落荒而逃,是你的幸运,不是你的悲哀。"书亚站起身,在室内踱了几步,慷慨激昂地说着,一只手半举着,食指竖起,不时地做着

三 一个蝎形疤和五个追求者

手势。

太阳正在西下,晚霞铺满了天空,也铺满了书房。两个人的脸,都浸染在余晕里。

她查看着肚腹上的蝎形疤,
像查看正在盛开的蝎尾蕉花,亦像查看自己的童真时代。

四　曾渔的花园

她独自行走,有声音从空中传来:要有光!
光,让一切掩盖毫无意义。

尔蕉望着书亚,脸上慢慢溢出幸福的光。

"书亚,你还记得你带我去见曾渔的情景吧?"

"当然记得了。我一不留神成了红娘,怎么能不记得呢?"书亚亲昵地笑道,停止踱步,转身又坐回到沙发上。

那天,书亚带着尔蕉按约好的时间来到了曾渔家,也就是她们现在身处的这座农庄。进了大门,要穿过一片花园才能进到房子里。尔蕉惊喜地叫道:"好漂亮的花!这花园太有意境了,像莫奈的花园!"

花园里种满了花草树木,贴地的黑心金光菊、月季、玫瑰正成片成片地开着花,青枝绿叶的海棠树高高地伫立在周围,与这些开花的植物相映成趣,颜色丰富,层次分明,真是一个繁花似锦的小花园。

"我管它叫曾渔的花园。"书亚也很愉悦。

"对对,不是莫奈的花园,是曾渔的花园。"尔蕉热烈地附和。

曾渔微笑着站在门廊前,看着她们穿过洒满阳光和鲜花盛开的花园,看她们的身影在光中摇曳。"书亚好!想来这位姑娘就是你的闺密杨尔蕉了。"

"曾渔先生好!你的花园真是太漂亮了!"尔蕉双手握住曾渔伸出来的手。她心中暗暗吃惊,曾渔的装束和气质与她想象中的几无二致——深邃的眼神、高挺的鼻梁,下巴上一道浅浅的凹纹,一副大画家的洒脱飘逸之气。他握手也很有力量,一点也不像是有心脏病的人。更重要的是,他的笑容散发出浓厚的亲和力。

"花园漂亮吗?那我们先在花园里转转再进屋吧!"曾渔笑眯眯地说。

"那太好了!我喜欢花,喜欢热烈鲜活的色彩。"尔蕉立即响应,全然没有身为客人的矜持与客套。

曾渔便领着她们参观花园。他介绍了眼前的这些花后,转到房子的东侧,迎面映入眼帘的,是三棵高大的树。

书亚对花园很熟悉,抢先说:"尔蕉,这三棵树,一棵是玉兰,一棵是柿子,另一棵是合欢。"

尔蕉幽默地说:"我以为你要说,一棵是枣树,另一棵还是枣树哩!"

"哦,鲁迅先生的园子,那只是两棵树,这里是三棵树。"书亚俏皮地应道。

"玉兰和柿子树在北方倒是常见,合欢树不常见,没想到在这里能见到合欢树。"尔蕉欣喜地边说边快步走到合欢树下,仰头观赏着。合欢树足有十几米高,树干端正,伞形树冠像榕树树冠一样展开,树姿优美。

"真美!"她情不自禁地赞道。

曾渔和书亚已经跟了过来,听见尔蕉赞叹,曾渔也兴奋起来:"玉兰和柿子是原来就有的,合欢树则是我住进来时种的。合欢树生长迅速,能耐干燥气候。它很神奇的一点是,叶为偶数。你们看,"他扯住一片合欢树的叶子,"是两面羽状复叶,昼开夜合。但我种植它,主要是喜欢它开花如绒簇,十分可爱。"

"我也喜欢它的花,绒绒的,如丝如缕,半白半红,漂亮极了,是与众不同的漂亮。"尔蕉的眼睛仍望着树冠。她并不太懂植物,但对有些特别的花却能过目不忘,合欢树她在深圳常看到。合欢树也叫"绒花",有首电影插曲《绒花》唱的就是它。由于它的雄蕊如丝如缕,半白半红,故还有一个名字,叫"马缨花"。

"六月到七月是它的花期,可惜你们错过了今年的花期。"曾渔说。

"我还以为你是因为唐代韦庄的那首《合欢莲花》而种的合欢树哩!'空留万古香魂在,结作双葩合一枝。'"书亚插话说。她虽然曾由曾渔领着参观过花园,但从来没有听曾渔谈过种合欢树的事。韦庄的全诗为:"虞舜南巡去不归,二妃相誓死江湄。空留万古香魂在,结作双葩合一枝。"此诗讴歌舜为民众劳碌奔波的精神,赞颂娥皇、女英二妃对舜纯洁的爱情。相传虞舜南巡

四 曾渔的花园

仓梧而死后,娥皇、女英二妃遍寻湘江,终未寻见,便终日恸哭,泪尽滴血,血尽而死。后来,人们发现她们的精灵与虞舜的精灵"合二为一",变成了合欢树。合欢树叶,昼开夜合,相亲相爱,人们以合欢表达忠贞不渝的爱情。

"哈哈,书亚,你真是抬举我了,我纯粹是喜欢合欢的花而已,没想过它的传说。搞文学创作的人就是不一样,凡事都能引经据典。"曾渔朗声笑道。

"曾渔先生真是谦虚。谁不知道你是学养丰厚的大画家呢?"书亚嗔道。

"不管是书亚说的意思,还是因纯粹的喜欢而种的树,反正很美就是了。希望明年开花的时候,我们能来看。"尔蕉神往地又看了看合欢树。

"我们一言为定。"曾渔说着,神情愉悦得很,"走,我们再到西边看看蕉园。"

转到院墙的西面,尔蕉惊呆了!

裙墙边,居然有一大片株型或高大或低矮的热带蕉科植物!难怪叫"蕉园"。高的是旅人蕉,矮的是美人蕉,或红艳艳或黄红或金黄的花朵,热烈、艳丽至极!宽大、翠绿、优美的叶片,在阳光的照耀下,呈现出细腻的纹理和明亮的色彩,散发出蓬勃的生命力!另外一种连成片的植株比较陌生,开的花长而下垂,苞片足有十七八个,像鞭炮一样垂挂,花色特别艳丽,基部赤红色,向尖端渐变为黄色,边缘有黄绿色相间的斑纹,呈鸟喙状,整个花姿非常奇特,美得让人心醉。

曾渔观察到尔蕉激动的神情,更加耐心地解释起来:"我曾经在热带植物园生活过,对艳丽的色彩特别敏感。所以住到这里以后,有了种植的条件,我就选种了这三种特别喜欢的木兰纲植物。"

"我只认识美人蕉和旅人蕉,另一种叫不出名字。"尔蕉喜滋滋地走到最旺盛的那丛蕉旁边,探头看那垂挂在蕉叶中的花。

"我也是。虽然原来参观过这花园,但没仔细辨认过哩。可能是这花不香的缘故,没有太注意。"书亚也表示遗憾。

越是颜色艳丽的花,越是没有香气。但白色的花倒是很香,越洁白,香气越馥郁。栀子花就很典型,它特别洁白,开花时香气扑鼻,浓郁得好多人受不了。这大概是植物的平衡奥秘吧。外表朴素的香气浓郁,妖艳的就以颜色吸引人的眼球。

曾渔走到墙边,指着那几丛她们不认识的植物给她们讲解:"这是蝎尾蕉。蝎尾蕉属多年生常绿草本植物,生长旺盛,丛生,叶子多,叶片大,开花多,造型新奇独特。你们看,它的花序是'之'字形状,是不是像极了蝎子的尾巴?所以它的名字就叫'蝎尾蕉'。蝎尾蕉品种特别多,原生种就有 80 多种,各种变种、杂交种的数量在 400 种以上。我的这种蝎尾蕉,叫垂序蝎尾蕉,也叫金嘴蝎尾蕉、金鸟赫蕉,是蝎尾蕉属植物中最艳丽,也最引人注目、最被人熟悉的品种。它的花期在初夏至秋季,观花期有四五个月,眼下已至花期末期,但你们看它的花色仍然十分鲜艳。因为它太美了,人们越来越喜欢用它做切花,似乎'蝎'字也不那么可怕了。"

曾渔说着,看到一些稍稍卷曲的花边,便给它们轻轻地捋一捋:"金无足赤,人无完人。花也没有绝对的美丽。"

"当然,花会枯萎,会凋谢。再好的金子也总是99.99%嘛。"书亚说。

曾渔点点头:"正是。但是,花朵的意义、植物的意义,就在于它的生命力,不是因为一朵花、一个花瓣损坏了,它就死去了。花谢了,叶枯了,只要根在,来年就还会再开花,再长叶。我隐居的初期,心理上也是极不适应的,但这个花园让我变得从容、温润。走在庄园的春天里,走在四季里,走在花香中,我欣喜畅达,满怀希望。满怀希望,心就会所向披靡。"

"曾渔老哥,你今天特别健谈哟!"书亚略显惊讶。

"是吗?我倒没有注意。也许是我对木兰纲植物特别熟悉的缘故吧。"曾渔并不在意。

"蝎尾蕉。"尔蕉仍目不转睛地盯着垂序蝎尾蕉的花片,似乎全部的注意力都在这簇花上面,梦呓般地说,思绪已飞到九霄云外。

"是的,蝎尾蕉。你看它这个花序,太像蝎子的尾巴了。"曾渔察觉到尔蕉的异样,也不便问,便抚起一枝花枝,重复着,比画着。

"嗯,是,是。"尔蕉如梦初醒般地激灵了一下,定定神,喃喃地说,"我曾经梦想着,将来有了自己的房子,我要在房子四周种植一圈美人蕉,让热烈的色彩带来生命的欣荣。今天看到你这里的植物,我以后还要增加些品种,让色彩更丰富,春红,秋艳,生生不息。"

书亚也开心地说:"看,今天真是来对了,尔蕉大饱眼福,我也新收获了不少植物知识。"

"嗯,这话是对的。但什么时候来都是对的。"曾渔笑答。

在花园里转了好久,曾渔才招呼她们去画室。

画室前部的小会客室里,咖啡已经煮好,浓郁的咖啡香气正在弥漫。书亚来之前已告诉过曾渔,尔蕉和她一样,也是"咖啡控"。

"尔蕉,书亚说你刚刚辞职了。真是勇敢一族!"曾渔伸手请她们坐下,温和地笑。

"现在想想,还真是勇敢。"尔蕉放下双肩背包,也笑,她笑起来有几分天真无邪的样子,"但和人们常说的勇敢又不大一样。勇敢往往是经过深思熟虑的行动,但有时候,人迈出关键一步就是一瞬间的事,就像一见钟情那样简单。"

"你这是什么比喻?哪跟哪啊?"书亚用胳膊肘碰了碰尔蕉,揶揄道,也笑。

三个人一起笑。

曾渔将咖啡递到两人手里,自己也坐下:"你们发现没有,我们三个人有一个共同点。"

"是什么?"书亚和尔蕉齐声问。

"都是辞了职的人。"曾渔轻松风趣,声音高了一些,"虽然我们辞职的原因不同,但结果是一致的,就是获得了时间、空间上的自由,所以我们是殊途同归的一族。"

"我们是自由派。"尔蕉接上话茬。

四 曾渔的花园

"不能说是自由派,这是敏感词。"书亚摆摆手。

"看看这做出版出身的,对词语就是敏感。"曾渔的情绪越来越高。

尔蕉沉吟道:"那叫自由主义。"

"这个还是敏感词。"书亚又摆手。

"我看我们仨就叫'自由果',哈哈,追求自由,结出果实。"曾渔说。

"'自由果','自由果'好,没人用过。"尔蕉连连晃动着右手大拇指。

"三枚自由果。"书亚欢快地轻拍着茶几。

满室笑声荡漾。

"书亚这个人呀,用一个词形容她,坦荡;两个词形容她,坦荡、温暖;三个词形容她,坦荡、温暖、大气;四个词形容她,坦荡、温暖、大气、智慧。尔蕉姑娘,你和书亚交朋友,必结出自由果来。"曾渔的目光在书亚和尔蕉间扫来扫去,眉间眼角全是爱怜。两个年轻单纯的女子的到来,让他感染到她们的青春气息。

书亚说:"我就爱听曾渔先生夸我,这一夸,就是给我这人的本质定性。不过,曾渔老哥,你把这么多动听的词用在我身上了,以后怎么夸尔蕉呢?"

"呃,那我就用同样的词语,再夸一遍尔蕉。你们俩,一看都是美丽、智慧的女子,怎么夸都不为过。"

三个人就这么欢喜地彼此欣赏着,开着玩笑,喝着咖啡,看着窗外的花园,像是知交了一辈子的挚友,海阔天空,无拘无束。

"代沟不是以时代来划分的,而是以思想来划分的。"此话是大画家吴冠中说的,以前我只觉得有道理,今日看尔蕉和曾渔,觉得简直是真理。

——书亚的札记《随想录》之 No. 83

喝过咖啡,曾渔嘱咐书亚去试衣间装扮一下,收拾好了叫他,他带尔蕉去参观画室。

曾渔的画室里,墙上挂满了装帧规格不一的画作,有些未完成的作品和一些空的画布则摆在墙的底部。尔蕉做梦也没有想到,几个月后自己会成为曾渔夫人,更没想到,两年后自己会成为这个画室的主人。

曾渔一幅一幅地给尔蕉介绍着,画的背景、时间、用料、手法等等。他觉得尔蕉比书亚要懂画,她总是能恰到好处地接上他的话,应和或是补充,都很到位,有时也表达自己的观点,有的观点还非常独特。这令曾渔诧异,他看到了尔蕉的艺术天赋。

"你大学里学的不是金融专业吗?怎么对画还这么懂?"曾渔是真的好奇。

"嗨,说来是有些奇怪,我喜欢艺术,甚至可以说是酷爱。当初报考金融专业,主要是为了毕业后好找工作。"尔蕉娓娓道出自己"懂"画的原因。

尔蕉在小山村里度过童年,没有上过幼儿园,到深圳上小学后,有一次老师带同学们去参观一个幼儿园大班的实验艺术课。

在一间教室里,老师正在教小朋友们画画,让他们想怎么画就怎么画。看着那一张张白纸渐渐变成一幅幅五颜六色的、千奇百怪的儿童画、水彩画,尔蕉一下子被吸引住了。绘画可以将自己的想象变成美好的画面,那可以承载多少梦想?从那以后,尔蕉就喜欢上了看各种画展,看各种画册。她几乎把所有的课外时间都用于阅读绘画方面的书,梦想着有一天自己也能当一个画家。但由于家境并不富裕,为了给父母亲减压,报考大学专业时,她首先要考虑的是生存问题。她明白,只有能够自食其力,才能真正独立。但上大学以后,她的一颗热爱绘画艺术的心彻底放飞了,有关美术的课程是她必上的选修课。只是她一直停留在阅读和参观画展的层面,自己未动手画过画。

"这么说你是真懂画。你说说看,我的画有什么特点?"

"你的画,题材上只有两大类,花木和人物,表现的是自然美和人性美;风格上,从喧嚣繁华走向了沉静平和、明媚大气。"尔蕉简洁有力地回答。

其实,她刚才一路看过来的时候,心里就一直在作评判。从曾渔的那些画里,她发现,他隐居以前的作品虽然不多,但可以看出,热带植物题材多,色彩更大胆、更绚丽,黄的、红的、橙的,各种热烈鲜亮的颜色用得比较多,这可能和曾渔拥有丰富的热带生活经验有关,作品既传递出热带植物的形态和气息,又渗透着生命力和灵性,笔落之处,物的形态优美,情的表达热烈。这期间的人物画非常有特点,曾渔总是将人物置于自然之中,让人们感受到热带生态的神秘魅力,以及人与自然关系的无限可能。后来,他的作品中蓝色慢慢地多了起来,应该是隐居生活所带来的心境变化所致。蓝色是纯净的、沉静的,也是希望的颜色,是和平的颜色,但蓝色才是最亮眼的颜色,所以后面的画虽然没有更繁复的热烈的颜色,却散发出明媚的光,更加抢眼。

曾渔的眼里,掩饰不住震惊、喜悦与赞赏的光。

尔蕉见曾渔不说话,越发投入地说:"我想,这也代表了你的志向与格局。你的风景画太特别了,人们常说的风景,多是日月星辰等风景,可在你笔下的风景中,总是有人的身影,好像也是人生的风景,藏有大自我,是一道大风景,持续恒定,熠熠生辉,让人看见并思考未来的路。而你的人物在自然中,仿佛承载着人性的最原始、最朴质的故事,传递出一种善与美的力量,有很强的感召力。"

"哎呀,我今天这么能说,一定是神灵附体,超常发挥了呢。"尔蕉不等曾渔说话,又憨憨地笑。

"你有一双鉴赏家的眼睛!"曾渔热切地说。确实,尔蕉说得很对。热带植物园的生活养成了他的创作个性。他画热带植物,到北京后,有好长一段时间仍以热带植物为创作对象。那时,他极不适应北方生活,冬天刚到,就能看到树叶掉落的景象,到了严冬,寒风刺骨,出门脚下嘎吱作响,不像热带植物园里,没有季节变化,一年到头树叶不落,所以热带植物在他头脑里越发鲜活。而风景里的人物,就像尔蕉说的,在于表现人类与自然的共生共荣,和谐相处。虽然后来因教学等的需要,题材多了起来,但隐居以来,他的绘画又彻底回归了热带植物题材。他觉得当年的感觉比热带植物园的生活更纯粹。

尔蕉年纪轻轻,却能从画面看出来曾渔作品中题材与心境的变化,不得不令曾渔刮目相看。

"但你知道吗?我真正的早期画作,像这样的人物都是裸体表现的。"曾渔指了指有人物的画作。

"哦?在热带植物中的人体艺术?那是不是蕴含着人类与自然更纯粹的关系,像亚当、夏娃在苹果树和生命树下?我感觉那样更诗意、更有生命的活力。"

"尔蕉,你完全可以搞美术评论!"曾渔欣喜不已。他干脆走到墙边,手高高举起,在一幅作品上来回指点,"我在热带植物图里画人体,就是表现人与自然的亲密关系。植物是另一种形态的生命。画植物,就要画植物的生命。你看,这些热烈的阳光,这些蓬勃的绿,这些恣肆绽放的花朵,都在张扬生命的活力、生命的意识。像书亚的写作,故事是植被,而附着在植被上的,是她的情绪、氛围、情感、思想。我画的,无论是植物还是人体,都是表象的,是画作的植被,人与自然的相互对应、依存、交融才是画的肌理,其间附着了我的情感,我对自然、对生命的思考。有了这些,画才真正丰厚、沉实,才经得起玩味,经得起时间淘洗。"

"哎呀,太不好意思了,我刚才真是班门弄斧啊!与你说的一比,我简直是幼儿园水平呢,真是自惭形秽,羞死人了。"尔蕉连连摆手,刚才的得意劲儿变成了极不自在。

"瞧你说的,我们只不过是语言表达不一样而已。相信我,你真的可以搞美术评论。"曾渔爱怜地拍了拍尔蕉的肩,肯定地说。

"不敢不敢了。"尔蕉觍颜道,"我更愿意画,但我是零基础。"

"画也肯定行!零基础也不怕,说到底,艺术是需要天赋的。你真是有艺术天赋,真应该从事艺术工作。"

曾渔和尔蕉说这话时,眼神是慈爱的、欣赏的、喜悦的。他感到这女孩子不一样。

"所以我辞职了。"

"你辞职太明智了,银行少了一名业务经理,美术界多了一位未来大家。"

"你这话对我是极大的鼓舞。"

"如果你愿意,以后有什么大型画展,你可以叫上我,我们一起去看,我陪你去看。"

"我当然愿意。你是引导我,不是陪我。我要拜你为师。"

"别,我可不敢再为人师表。"曾渔急忙摆手。

"曾渔,我好了!"书亚从试衣间出来,大声叫道。她果然在曾渔面前没大没小的,一会儿叫"曾渔先生",一会儿叫"曾渔老哥",现在又直呼其名了。

曾渔便让尔蕉自己参观,他今天的主要任务是给书亚画肖像。

尔蕉独自快速转了一遍,来到画台前,说她从来没观看过画家画画,尤其是大画家画人物肖像。她也想观赏书亚做模特时的样子,饱一下眼福,或许还可以偷师学艺呢。她咯咯咯地笑,俏皮得很,看得出她的兴致特别高。

四 曾渔的花园

曾渔支好了画架,调好了油彩。

书亚刚坐到模特台上,手机便响了。

曾渔宽厚一笑,让她先接电话,怕万一是比画画还紧要的事。

书亚接了电话,喜出望外——原来死活不愿意接受书亚采访的一个有婚外情的女人,突然愿意接受采访了,而且还动员她的出轨对象一起接受采访,他们今天中午有时间。

"对不起,曾渔先生,我必须去。你们不知道,这两个人的故事非常有代表性,我听人说起过,但不知细节,今天一定要挖到。"书亚不待曾渔表态,就收拾东西准备走。

曾渔故意酸溜溜地说:"好,主业为重,我一个隐居的闲人,时间机动得很,随时恭候你。"

"哈!就是嘛!"书亚打着哈哈,"不过尔蕉可以留下,你先给她画呗,反正你也是要给她画的。"

曾渔故作惊讶地摊摊双手。

书亚眨了眨眼睛,奸笑道:"难道你给我画,不给尔蕉画?我觉得尔蕉也会非常乐意当一回模特。"

尔蕉听着书亚的话,感到自己的心跳加快了些。书亚懂她。是的,她非常乐意。她在画室里看过那些画以后,觉得如果曾渔能给她画肖像,那将是她的荣幸。

尔蕉连忙说:"好,我乐意,我留下。但不知曾渔先生是否乐意让我当模特?"

曾渔指着她们俩:"你们两个小姑娘,不用给我唱双簧。我给尔蕉画,待大作家书亚有时间了,我再给书亚画。"

"不是大作家,是自由写作者。"书亚笑嘻嘻地背起包,摆摆手往外走去。

"这家伙就是这么风风火火的。"曾渔笑。

"她是动如脱兔,静如处子。"尔蕉说。

尔蕉和书亚回忆着尔蕉与曾渔第一次相见的事情,不知不觉天色已暗。

尔蕉起身走到门口,按下电灯开关,室内一下子又明亮起来。

书亚突然猛拍了一下脑门,扑哧一声笑了。

"尔蕉,你老实告诉我,你和曾渔,是不是自那天起就在一起了?难怪肖像一直没看见,原来是画裸体画《黑香》去了。"

尔蕉点点头,又摇摇头。事情并不像书亚想的那样发展,但那天确实开始画《黑香》了,而且,她知道就是从那时开始,两个受伤的灵魂迅速接近。《黑香》断断续续画了三个多月。画作完成时,尔蕉才明白,自己的心底已经长出了爱情的芽苗。

"我说了,我今天会毫无保留地告诉你一切。"尔蕉看看时间,"该吃晚饭了,吃完饭我们接着聊。"

两个人均已无心吃晚餐,草草地扒拉了几口饭菜,又赶紧回到了书房。书亚掩饰不住想听尔蕉和曾渔的爱情故事的急迫心情。她们在十字路口相遇以来倾心相交,但疫情期间,好多事沟通起来就不是那么细致了。

她查看着肚腹上的蝎形疤,
像查看正在盛开的蝎尾蕉花,亦像查看自己的童真时代。

四 曾渔的花园 085

五　蝎尾蕉盛开成爱

> 她独自行走,有声音从空中传来:要有光!
> 光,让一切掩盖毫无意义。

书亚带尔蕉去曾渔画室那天,书亚走后,尔蕉去试衣间收拾了一下头发。说是试衣间,其实就是一面穿衣镜,有一些陈旧过时的气息,看得出少有人用,大概就是曾渔自己平时整理衣着时用一下。她站在镜子前,怔了好一会儿,撩起衣角看镜中的自己,看肚腹上的蝎形疤。那伤疤此刻平静、寂寞地斜卧在那里,暗红发亮,透出几分冷漠、诡异的气息。

她的嘴角浮起一丝艰涩的笑。

她走出试衣间,非常凝重地对曾渔说:"曾渔先生,能否让我做裸模?"

曾渔被她的表情吓住了。

"书亚应该说起过,我自辞职以来,不再画人体画了。给朋友女儿画的肖像,都只是特例。"曾渔的语气里全然没有了几分钟前的兴奋劲儿,饱含悲凉。

"是的,我知道。但我想当一回人体模特。"

"为何?"

"我想给自己留一个永久的纪念、青春的纪念、自由身的纪念。"

"那好,我画。"

轮到尔蕉愣住了,她没想到曾渔这么快就答应了自己冒失无礼的要求。"十五六年不画人体画,你不怕勾起你不快的回忆?"尔蕉心虚地说。

"往事早已成风,不怕。你都不怕,我怕什么?"

其实,曾渔是被"自由身的纪念"几个字打动了。他隐隐觉得这几个字背后有故事,尔蕉年轻的身体里藏着故事,他想成全她,成全这枚"自由果"。关于尔蕉,书亚并没有介绍太多,但基于她救书亚和从银行辞职的事,他判断她是个有思想、有主见、有独立个性、有理想追求,也有勇气和行动力的女孩。现在,这种感受更加强烈。

只是画室大而空旷,地气重,现在这个天气,还没暖气,裸身容易着凉。曾渔建议去书房,书房不大,但因为有空调,温度调节方便,有时他也在那里作画。

"好。"尔蕉不假思索地应道,但同时嘴角下意识地浮过一丝讥讽似的笑。她不由自主地想到了有关曾渔性侵的事,在心里对他的美好印象打了个大大的问号。"去书房",这或许是一个借口?书房空间不大,更私密,是不是专为画人体画而准备的?是不是更便于引诱人体模特?

五　蝎尾蕉盛开成爱　　087

尔蕉的表情未能逃过曾渔的眼睛。作为画家,他善于观察、捕捉一切细节。他不明白尔蕉为什么会浮出一丝讥笑,但这丝讥笑让他的脑海里倏地划过在美院给紫苏画画的一幕,心里不由得生出一阵寒意。表面单纯的女子,谁知道她心里藏着怎样的诡计呢?她突然提出画裸体画,真实意图究竟是什么?

不管怎样,去书房的提议已被尔蕉接受,那就移步书房。

说是书房不大,但在尔蕉的眼里,光是三十多平方米的面积就已经很奢侈了,更不要说那诸多的画作和艺术藏品。

曾渔开了空调,将温度调到二十八度,又将书桌前的椅子挪开,让尔蕉站到窗前,自己站到画架前,眯起眼睛打量,示意她稍稍侧身,侧脸,挺胸,头微微仰一下,诸如此类。这样调整了一阵,曾渔满意地颔首:"就是这个位置、这个角度、这个姿势,你准备好,放松一下情绪,我换块画布。"

曾渔从靠墙的一堆画布中取出一张规格较大的画布,放上画架,调试了一下画架的宽度与高度,抬起头看尔蕉。

尔蕉已赤身裸体地站立着倚在窗前,头微微仰起,胸挺着。她满脸绯红,羞怯中带着拘谨。小腹左下方靠近大腿根的地方,一道黑红的、阴森森的蝎形疤突兀地卧在那里。

曾渔刹那间明白了一切,在感到深深震撼的同时,他明白了尔蕉内心的痛与苦,也明白了她看到花园里的蝎尾蕉时为什么会走神!

他也说不清为什么,内心涌起一阵冲动,好想冲过去,将尔蕉抱在怀里。

但他任凭心中的波浪翻卷,表面上仍风平浪静。一方面,他理解了尔蕉说的"想给自己留一个永久的纪念、青春的纪念、自由身的纪念";另一方面,她的那丝讥笑又让他怀疑她这话背后的含义。为什么她要"纪念"?难道在这幅画后,她就"结束"了"自由身"?那么,她想在画画过程中发生什么?

过了好一阵,曾渔才说话,声音柔和而冷静:"尔蕉,你不要紧张。画家画人体,就像医生看病人一样,就是职业需要,不要紧的。"

"嗯。"尔蕉低头,又抬起头,顺着光看着前方。

曾渔开始起稿。他已经在心里确定了这幅画的主色调。他将一种熟褐色的颜料挤在调色板上,又挤了少许的青色,用一支长柄的画笔将它们搅拌在一起。他的动作很轻,很慢,像是一边搅动颜料一边在思考什么。这样搅拌一阵后,他又放下画笔,朝尔蕉走过去,双手将她的下巴再微微地往上抬了一下,又稍稍扳正一下她的身子。这样,尔蕉的面部、乳房和那个蝎形疤就都有高光掠过。

尔蕉的身子触电般地收紧了些,也本能地躲避着曾渔,心中不悦地想,这或许是他引诱她的开始?

"光的落点很重要。一定要有光。"曾渔说,"一幅作品的构图、配色运用、笔触技法等手法很重要,光的运用尤其重要,它能展现出画家对人体线条及其纹理质感的理解,赋予其更加深刻的意境和内涵。"

"嗯。"尔蕉应了一声,淡漠中又有些羞涩。"要有光",曾渔很自然地说出的这三个字,在此刻却令她反感。他是在讨好自己吗?

"保持这个神态和姿势,我这就起稿。"曾渔微笑着,意味深长地看她一眼,叮嘱了一句,反身走到画架前,拿起画笔在画布上噌噌噌地画起了轮廓。

尔蕉的紧张表明了她的单纯,但也表明了她对他的戒心与防备。

虽然曾渔没有进一步触碰她身子的动作,但尔蕉还是不敢放松警惕,大气都不敢出。毕竟,她和曾渔是第一次见面;毕竟,她不是专业人体模特。她不知曾渔会怎么看待自己主动要求画裸体画的举动,也不知为什么曾渔看到她身体上的丑陋疤痕时那么沉默,没有一点惊疑,更不知曾渔将会把她画成什么样子。她真希望此时书亚能在身边。

想到书亚,尔蕉的心平静下来。她为自己刚才对曾渔的种种猜忌和不信任感到汗颜。曾渔是书亚的忘年交,是书亚尊敬、景仰的人,必不会轻看自己,自己用不着担心,更不用害怕。

可是,还是有丝丝疑云在心头萦绕。

尔蕉一动不动地坐着。

曾渔专心致志地画着。

书房里,除了空调的声音,没有任何杂音。

不知不觉,画布上,尔蕉身体的轮廓就出来了。褐黄的颜色,在画面上透出很温暖、很温情的质感。

"先生,午饭好了!"楼下飞上来保姆的喊声。

曾渔答应了一声,然后将画笔放下,退后两三步观看画布,很欣慰地点点头,愉快地说:"尔蕉,上午的工程到此为止,我们先吃饭去。"

尔蕉应了一声,默默地穿好衣服,走过来看画,眼睛里闪烁出欣喜的光泽——画面的色彩与质感,远远超出她想要的、想象中的效果。

"谢谢曾渔先生!"她由衷地说,心情一下子轻松了许多。

曾渔温厚而颇为自豪地一笑:"这个还只是轮廓图,只是起笔,只是美的开端呢。"

午餐很简单,但有红酒。平时曾渔和管家、保姆一起吃饭,偶尔有客人的时候,便单独和客人用餐。但今天他并没有和尔蕉单独用餐,而是和管家、保姆坐在一张餐桌上吃饭,似乎没有把尔蕉当客人。曾渔介绍了保姆和管家。保姆阿桂,大名叫桂小云。她老家在西北一个贫穷的乡下,曾渔辞职那年,她刚到丁飞家当保姆。那时她刚和丈夫一起来到北京打工。

"丁飞,这房子的主人?我听书亚简单说过房子的事。"尔蕉颇有兴趣地问。对于曾渔的故事,她急于听曾渔自己说。

曾渔也很兴奋,似乎不想有丝毫的隐瞒。

丁飞是这幢农庄的原主人,也是曾渔在热带植物园生活时就认识的少年伙伴。两人的父母亲是在植物园里工作的同事。丁飞父母亲是本地人,一直在植物园工作、生活,父亲是技术员,母亲做后勤。曾渔父母亲是省农科所的植物学家,"文化大革命"时期下放到热带植物园,做普通的园林绿化工,得到过丁飞父母亲的同情与关照。曾渔父母亲并没有因成为普通工人而心灰意冷,反而利用身在一线的机会发现了更多植物的生长规律,写出了不少植物学术论文,从而深深迷恋上了热带植物园。"文化大革命"结束后,他们主动打报告要求留在植物园进行科研工作,放弃了回原单位的机会。曾渔在植物园读初中、高中,耳濡目染,慢慢认识了很多植物,父母亲和植物园各工种工人劳动的场景,也深深印在他的脑海里。他考上美院后,植物园生活成了他绘画创作的重要源泉。大学毕业后,他以一幅《南国植物》一举成名而留在美院。

丁飞年轻时自办企业,小有成就。后来他到北京发展,一来就看准了苗木市场,买了一片地,在地里盖起了一幢二层楼,办公、住家用,又铺设了电线,挖了水渠,请了果木专家当顾问,经营园林苗木种植、批发。当时正值城镇园林建设如火如荼,园林绿化苗木需求量大增,一时间他的农庄生意非常红火。但他后来遇到一个花梨木巨贾,转行跟着做花梨木家具生意去了。农庄请人管理,结果经营不善,连年亏损。于是,丁飞干脆将农庄大部分土地转租给别人,自己仅留下两亩地,种了一些果树和花卉,用于度假和招待友人。但在商场上,他始终不敌各种市场潜规则,便起心动念想去美国创业。

丁飞爱好收藏当代画家的作品,几乎一直是一手经商,一手收藏。在曾渔刚辞职那会儿,他得知曾渔离婚净身出户,极为不忍,主动提出将自己的农庄折价卖给曾渔,并一直给予曾渔精神上的支持。他相信曾渔是被陷害的,他的逻辑很简单,以曾渔的儒雅外表、艺术才情和画坛名气，美女们像飞蛾扑火般追求他，他拒绝都来不及，怎么会性侵他人？他也相信曾渔的画作绝对有收藏价值。曾渔很感动，仅从自己的画作中挑选了十幅留下，其余悉数送给了丁飞，其价值远超房子所值。丁飞临去美国前，又给曾渔一张银行卡，里面的金额足够曾渔下半辈子吃穿用度。两个人惺惺相惜，在曾渔遭遇人生重大挫折的时候，丁飞反而显现出情比金坚的高贵品格。

曾渔很喜欢农庄的格局，那两层楼也极合心意，稍加装修，就充满艺术气息。一层除了会客厅、厨房、餐厅、储物室外，全部用作画室；二层做主卧、书房，另有两间客房。果木园仍保持原有的格局；但花园部分却经过精心的谋划，为保持一年四季都有花开，他特地选种了部分在北方也能生长的南方植物。

正是因为丁飞的仗义，曾渔才得以很快在农庄过起了隐居生活。

丁飞将房子卖给曾渔后，问阿桂是否愿意留下来帮曾渔打理家务，阿桂说愿意。十几年来，阿桂夫妻俩挣了一些钱，在老家盖了房子。他们育有两个孩子，大的马上大学毕业了，小的也已经上高二了。他们希望挣更多的钱，将来好供孩子们成家立业。管家曾明远还是兼职园丁，他是曾渔老家远房表叔的儿子，年纪和曾渔相仿。曾渔辞职，被家里人看成是落难了，推举出曾明远来陪他这个大画家。曾明远擅农活，一见农庄就欢喜得不得了。也因为他，果园和花园才被打理得井井有条，果园年年丰收，收成足以支付农庄里的一切开支。他在花园和果园之间辟出一小块地，专门用来种菜。他也按曾渔的喜好学习引种了一些新品种花草。花园里的合欢树和蝎尾蕉等南方植物,都是他按照曾渔的要求选种的。看得出,曾渔对阿桂和曾明远非常满意。

曾渔和尔蕉喝了点红酒,脸上都有些红润,都很兴奋。

午后的阳光透亮却不炽烈。曾渔带尔蕉在花园里散了一会儿步,颇有兴致地介绍着每一种花来到花园的故事,很随性地聊着天。

阳光下,蝎尾蕉花艳丽无比。曾渔小心地折下一枝,平托在手递给尔蕉。

尔蕉接过花,心中有激情涌荡,甚至为上午的种种猜忌而羞愧。这个叫曾渔的男人,这个比自己年长一倍多的艺术家,此刻两人间已没有年龄的巨大差异,只有灵魂碰撞的火花闪现。她感到自己的心和曾渔的心正亲密地靠近。

她嗅了嗅花,抬头凝视曾渔,眼角有泪滴倏地滚落。

曾渔的喉结蠕动了一下,但他没有说话,抬手想为她揩拭眼泪。

尔蕉猛地清醒,像被烙铁烙了一般地躲开了曾渔的手,面色沉凝。

曾渔的手在半空中停了一下,然后放下来,嘴角浮过一丝苦笑。

那天一回到家,尔蕉就给书亚打电话,想聊一下当天在曾渔家的经历,聊自己对曾渔的欣赏与怀疑、信任与惧怕、困惑与矛盾。但书亚仍在热火朝天地采访,没有接她的电话。待到采访结束时已经很晚了,她也只回了两句留言:今天一切顺利？我期待一幅《蒙娜丽莎的微笑》般的传世肖像哦。尔蕉想想,发了几个表示努力和成功的表情符号。她不知该怎么解释画肖像变成了画人体的事情,她的内心深处仍然对自己的蝎形疤有种羞于启齿的悲伤,而且她感觉到画人体画已成为她和曾渔之间极为私密的、既默契又充满试探的事情,是一个女人和一个男人的独立事件,她不知事件的走向,还是先保持静默为好。

尔蕉的人体画断断续续地画了三个月,曾渔仍未在画上画那道疤痕。尔蕉看着画面上光裸的完美的肌肤,心里充满了疑惑。如果没有那道标志性的蝎形疤,又怎么能是尔蕉的人体画？

曾渔笑而不语。

曾渔无法回避的事实是,尔蕉身上的蝎形疤当初确实惊到了他。他假装不在乎,假装不好奇,但他不能假装看不见。画尔蕉人体的每一天,他都在问自己:这个疤的背后究竟有着多么令人恐怖的故事,多么令人不堪的记忆？自己要怎么做才能帮到这个令他怦然心动的姑娘？怎样才能覆盖这个疤给她带来的痛苦记忆？最开始,对尔蕉的戒备阻滞了他的想法,但很快他释然了,到现在,他已完全放下了自己的担忧,放下了对尔蕉的戒心。他觉得她没有阴谋诡计,她真的就是想画一幅人体艺术画,为自己带有蝎形疤的身体留下一个永久的青春的纪念。

而尔蕉,三个月来心里也经受了多次自审和煎熬。她默默地问自己:为什么在曾渔面前有勇气裸露自己的身体？真的只是想画一幅人体画吗？还是因为被他吸引而有了异念？还是对他怀着某种试探与渴望？自己对他的警戒心有意义吗？如果他真的对自己有龌龊的念头，又怎么会在这么长时间内按捺得住心火？是自己出于自卑生出臆想，以小人之心度君子之腹了？有时候，她想得入了迷，就像灵魂已出离了肉体，神情沉浸到某种意境里去了。或许，曾渔就是捕捉到了这样的时刻，才使画面有了梦幻的质感。

事实上，两个人经过三个月的相处合作，已经悄然放下了对对方的防范和猜疑，重新回归到彼此欣赏和信任的美好印象，而且完全无意识地亲近了许多。

终于，经过一遍又一遍加工、调整，曾渔用画笔在那道疤痕的部位刮擦出第一道颜色：熔岩流红色。在他看来，这种红象征着苦难与淬炼。

他在心里作出了惊人的决定。

连着两天，他全神贯注地画那道疤，笔力、色彩、光影、层次，每一个细节都打磨了又打磨。这时候的尔蕉已不用摆姿势站在窗前了，但他不让她看画，打发她去花园散步，去果园摘果，和阿桂出去买菜，就是不让她待在书房里。尔蕉以为他担心她看了难受，也就听之任之。

三个月后的一个下午，尔蕉正在花园里向曾明远学习剪枝，听到了曾渔的喊声："尔蕉，尔蕉！事情成了，成了！快上楼来！"声音听上去兴奋异常。尔蕉抬起头，见曾渔正在书房窗户那儿使劲挥手。

尔蕉将剪刀往曾明远手里一塞，飞跑着来到二楼书房。

画架上蒙着一层深蓝色的绒布,画架旁边的方角几上摆着一张浅蓝色的卡片,上面用白色的珊瑚体写着"黑香"。

不用说,这是曾渔为画作取的名字。

"《黑香》?"尔蕉轻蹙起眉头。

曾渔拉起尔蕉的手,让她站到画架一侧,自己站到另一侧,故作正经地说:"现在,我宣布,以杨尔蕉为模特、曾渔为作者的人体艺术画作《黑香》,揭幕!"他的声音中充满欢喜。

尔蕉反应过来,扯着绒布一角,跟随曾渔用力的方向一掀,绒布落下,画布全部展露出来。尔蕉迫不及待地探身看画,曾渔拉着她往前走了几步,转身站在画面正前方观看。

画面上,尔蕉微微侧身站在窗前,阳光照耀着她,她遍身散发着自然的、青春的光泽。圆润的脸部轮廓、紧绷的肌肤、丰满的乳房、柔美的腰、微翘的臀、肌肉结实的大腿,一个健康、明亮、纯洁的女子形象鲜活地立在眼前。在她平坦雪白的肚腹上,斜卧着一枝蝎尾蕉花,金红色的苞片,镶着金黄色的边,片片饱满,鲜艳欲滴,充满了诱惑,令人遐想。

微微交叠的双腿自然地遮挡了私处,整个画面形制高雅,神形灵动,气韵万千。

"曾渔先生!"尔蕉一下子扑进曾渔的怀里,号啕大哭,所有的猜度、戒心瞬间化作感动与羞愧。她感受到被深深地理解、深深地宠爱,感受到一个男人无私的、光明的、视她为珍宝的爱!

尔蕉的心被这样的爱的光彻底照亮。她也知道了自己想要的爱情、等待的爱情是什么,就是对自己的肉身与灵魂同时接纳,

五 蝎尾蕉盛开成爱 097

像接纳鲜花与腐叶并存的大自然一样。

曾渔任由尔蕉在他怀里哭,他只是紧紧地抱着她,温柔地拂掠她的头发。他也为自己最初对尔蕉画裸体画的动机的揣度而内疚。多么纯洁无邪的姑娘呀,自始至终保持着一个模特的姿态,未曾抛过一个媚眼,未曾暧昧地触碰过自己的肢体,她是真诚的、坦荡的,只想将有丑陋印记的身体以艺术的形式留存纪念……

尔蕉的情绪稍稍平复下来。他抚起她的脸,轻轻吻她,吻她的眼睛、鼻尖,吻她的下巴和嘴唇。他感到体内有一种久违了的疯狂的欲望,爱的欲望,做爱的欲望。

他突然不顾一切地抱起尔蕉,放到长沙发上,更加疯狂地亲吻她。

尔蕉喘着气,回应着他的吻,任由他褪去自己的衣服。那青春的乳房是如此饱满坚挺,乳晕像玫瑰花苞的蕊一样红润。他的吻,最终落在那道疤痕上。万千的温柔,万千的疼惜,万千的爱情,都倾注在这一吻上。尔蕉的身体像火山即将喷发一样震颤起来,欲冷却却更旺地烧灼,想抗拒却更焦渴地迎合,既感到刺痛,又觉得刺激,晕眩中好生魔幻……

在一般人眼里,丑陋的疤痕远比心灵的美好容易被看见。

只有真正的爱情,才会忽视身体的缺陷。

只有心灵高贵美好,才会将丑陋的疤痕当作盛开的花朵。

——书亚的札记《随想录》之 No.98

性与爱情、灵与肉,在这个光线充足的下午,在尔蕉和曾渔之间,完美地契合。

曾渔疲倦而幸福地靠在沙发上,尔蕉慵懒地蜷缩在他的怀里,手指在他的胸肌上毫无规则地画来画去,仿佛在写天书,又仿佛在画那枝蝎尾蕉花。

"尔蕉。"

"嗯。"

"愿意嫁给我吗?"

尔蕉手指一顿,旋即仰起头来,盯着曾渔的眼睛。

曾渔的眼睛里只有爱和幸福。

"你再问一遍。"

"愿意嫁给我吗?"

"你再问一遍。"

"愿意嫁给我吗?"

"愿意。愿意。愿意。幸福的事情说三遍。"尔蕉幸福而俏皮地说,脸蹭着曾渔的脸。

曾渔说:"好。我们建立一个橡树婚姻。"

"橡树婚姻?"

"橡树是世上最大的开花植物。"

"哦!太好了!"

"我们首先来一次旅行结婚。"

"嗯。"

"你想去哪里?"

"去一个叫天堂岛的地方。"

"天堂岛?在哪个国家?"

"在我的梦幻王国里。"

"你这个顽皮姑娘!我们先去热带植物园,然后去巴黎、伦敦,去意大利,可好?那里的海岸和岸上的房屋洒满金子般的阳光,还有世界一流的艺术珍品,你一定非常喜欢。"

"太好了!这些地方都是我梦幻王国的组成部分。"

"嘿嘿。其实呀,我也很向往这些地方。法国和意大利我曾去过,但都是公务旅行,没有沉下心来细细考察学习。辞职后,也曾一度想过,像那位伊朗诗人萨迪一样四处游学——哦,萨迪,他被称为波斯文学史上的一颗璀璨明星。他以文学,我以绘画,走到哪,画到哪,体察所游之地的风俗人情,感悟人生的真谛。"

"你喜欢萨迪?!"尔蕉欣喜地说,"我也知道这个诗人,我是从书亚嘴里得知的。"

书亚那次提到萨迪,尔蕉没好意思接话,回家后恶补了一下有关萨迪的信息,对萨迪有了基本的了解。萨迪在伊朗文学史上的地位,就像杜甫在中国文学史上的地位。尔蕉特别喜欢他的一首诗:"我曾在世界四方长久漫游,与形形色色的人共度春秋。从任何角落都未空手而返,从每个禾垛选取谷穗一束。"她想,如果有一天,她也能四处漫游,她也要四处选取"谷穗"。

"瞧,我们有一个共同的朋友书亚,又有了一个共同喜欢的诗人。"

"还有一个共同的漫游梦想。"

尔蕉和曾渔就这么仿佛在云端般的对话中,确定了旅行结婚的行程。

尔蕉那晚没有回宿舍。第二天早上乘坐地铁回宿舍的路上,她回想着那幅《黑香》,回想着昨天发生的一切,恍若梦境。回到宿舍,她立即给书亚打电话。书亚迷迷糊糊地问:"谁?"尔蕉才想起现在还是书亚做大梦的时辰。

但她顾不得那么多了:"书亚,亲爱的书亚,醒醒,快醒醒!你听好了,我和曾渔要结婚了!"她的幸福,想必那电波也感觉到了。

"什么?!"书亚惊呼一声。尔蕉听得出书亚从梦中彻底惊醒,一把掀开被子的样子。

"你,和曾渔,曾渔先生?"书亚仍然又惊又喜,又喜又疑。

"Yes!"尔蕉响亮地应着。

书亚已经完全清醒。她定了定神,一方面觉得不可思议,另一方面又觉得此乃天作之合。但她无论如何没想到尔蕉会这么快地和曾渔走到一起。她认为尔蕉和曾渔会成为知己,像自己和曾渔的关系一样,成为忘年交。

书亚这几个月完成了对十几对出轨者的采访,写出了中篇非虚构作品《隐匿的激情——城市出轨者的生活》初稿,已有杂志决定刊用,预计杂志发行后会引起一定的社会轰动。

令尔蕉震惊的是,书亚写完这篇作品后,主动与丈夫夏问蝉和好了。

在书亚采写过程中,夏问蝉毫无保留地将自己对婚外恋现象的所思所想向她吐露,对她的写作帮助甚大。最关键的是,夏问蝉请求她不要因为他曾经出轨而和他离婚,至少在儿子大学毕业之前。他甚至希望她能找一个情人,与他"扯平"。书亚虽然一想起那个"相亲角"的画面还是会如鲠在喉,但最终还是落入了对家庭的顾虑中——儿子是一切问题的软肋。不过,从夏问蝉的坦诚里,她认定他对家庭还是有歉疚,也是有责任感的,至少他考虑到了儿子,考虑到了她情感上的需求。她选择宽宥他曾经背叛了婚姻的事实,理解并包容他。而且,眼下儿子正痴迷于立体书、游戏,很影响成绩,她要正确引导儿子,让他从痴迷状态回归到正常的热爱,教儿子正确的学习方法,教会儿子自信。自信,是人的最大的本钱。她不能让儿子一到学校就成为老师的负担,不想自己经常被老师叫去说"你的孩子怎么这么不听话"。老师说学生"不听话"就是"差"的意思。夏问蝉也不再干涉书亚的工作,只是提出,以后她要到哪里采访,可以提前告诉他,他可以通过关系给她提供方便,这样至少不会有人刁难她,可以保障她的人身安全。他所在的企业在全国各地都有联络处。而书亚每发表一篇作品,她的知名度都会提高一些,她的"作家"身份给夏问蝉带来一种自豪感。他们相互成就、相互促进,成为命运的共同体,一荣俱荣。

书亚的婚姻进入了良性循环,写作事业有了一个里程碑式的飞跃。真好。

"你看,其实我是第一时间向你作了汇报的,是你太忙,没顾得上哦。"尔蕉嗔怨着,看看时间,已近午夜,便收住话头。

"问题是,你怎么会那么大胆,第一天见面就让他给你画裸体画?"书亚还沉浸在尔蕉和曾渔的故事里。

"很简单,当时就是有一种冲动,想要这样一个大画家给我画我带疤的身体。"

"你是不是对他一见钟情?"

"一见钟情?应该不是。或许我潜意识里想证实他是不是你所说的那样磊落的人。我对他也有防备,万一他因厌恶我的疤而拒绝给我作画,或忽略我的疤表现得异常热情,那就说明你对他的认知是肤浅的,他的一切我们都得打个大大的问号了。"

"谢天谢地,他给你画画了。他把你的肉体与你的灵魂看作一个有机整体。他爱你。"

书亚看见尔蕉的脸上洋溢着幸福的光,仿佛回到了曾渔向她求婚的那个时刻。

"你住这里吧,如果还想继续挖我的'隐私'的话。"尔蕉激将道。

书亚略一思考,应承道:"好,我今夜不回家了。深挖故事,是我这样的自由写作者的看家本领,这么精彩的故事,岂能错过?"

"那我们再喝杯咖啡,接着聊。我们来一次一杯咖啡到天明。"尔蕉见时间不早了,便没有喊阿桂,自己起身泡了两杯速溶咖啡,懒懒地坐到沙发里。

尔蕉和曾渔的婚礼很简单,只有书亚夫妇和曾渔的三位至交参加,就在一楼的餐厅里举行。婚礼简单而欢乐。尔蕉的爸爸也来了,携着他的新妻和继子一起来的。爸爸在妈妈去世四年后,也就是尔蕉大学毕业那一年,再婚了。新妻开有一家美容店,经济条件比爸爸好太多太多,有一个儿子,比尔蕉小十岁。弟弟很懂事,对爸爸没什么隔膜,对名校毕业的尔蕉很崇拜,发誓说自己将来也要考名校。爸爸迎来了新的生活,尔蕉觉得很宽慰,对继母和弟弟自然也打心底里接受。

结婚旅行的计划却因为突然暴发的疫情而落空了。恐慌的气氛笼罩了大城小镇。好在尔蕉结婚后退掉了租住的房子,住进了曾渔的农庄,远离市中心,不敢出门,也不方便出门,因而要安心、安全得多。守在大画家身边,尔蕉干脆下决心学画画。

她问曾渔,自己绘画是零基础,能不能画,能不能画好。

曾渔果断地说"能"。理想是拦不住的,爱画画也是拦不住的。就像一粒种子,被石头压着,但时间久了,有了合适的阳光、雨水、土壤,就会发芽,就会冲破石头生长。尔蕉现在的决心,就像冲破了石头的种子,曾渔和农庄,就是阳光和土壤。只要尔蕉真心想画,就能成功。学画画不在乎年龄,不在乎早晚,吴道子五十多岁了学画画,还成为大家呢!画家是越老思想境界越高远,艺术修养越高深。对绘画有天赋、有悟性,进步就会很快。

曾渔授课般地给她讲起了零基础如何画油画的知识。

零基础,最大的问题是不敢下笔,无论是打稿还是用色,往往因为怕被人笑话而不够大胆。其实,画画,画的是真情实感,就是表现自己的情绪,你想在画布上痛快淋漓地宣泄你的情绪,那你就按照你的感觉去画就是了。情在,意在,作起画来也就有了诗意,有了精神。

尔蕉已经算不上零基础了,她对颜色特别敏感,如果她真要画画,在确定作品基本色调的基础上,比如冷、暖,赤橙黄绿青紫蓝,各种色调,大胆丰富色彩,大胆表达自己的情绪就好。技法问题,只要指导得当,是比较容易解决的。

曾渔建议尔蕉多学习意大利画家提香。提香·韦切利奥是曾渔喜欢的一位画家。提香前期的油画,和其他画家通常所做的一样,采用先画素描稿,再层层上色的透明细腻的多次画法。但提香在后期的作品中,大胆采用了直接用色彩塑造形象的油画技法,用明显的笔触描绘对象,使色彩在绘画中不再依附于素描,具有了独立意义。这种直接画法使作品显得自然生动,就像草图一样随意轻松,还可将色彩画得更厚重、更富于质感。提香在他的作品中运用了辉煌绚丽的色彩,被人们称为"提香的金色"。提香的这种直接画法,对后代画家有着深远的影响,如今很多初学者都采用直接画法。

"当然,画画不只是画你的情绪、情感,还要画你的想象、幻想、梦想。一个崇尚美的人,必定是一个能够自由想象的人。所以,写意的表现手法很重要。就如大文豪雨果说的,脚步不能达到的地方,眼光可以达到,眼光不能到达的地方,精神可以飞到。

我们要画出内在的精神气质,画出灵魂。托尔斯泰也说过,无论艺术家描写的是什么人,圣人、强盗、皇帝、仆人,我们寻找的、看见的,只是艺术家本人的灵魂。就好像书亚他们搞文学创作,必然带有作家主体意识一样。"

曾渔也非常赞同中国大画家靳尚谊的观点,"每画一张都要有点想法"。风格是不重要的,什么流派,什么现实主义、浪漫主义、现代主义,这些都极不重要,重要的是画的好坏,要追求完美,追求最好。当然,构图、透视对于绘画创作来说很重要,空间有了,色彩就丰富了,就不会单调。提香的光与金色的运用就是透视技法的法宝。

曾渔建议尔蕉好好学习提香的画法,会有奇效。他自己在创作上就深受提香的影响。

"你应该知道提香。"

"知道知道。我也喜欢提香的画,喜欢他的色彩,但对于他的技法,我没有研究过。你当我的绘画教授嘛!"尔蕉兴致高涨。

"我可不当你的教授。但只要你画,我们可以当画友,我变相地教你。画家之间的交流,画作是最好的语言表达方式。以画说话,以画评画,进步便在其中。我们可以像欣赏风景一样,你欣赏我这道风景,我欣赏你那道风景,彼此欣赏,彼此学习,彼此抬爱。"曾渔笑呵呵地说。

"你鼓励我学画画,却不愿意收我为徒,为什么呢?"尔蕉的声音嗲嗲的,透着甜蜜。

"撇开我们的夫妻关系不说,我是隐居的画家。再说,我若收你为徒,那就要按弟子的标准来要求你,你这个黏人的姑娘是做不到的。"

"我当了弟子就不黏人了。"

"哈,说得动听。你就自己画,把你想画的画出来,画成什么样都行,关键是要画出来,必要的时候我指导你。这样将来你出息了,我脸上有光;你画不好,我不觉得没面子。"曾渔戏谑道。

"这是什么逻辑?"尔蕉嗔看着他。

"就是希望你不受束缚。理论上的条条框框一多,或者师从一人,就会犯教条主义,受束缚。"

"哼,你可是好几次说过我有艺术天赋的。况且我偷师学艺也不少呢。我不要你教了。"

尔蕉娇嗔着,赌气地要自己独立画画,展现一下自己的艺术天赋让曾渔看看。

她扎起头巾,围上围裙,学着曾渔日常画画的样子,将颜料一一挤在调色板上,又倒一些松节油,用画笔搅和着,准备往画布上涂颜色。

曾渔袖着手站在一旁,笑容可掬。

尔蕉站在画布前,却不知先涂哪个颜色好,跺了跺脚:"你快教我呀!"

曾渔得意地走到她身后,一手搂着她的腰,一手捉住她握画笔的手,开始往画布上涂色,涂抹、刮擦、点染,一边画一边给她上起了理论课:"对于零基础的姑娘来说,可以先从云彩画起,区分一下简单的颜色,注意云层厚薄,注意色块与色块之间的过

五 蝎尾蕉盛开成爱

渡……刚开始颜色不要画得太厚,待松节油稍稍挥发后,再用较厚的颜料在画面上进行深入细致的刻画,画面要虚实相生……但是,你看到了没有?构图非常重要,一个好作家要会设计情节,一个好画家要能让构图达到完美……"

因为有爱在心中流淌,尔蕉画出来的云,在纯蓝色的天空中,一片一片、一朵一朵,五彩缤纷,形态飘逸,如飞似舞,美如天堂。

"姑娘,你真是天赋异禀呢,画得很有感觉。"曾渔放开尔蕉,蘸了一点白色颜料,往画面上方轻轻皴了皴,"注意了,画面上一定要有光的感觉,要有光。有了光就更有通透感,更立体生动,空间就更明亮。"

尔蕉仔细地体会着曾渔的动作和话语,懒懒地说:"嗯,要有光。"

婚姻生活就这样蘸着蜜色颜料般地进行着,那个蝎形疤仿佛从来就不曾给曾渔带来丝毫的心理障碍,而尔蕉也似乎真的将那道疤当成了蝎尾蕉花。

书亚听得入神。

"但没过多久,我们遇到了韦似。你记得吧?"尔蕉眼神一沉。

书亚愣了一会儿,说:"记得。疫情缓解期间,我们唯一一次逛街。"

    她查看着肚腹上的蝎形疤,
 像查看正在盛开的蝎尾蕉花,亦像查看自己的童真时代。

六　文身颠覆蝎形疤

　　她独自行走,有声音从空中传来:要有光!
　　光,让一切掩盖毫无意义。

　　夏天以后,疫情不像原来那么猖狂了,尔蕉和书亚相约去逛大街。大街上,往年这个时节,这个时间段,那人潮就像鱼群,但现在明显萧条了许多,倒像偏僻的海滩,几乎不见什么游客。很多小店铺关闭了,大商场则门可罗雀。而每换一个场所就要扫一次二维码的规定,也让她们不胜其烦又无可奈何。在慨叹购物环境大大宽松的同时,她们又忧心繁荣的市景不知何时再现。

　　她们扫码进了一家餐馆,刚坐下摘了口罩,旁边的桌位上就有人冲尔蕉打招呼:"杨尔蕉? 六七年了吧? 真没想到还能见到你!"

　　尔蕉定睛一看,是韦似。真是一晃六七年了,那时他们还在读大学。他衣着光鲜地坐在隔壁桌,和他一起的,有两个女人和一个男人。

　　"韦似你好,好久不见。"尔蕉点点头,不冷不热地说,眼睛瞟了瞟他旁边的女人。

韦似解释般地说:"是几个同事,疫情好不容易缓解了些,出来小聚一下。"

尔蕉正打算介绍一下书亚,韦似突然起身走到她身旁,弯身附到她耳边,恨恨地说:"那不是我女朋友。我还没有女朋友。看你和闺密出来,应该是也没有找男朋友吧?你那个可恶的疤去掉了没有?没有也没关系,待会儿跟我走,我要兑现我的誓言,闭着眼睛把你搞到手!"

有些事情在心里会发芽,爱、恨、希望、尊严。耻辱感、羞辱感也一样。韦似的出现,尤其是这番粗鄙无礼的话,一下子唤醒了尔蕉所有羞辱的记忆。

尔蕉的脸顷刻间阴沉了下来:"你这样说话,比我那个疤可恶多了!把我搞到手?做你的大头梦吧!"说完,她站起身拎起包,对正在扫码翻看电子菜单的书亚说,"书亚,这里有蟑螂一样的小人,恶心!走,我们换家餐馆。"

书亚并没有注意到尔蕉刚才和韦似的对话,也没注意到她谈"疤"色变,略有一些吃惊地拎起包,仓促起身往外走。

"怎么,遇到敌人了?"出了餐厅,她打趣道,"要不要我去砢碜砢碜他。"

尔蕉隔着玻璃往餐馆内望了一眼:"韦似,曾经的一个追求者,我跟你说过的,一个徒有其表的小人。幸好当初和他没有发生实质性关系。没想到他是一个内心龌龊、肮脏的人,像一条毒蛇,剥去一层皮后,现在又长出一层新皮。无耻!"

"你别和这样的男人一般见识。他就是小人一个,既无责任心,也无廉耻心。"书亚批判似的说,有些气愤。对于男人和女人在情感关系中的角色表现,书亚曾作过深刻的社会调查和剖析,写过《中国男女的情感关系》一文。她认为有些男人的素质,就爱情关系,或者情感关系方面来说,真是不敢恭维。她也最见不得和女人分手后——不管是谈恋爱分手还是婚姻分手——净说女人坏话的男人。

"你说得对。"尔蕉附和着,心情却还是不快。无论如何,关于那道疤的话题刺痛了她。她突然意识到,事实上那个丑陋的蝎形疤还是存在的,并未因曾渔的爱而消亡。

从那以后,尔蕉开始思考去掉那个疤的事。虽然社会上对文身者有各种各样的看法,偏见、歧视,但这不代表文身有罪。文身,是一种自我的权利。

她想起妈妈的话和满大街的医疗美容广告,悄悄上网搜索,得知这种疤确实可以通过文身去掉——胎记能用文身进行遮挡,而且能起到比较好的遮挡效果;普通的烫伤疤痕,只要没有纤维化,也可以做文身覆盖。日本文身历史悠久,也是文身最发达的国家。一个叫岸谷俊的日本文身大师在网上享有盛誉,他所在的文身所,以"文身,是美容,更是艺术"的广告吸引了世界各地的文身爱好者。她想,要做就要找最好的医疗美容师。找日本岸谷俊大师去!

她决定去日本做祛疤文身手术,并通过文身所的中文邮箱预约了岸谷俊大师。正好继母打来电话,说她的店准备稍微扩大一

六 文身颠覆蝎形疤

下规模,要带人去东京进修十天美容专业,顺便采购一些美容用品,问她有没有特别想要带的东西。她立即决定和继母一起去日本。定下时间后,她对曾渔说,自己要陪继母去一趟日本。

曾渔当然没有意见,只是一再叮嘱她注意防护,疫情虽有所缓解,但并未结束。

尔蕉在日本待了十来天,很顺利地找到了岸谷俊大师。尔蕉为了文一个图案,冒着风险特意从中国飞来找岸谷俊,令岸谷俊非常感动。他看着她带去的《黑香》那幅画的照片,明白了她内心深处的伤痛,像一位知心的长者告诫晚辈一样谆谆地说起了道理。文身时,你会有刺痛、酸痛和刺激等复杂的感受,也可能会感到不适。不过,文身也会成为你独特的体验。但是,文身就像是一个永恒的标记,传达着个性和美感,却不会抹去你的故事,也许你看到文身还会勾起自己对于那段故事的回忆。那时,你不能再次感到痛苦,而是要更加珍惜自己的生命和经历啊。

尔蕉深深感激,毫不畏惧地讲述了自己的情感故事。岸谷俊极其用心地听了,再一次和她确定文身的颜色,又沟通了一些细节,这才开始给她文身,文出了绝美的蝎尾蕉花。他告诉她,他有一个叫"大海"的学生就在北京,她以后有需要可以找大海。大海是他的几十个学生当中最出色的一个。而且从他这里学出来的学生,不管去了哪里,都恪守着他们的宗旨:诚信至上,至善至美。

尔蕉从日本回来,神秘兮兮地对曾渔说,要送给他一份大礼。

曾渔温情脉脉地看着妻子从行李箱中往外拿东西。这是他们结婚后第一次分开,他不知道妻子给他准备了什么样的大礼。

行李箱空了,也不见有什么礼物。除了几件小电器,就是日常用品,咖啡杯、牙刷、丝袜、保暖内衣之类的小物件。

"我的姑娘呀,你去一趟日本就买这些东西呀?"曾渔笑起来。他喜欢叫尔蕉"姑娘"。

"亲爱的先生,失望了?不要这么说嘛,尔蕉去日本,就是给先生置办大礼的。难道你忘记今天是什么日子了?"尔蕉娇嗔道。

"什么日子?"曾渔茫然。

"这么重要的日子你居然记不住,我好伤心。"

曾渔还是丈二和尚摸不着头脑。

"好,你是艺术家,是大画家,不记世俗生活事。"尔蕉挖苦着,站到曾渔身后,双手蒙住他的眼睛,"闭上眼睛,不许偷看。"

"好好,我不偷看。"曾渔的脸上笑开了花。

尔蕉放开双手,蹑手蹑脚地走到他的对面,从衣柜里轻轻拉出画框,揭开上面的绒布,然后自己轻轻脱下了衣服。

"哦啦!尔蕉准备的结婚一周年大礼,献给亲爱的曾渔!"

曾渔睁开眼睛,刹那间脸上的"花朵"定格了。

尔蕉光裸着身子站在他的面前,手扶着《黑香》画。她白皙、平坦、结实的腹部上,一枝金红色的蝎尾蕉花娇艳欲滴,和《黑香》画作中的那枝花一模一样!那枝他想象中的花,在她的肌肤上开成了真正的花。

爱情可以治愈心灵的创伤,但真实的疤痕不会凭空消失。尔蕉以文身覆盖疤痕,是对曾渔爱情的深情回应与表达。

六 文身颠覆蝎形疤　113

他走上前,一把将尔蕉抱起放到床上,千言万语,万千的爱和情,化作一次激情四射、酣畅淋漓的性爱。阳光从窗户照进来,在他们的身上跳跃,偶尔掠过那枝花,生出绒绒的光须,更是诱人。

"啊!"曾渔突然缩手捂住胸口,仰头倒在枕头上。

"老公,怎么了?"尔蕉惊慌地问,俯身探抚曾渔的脸,但见他脸色苍白,呼吸困难,一时吓得不知如何是好。

"快,救心丸。"曾渔艰难地指了指床头柜。

"哦!"尔蕉恍然大悟,旋即镇静下来,迅速从床头柜里取出一个金属小药盒,从药盒中拿出一小瓶速效救心丸,倒出几粒药,让曾渔含服。

过了一会儿,曾渔的脸色舒缓了许多,呼吸也平顺了。

"你吓坏了吧,对不起。我也没想到啊。"曾渔缓过劲来,爱怜地说。

"曾渔,我爱你。你可不能有事。"尔蕉枕在曾渔的臂膀上,极为认真地说,似乎只有这最简单的三个字,才能赤裸裸地表达自己的情感。刚才那一幕,确实把她吓坏了。

婚后,曾渔一直很奇怪自己的心脏病在一次次激情中居然一次也没有犯过,床头柜里的速效救心丸等药物,一次也没有用过。尔蕉年轻漂亮,精力旺盛,带给他无穷无尽的愉悦幸福,是不是自己对尔蕉的爱、尔蕉对自己的爱,治愈了他的心脏病?或许真像文学大师冰心先生所说的那样,有了爱就有了一切,爱情的力量消除了身体中的明疾暗痛,让他有了更健康的身体。尔蕉也有些纳闷,刚结婚那阵子,她都有些提心吊胆,生怕曾渔兴奋过度而栽倒在自己身上,再也不能醒来,结果都平安无事,所以她慢慢安下心来。没想到,在今天这个最放松、最没去思考会不会犯病的时候,曾渔却真的差点休克。想来真有些后怕。

"我以后收敛点。"她坏坏地笑。

"问题是我收敛不了。"曾渔也坏笑。

"你不要命了。"她拧他。

"如果真的能这样在幸福中死去,我不害怕。"

"不,我不要这样的幸福,这对我不公平。"

"放心,我健康着呢。你的爱,或者说,我们相爱,就是治愈我的良药。改天我去体检一下看看,也好多年没去体检了。"

"好。总之你要给我好好活着,等我变老!"尔蕉的语气有点霸道,仿佛怕他听不明白似的,又接着说,"你知道吗?我非常非常感激有你这样的爱。我从来不知道这样的爱可以是真实的。有你在我身边,我可以不惧怕任何事情。我希望你也能真正感受到我对你的爱,我希望和你在一起,现在和永远,永远。"

曾渔紧紧地搂了搂她,一手抓起她的手,轻轻摁在蝎尾蕉花文身上。

尔蕉安静了一会儿,又想起什么似的,盯着曾渔的眼睛:"当初你看到这个疤的时候,为什么一点反应也没有?"

曾渔说:"我不是没有反应,我是不问。我不问,是因为我能想象到发生了什么。那一定是个意外,是意外造成的,是外部强加的,就好像那突然飞来的控告信之于我。我知道那种痛,我知道那种疤,不愿意去揭开、去触碰,虽然不能遗忘。"

六 文身颠覆蝎形疤

"你到底是什么反应?"尔蕉不依不饶。

"其实疤还真是有点丑,有点吓人。"曾渔调侃地说,但立即又严肃起来,"但是你决意袒露这个伤疤,我认为你正是要从困扰你的阴影里解脱出来。你渴望阳光般的生活,那样一个疤痕你想以画的形式呈现出来,就是你要摆脱它的信号,你要和自己的历史的阴影作一个了断。"

尔蕉内心感到无比温暖,曾渔在那时便如此地感知到自己灵魂深处的愿望。

她重又靠到丈夫的怀里,温柔地说:"我没有对你讲过这道疤的来历,我现在讲给你听。"

"好。"

尔蕉便讲起了自己出生时的胎记和童年时不慎烫伤的故事,讲到奶奶,讲起妈妈,也讲起爸爸,还有初恋张千林,以及张千林之后的追求者们。

曾渔的脑海里出现了尔蕉生活的一幕幕画面,心里面越发认定她是一个单纯、率真、勇于追求自由的姑娘,庆幸自己和她相识、相爱。婚后,他越来越喜欢用"姑娘"来称呼尔蕉,或许是潜意识里希望她永远是一个单纯率真、热爱自由、充满青春活力的姑娘,不要成熟长大。因为成熟长大,就意味着离那些纯真特质越来越远,变得世故、世俗,甚至俗不可耐,他不喜欢她变成那样。

"妈妈过世后,我一直没有去文身。我如果早文了身,就遇不到你了,也许就嫁给了某一个肤浅之辈。"尔蕉以无限满足的语气说道。

"我想,一定是神说,'尔蕉要嫁给曾渔',尔蕉就嫁给了曾渔。就像神说'要有光',就有了光。"

"嗯,我相信就是这样的。"

他们就这样地上一句天上一句,漫无边际地聊着天,在虚惊一场的激情过后,在有光映在肌肤上的温暖中,任情感蜜一样地流淌。

尔蕉忽然转身趴着,一手撑在枕上,一手在丈夫的胸肌上乱画,俏笑:"先生,如果我要文全身,你支持不支持?"

这个问题曾渔不曾想过,愣了好一阵他才说:"只要你愿意,我支持。"

"那如果真文全身怎么文好看?"

"哦,我想象一下……那一定要有一个整体效果,像一幅美的画作,不然就变成妖魔鬼怪了。"

"那你画一幅看看嘛。"

"还当真了?"

"当真。我就是想看看在你的想象中,文了全身的姑娘美成什么样。"尔蕉狡黠地说。

尔蕉缠着曾渔画想象中的自己的文身画。曾渔也乐得把想象化为艺术,在砂纸上用彩笔画出了《繁花》《盛体》两幅图案。然后,尔蕉缠着他又将《繁花》画成了油画。

婚姻只是一张纸吗?当然不是。在一夫一妻制的社会,它代表彼此情感的归属与专有,代表责任、义务和

六　文身颠覆蝎形疤

权利。认真对待情感的人,婚姻就是爱情的天堂,日子即使琐碎也会是幸福的。否则,琐碎的日子将更无趣、更枯燥,是没有希望的秋水。

——书亚的札记《随想录》之 No.99

画《繁花》颇费了一番工夫。因为已经有了《黑香》,其他的花枝就必须和《黑香》中已有的那枝花协调,所以构图必须以原有的那枝花为前提来进行。

曾渔采用了写意的画法,在胸部、腹部、腿部,都以大片的蕉叶为主色,蝎尾蕉花或全或半,不再是单纯的绿或红或黄,反而是黄绿、红蓝、青紫,各种光、各种颜色交织,但明暗、疏密有致,题名为《繁花》,繁复却不杂乱。

"绘画就是一个添油加彩、生枝展叶、散叶开花的过程,无中生有的过程。"尔蕉观看着曾渔画画,发表着心得体会。

"总结得不错嘛!如何布局,就是构图,叶如何伸展,花开到什么程度,都是有讲究的。色彩要做到增一分则俗,减一分则轻,需要像苏轼说西湖那样,'淡妆浓抹总相宜'。你画画要注意把握好色彩的浓淡、空间的明暗。"

说起添油加彩、无中生有,尔蕉不由得又想起曾渔辞职的事,愤愤不平地说:"有些事添油加彩可以,有些事却不行。从前针对你的那封控告信就不行。"

她曾经问过曾渔两次,曾渔总是敷衍一笑,认为那是已经过去的事了,提它徒增烦恼。实际上,也就像尔蕉的伤疤一样,不愿提及罢了,但真相还在那里。

话题突然转向,尔蕉不知曾渔是否还会敷衍。

这次曾渔却出乎意料地接上话头:"是啊,想毁掉一个人的清白很容易,掌握好时机和这个人的性格就可以。说起来,我那时也是心气高,不愿与污泥浊水为伍。换一个人,未必就以辞职平息风波,后面说不定杀他个回马枪,闹他个人仰马翻,最后走人的是对方也说不定。"

"那究竟是怎么一回事?"尔蕉见曾渔开了口,连忙追着问。

大概是刚完成了一幅满意的作品,曾渔心里高兴,竟真的不再回避这个话题,将辞职事件的前因后果说了个清清楚楚。

她查看着肚腹上的蝎形疤,
像查看正在盛开的蝎尾蕉花,亦像查看自己的童真时代。

七　隐居大师的痛

她独自行走,有声音从空中传来:要有光!
光,让一切掩盖毫无意义。

曾渔在不惑之年就已担任美术学院油画系主任,还是副院长的热门人选,名震画坛,一时风头无两。他在美院上课备受学生欢迎,尤其是人体艺术教学,首屈一指,追随者众。一些女生更是争先恐后地报名给他当人体模特,甚至还有人大胆地向他表达爱慕之情。面对妙龄学生的投怀送抱,他有时候也难免把持不住,毕竟他不是柳下惠。一般来说,女生接近他的目的是做他的模特,因为曾渔以她们为人体模特的作品,就是她们今后在画坛的通行证。所以,拥抱调情,甚至真的发生关系,她们也不在意,更不会以此要挟曾渔。有个叫紫苏的女生表现得比别的学生更狂热、更主动。她本是雕塑系的学生,却天天缠着他,想转到他们油画系,希望他收她为徒。可曾渔哪好意思挖同校教授的墙脚?她便说,不收她为徒也可以,但要让她当一回人体模特,并大讲油画与雕塑的大道理。而且,她非常明确地说,她非常崇拜他、爱慕他,非他不嫁。她还说,她知道他的婚姻并不幸福,她希望他离婚,她会带给他全新的幸福。她是那么坦率真诚、勇敢坚定,哪个男人经得起如此的诱惑?

曾渔哪知,这是一个圈套,是她受人指使而施的美人计。她那娇美的身体里包裹着一个丑陋的灵魂。她的甜言蜜语,是恶毒的种子。

但这是控告信出来后曾渔才明白的。他本来是可以反击的,因为他画人体模特的时候,为了便于将来教学,已在那个学期开始使用录像记录绘画过程。课程一般是两小时,但紫苏事先买通了负责录像的同学,下课了仍不关录像机。她磨磨蹭蹭,等同学们都走了以后,缠住曾渔,假装说画哪里哪里还需要完善,请他稍加修正。曾渔不知有诈,很乐意接受学生的意见,便留下来加工画作。紫苏重新脱下衣服,却没有坐回到模特台上,反而走到曾渔面前,一下扑进他的怀里,极尽妩媚与狂热。曾渔早已相信她是爱自己的,此刻被她的主动弄得热血沸腾,顺势把她拉到椅子上云雨了一番。紫苏先是扭捏推拒,越扭捏推拒他就越兴奋。事后,紫苏悄悄取走了录像,剪辑成曾渔性侵的视频。可她不知道的是,录像有两个,从两个角度拍摄的,其中一个由授课老师保存。

性侵视频一出,曾渔如堕炼狱。但他想起自己也有录像,便忙去查看录像。看到真实的过程,他怒不可遏,写了一封措辞激烈的辩驳信,拿起录像带就去找学校纪委。可当看到那些在校园里说说笑笑、青春芳华的女学生时,他忽然恢复了一个教授的理

七 隐居大师的痛

智。他自醒中这样的美人计,与自己平时行为不检点大有关系。当时他只以为这是紫苏的个人行为,目的是拆散他的婚姻,好嫁给他。视频已传出,对自己的名誉造成的损失怎么也难以挽回了,如果公开真相,紫苏以后怎么办?她那么年轻,以后怎么做人?再怎么说,紫苏是出于对他的爱,疯狂的爱。即便自己澄清事实,继续待在美院,影响也难以百分之百消除……那一秒钟泛起的同情心,阻滞了他的脚步。他转身回家,将辩驳信换作了辞职信。

妻子本就窝火,得知他辞职的原因,情绪一下子像被点着了的火药一样炸了,没有拖泥带水地提出了离婚。儿子尚未成年,不大理解大人的事,但看到妈妈伤心欲绝,对父亲的行为很是反感,自然也没表现出多少留恋。

没过多久,美院新一任领导班子名单出炉。曾渔一看到副院长的名字,又听到传言说紫苏是那人的外甥女,立即明白自己是被陷害了,新任副院长就是背后的指使者。有学生想为他打抱不平,可他这时已经婚姻解体,妻离子散,除了画画,已是一无所有,心灰意冷,想想,还是远离那些肮脏的事情吧。从神坛上跌落,一无所有,总比坐在神坛上被人指指戳戳要好,要安宁得多。虽然有落寞,有痛苦,有不平,有恨,但至少是自由了。

从那以后,曾渔远离人群,远离美术界,再也没有参加过任何美术展览,没有进行过一场学术演讲,更谈不上收徒教学。

"就是你们这种坏蛋、小人的姑息,才导致了正义不得伸张。"尔蕉讥嘲道。

她说的是一种社会现象。多少翻手为云,覆手为雨的小人,以卑劣的手段打击对手,排除异己,一步步爬上高位,呼风唤雨。这种人多了,道德风气就变糟了,变坏了,变得混沌不清了。

以前人们总说"君子坦荡荡,小人长戚戚",其实只说对了一半。说君子光明磊落是真,说小人心里欲念太多,心理负担很重,常常会忧虑担心,也许只是指古代的小人,现如今的小人,他们哪里会忧虑担心?他们为了满足个人的私欲,攫取最大利益,不惜一切手段,颠倒黑白,陷害打击他人,无所不用其极,嚣张得很。

"你说的那个完整视频还在吗?"尔蕉带着诡谲的神情问道。

"在。当初的辩驳信也还在,但不知道放哪里了。"

"来,我们这就把它们找出来。"尔蕉翻身下床。

"找来干什么?都过去十几年了。"

"算下来到现在快十八年了,我知道。人生是不可复制、不可还原的一个过程,但真相是可以还原的。善良是美德,但不能成为邪恶的帮凶。这苦痛、耻辱与羞辱,本应是他们承受的。荒谬如此,不也是你们这样'善良'纵容的吗?我们把它们找出来,不光是为你自己,也是为美院,为社会。"尔蕉神色严峻起来。

其实这件事尔蕉想了很久,不仅仅是这件事,她、曾渔,还有书亚,他们是"自由果",他们为什么辞职?表面上看是不愿受束缚,是想做自己的事,但实际上是对工作环境不适应。太多的不公正的挤压,太多的尔虞我诈,使人才的能力得不到发挥,自由的表达得不到回应与支持,往往导致想干事的人委屈、憋闷,生出寻找更好的用武之地的渴望,或者宁愿孤独、清静,也不愿意同流合

七 隐居大师的痛　123

污。但是，这其实是对那些现象的退让。不能退让。只有不退让，才能让小人、不义之人的生存空间越来越小，社会才会慢慢恢复正常。她觉得，就算曾渔自己不要复职，也应该让那些坏家伙下台，以免祸害更多的人，把整个美院带向恶途。坏人占据那个位置，只会重用对他们忠心的、有用的人，或者被比他们更卑劣的小人取代，总之是恶性循环，一拨恶于一拨，会带出什么样的学生？会对业界造成什么样的恶劣影响？撇开大道理不说，曾渔隐居不就是因为他们坏了他的名声？可即便这样，曾渔能隐去性侵的污名吗？不会，他一旦走向社会，就是见光死。他表面上是自我疏离隐居，实际上是被逼得不敢见人见光而已。

曾渔如醍醐灌顶。尔蕉分析得对，他不能背负污名，像见不得光的老鼠一样过一辈子。只有将真相大白于天下，正本清源，才能真正享受内心的宁静。他有过放荡不羁的生活，但生活已给了他最大的惩罚与教训，他要光明磊落地生活，让人们看到他的思想原本洁净有光的一面。

而且，他看到了尔蕉正直正义、头脑理性的一面，觉得非常美好。

两个人翻箱倒柜地找了一天，终于把尘封的录像带和辩驳信找到了。

曾渔来到自己已离开近十八年之久的校园，将录像带和辩驳信郑重其事地交给了美院纪委，他同时还递交了一封致美院的信。在信中，他既不要求官复原职，也不要求返回美院授课，更不要求补发工资待遇。他唯一的要求，就是将事实在美院的官方公众号里公布。他走出校园的时候,长长地吐出一口浊气,仿佛压在心底的一块石头给搬掉了似的。

尔蕉站在阳光下等他,见到他,便灿烂地笑着,非常自然地迎上来,挽起他的胳膊。

像消失在空气中一样的曾渔,以"翻案"的形式现身,美院炸裂了,美术界炸裂了。

纪委成立了调查小组,就当年曾渔性侵事件重新进行调查取证。虽然时间久远,但录像未有损坏,紫苏无法抵赖,所以未拖太长时间便有了结论,推翻了原来的处理结果。已身居常务副校长的紫苏的舅舅,职务被一撸到底,作为普通职工提前退休;已在区少年宫担任副主任的紫苏被辞退,在媒体上向曾渔公开道歉。美院为曾渔恢复了名誉。鉴于曾渔并不想回到美院担任职务,学校补发了他十八年的工资,并为他办理了退休手续。

十八年的工资加起来是笔不小的数目,曾渔征得尔蕉同意,全部捐给了他曾生活过的热带植物园,作为热带植物园文化建设的基金。热带植物园以曾渔的名字建起了"曾渔美术学校",此事一时间在美术界传为美谈。

曾渔和尔蕉事先未曾预想到的是,曾渔恢复了名誉,也就再也清静不了。各种采访、邀约纷至沓来,原来因他"道德败坏"疏远了他的旧同事、同道们,也纷纷和他联系表示祝贺,顺便表达自己当初不明真相的愤怒,希望曾渔原谅,以后继续往来,交流这些年的艺术创作心得。

曾渔云淡风轻,一概以疫情防控尚未完全放开为由,谢绝采

七 隐居大师的痛

访,谢绝邀请,谢绝会客。

但是,曾渔的老朋友丁飞打来的越洋电话,真正打破了他们平静的生活。

在丁飞去美国前,曾渔将自己的画作整理了一遍,毁掉了一批自以为一般的作品,自己留下代表作、获奖作品十幅,其余的都送给了丁飞。丁飞笑说,在国外若是混不下去了,他就卖画换生活。不承想一语成谶。近两三年,丁飞的家庭遭遇了巨大的不幸,企业也陷入周转困难的危局。为应对家庭与企业的双重灾难,丁飞精挑细选出两幅曾渔的画作去拍卖。两幅画在索罗斯拍卖行竟拍出了一千万美元的价格。

这样的拍卖行情大大超出了丁飞的预期。在办理交付手续时,他打探了一下原因。拍卖行告诉丁飞,曾渔是 20 世纪 80 年代就成名的中国画家,而且他的画极少重复,在市场上作品数量不多,但幅幅都是精品。十几年来,他好像从美术界消失了,突然见到他的作品,简直像是发现一个富矿。他们之所以如此推崇曾渔的作品,是因为曾渔的作品题材独特,生命意识强烈,不单纯是所描绘的热带植物、热带风光美丽异常,还透过绘画唤醒了植物的灵魂意识,他画中的每一株植物,都被他赋予了灵魂。他把热带植物和人体艺术高度融合,正是象征了人与自然相互依存的生命关系,是艺术意境与思想深度完美结合的典范。

丁飞将这个天大的喜讯告知曾渔,希望曾渔能意识到自己的作品在国际艺术市场上的价值,大胆地将隐居以来的新作品放到市面上流通。他力劝曾渔从隐居生活里走出来,去美国住上一阵,他要表达自己的感恩之情。

"让更多人欣赏到画作的美,才是画家的真正价值所在。"丁飞说,"如果你愿意到美国来生活,我可以为你在纽约开一家'曾渔画廊'。"

曾渔被丁飞告知他的信息惊到了。自己的作品曾经非常有市场,但基本上都是在国内。而且,那时的美术评论界是浮华的、功利的,他的画受评论家青睐,更多是因为国内市场少见的热带题材和绘画艺术的美,是一种只重"表"未及"里"的认知所致。没有一个评论家看到他把热带植物和人体艺术结合在一起的深刻意义,看到植物的生命和灵魂。试想一下,画家能在画冰天雪地时加入人体吗?那将是生命死亡的象征了。即便如此,他的画也因当时太受追捧,曾一度被人仿制,市场上出现了不少赝品。为此,曾渔发表过公开声明:曾渔不卖画,曾渔的画只参加展览。他赠送给人的作品也都会有名有姓地登记下来,以保证追索赝品源头的权利。他爱惜自己的艺术羽毛,爱惜自己的艺术创造。也正因此,他的画后来在市场上很少出现赝品,他个人因艺术道德的自律而影响力更甚。当然,那是在所谓的性侵事件之前。他离开美院以后,他的画在市场上"一画难觅"。

眼下疫情仍未结束,曾渔自然不能出国旅行,但丁飞的信息对他是一个巨大的冲击。他有点后悔没有早一点走向国际美术市场,当初担心被人诟病利用美院平台为自己谋取名利,他也从内心里认为应奖掖年轻人,便将一系列国际美术交流的机会全让给了同事甚至学生。他开始思索,这十八年来的画作将来怎

七 隐居大师的痛

么办？

他问尔蕉。

尔蕉不假思索地说："丁飞说得对,有更多的人欣赏到画作的美,才能体现画家的真正价值。养在深闺无人识,你作为一个大师的存在意义在哪里？所以,要流通,流通才是王道。让你的画作在艺术市场上流通,让懂得它们的人欣赏到它们的美,而且要在世界艺术市场上流通。总不能像毕加索、凡·高那样,其作品的价值待到身后才被人发现吧。"

一旦流通,画作就有了商品属性,就有经济效益。曾渔对金钱早已没有了概念,也没有了欲求。如今生活平静美好,又有尔蕉陪在左右,夫复何求？但转念一想,丁飞是对的,尔蕉是对的,艺术品实际上也是商品,越能懂得它的价值的人,才越会想得到它。即使是商人,也希望物有所值。还有,他希望以自己的画给尔蕉带来更美好、更自由的生活。

曾渔思前想后了一番,决定将自己的作品,尤其是这十八年来的作品整理出来,以随时准备参加展览、进入拍卖行或由收藏家直接收藏。他不同意在纽约开画廊,因为毕竟丁飞不是做艺术市场的企业家,隔行如隔山,那样会影响丁飞自身的企业。但他和丁飞约定,待疫情防控解除,世界重新自由通航,如果哪一天自己想去北美搞艺术展览,相关展览事宜可以请丁飞帮忙打理。丁飞见曾渔首先想到的是他的企业,非常感动。

曾渔觉得,看眼下情势,国外疫情防控正在慢慢放开,中国放松封控自然也势在必行,自己的画"走出去"也势在必行,画作整理尽量往前赶比较好。他想先出版一本画册,不管是出国展览还是拍卖,都用得着。想法一定,尔蕉便给书亚发微信,让她来画室,就出版画册一事当参谋。书亚在出版社当过编辑,对于出版自然更有经验。

书亚兴致勃勃地就画册出版发表了意见。她建议还是不要全部出,先挑选一百幅精品画作出版即可。以曾渔的成就,美术专业出版社都会抢着出版。但如果只是想出版一本画册,也可以找一家普通的美术专业出版社甚至非美术专业出版社自费出版,然后自己编辑排版,这样风格上完全可以由自己把控。

曾渔仍然不想和美术圈有过多往来,便决定按书亚的意见,找一家普通的美术专业出版社出版画册,他的原则是低调为上。

书亚一想不对,急忙说:"为什么要低调呢?先生的画册出版后,我建议搞个'曾渔绘画艺术展',大肆炒作一番,重展大师雄风。"

曾渔连连摆手:"我可不敢招惹媒体,有你书亚评论一下就可以了,画展什么的就免了。炒作更不要。再说,不评论也可以,艺术家其实不需要评论。"

尔蕉调侃道:"书亚呀,你可不知道,自从那个紫苏公开道歉以后,为曾渔沉冤昭雪喝彩的人很多,骂曾渔的人也不少呢。骂他心胸狭窄,事情过去十几年了还穷追猛打,打击报复心很重。他虽然没有后悔翻案,但是再也不愿意在国内画坛露脸了。"

书亚立即撇了撇嘴:"什么打击报复,对那些为了往上爬不惜陷害他人、泯灭良心的人就该打击。依我看,我们的社会应该

七 隐居大师的痛 129

设立道歉机制,让那些做错事、做恶事的人好好公开道歉、公开忏悔。不道歉不忏悔的,一律以其人之道还治其人之身,坚决打击报复。"

"对,对。有道歉、知悔改才有希望;有爱,才能有心灵的嬗变与更新。"尔蕉连连点头。

"说得真好,忏悔的心灵才能得自由,得力量。"

"瞧你们俩,真是两生花,什么事都能一拍即合。"曾渔笑道。

"我们就是两生花呢!"书亚顽皮地眨了眨眼睛,"好吧,尔蕉,那我就打道回府了,免得曾渔吃咱俩的醋。你们就开始整理画作吧!看这满画室的画,你们有得折腾。忙不过来也不要喊我帮忙哟,我可不来当电灯泡,我有我的大文章要写的。"

书亚嘻嘻哈哈地起身,戴上她的蓝色摩托头盔。

夫妻俩真的忙碌起来了。事实上,曾渔也记不清自己画了多少张画,但油画不像中国画来得快,怎么也能数得清的。他们便从画室最里头开始,一幅一幅地登记,花了将近一个月的时间才整理完成。除了那些未全部完工的作品,大小规格不一的作品将近三百幅。

又经过一番精选,选出入画册作品一百幅。

"哇!先生,如果按丁飞拍卖的价格,再打个二折,以平均一百万美元一幅的价格计,三百幅画价值三亿美元啊!"尔蕉故意一惊一乍。

"是吗?如果我们有三亿美元的话,你想用来干什么?"曾渔没想过用具体的数字来衡量自己作品的价值,确实被惊到了。

"首先完成我们当初的旅行计划,周游世界,看美术展,然后嘛,再捐建一所美术学校呗。别的我想不出来,是捐给太空科学,还是捐建一批收治被感染者的临时医院?"

"捐给太空科学,这个想法够特别。临时医院就免了吧!疫情早晚都要结束的,临时医院现在建了到时也得拆除。要捐,不捐那种一时的,要捐给那种永久性的,捐到位。"

"你倒是乐观。不过你说得有道理,要捐,就捐给有永久性用途的。"

两个人讨论着,好像真有了三亿美元似的。

尔蕉从网上购买了一批卡片,按序号、标题、作者、规格、时间,制作成画作的说明卡片,然后将一百幅画在画室的墙边一溜儿排列好,贴上对应的说明卡片,又用手机给一幅幅画拍了照,这才算告一段落。

    她查看着肚腹上的蝎形疤,
 像查看正在盛开的蝎尾蕉花,亦像查看自己的童真时代。

七　隐居大师的痛

八　曾渔之死

她独自行走，有声音从空中传来：要有光！
光，让一切掩盖毫无意义。

刚把画册样稿交给出版社，曾渔就接到一个电话，对方自称是法国《巴黎艺术》杂志的记者让·皮埃尔。

让用生硬的汉语说明了来电缘由。他在日本参加一个画展时，听说了前段时间曾渔的画在纽约拍卖的事情。他事先并不了解曾渔的画，但他对一位自己不曾了解的中国画家的画突然出现在纽约的事情很着迷，便三番五次地向中国美术界的朋友打听曾渔。非常奇怪，大家对曾渔都讳莫如深。后来他通过拍卖行找到了丁飞，才要到曾渔的电话，并知道了有关曾渔的一些情况，越发想了解这位隐居了十八年的画家。因为疫情，境外航班不能直降北京，他选择乘坐飞上海的航班来到了中国。按防疫政策要求，他需要自我隔离七天，方能自由行动。他请曾渔七天后去上海会面。他主要的目的，一是为曾渔做一个艺术人生类的采访，二是想动员曾渔去巴黎搞个人展览。

撇开采访不说,去巴黎搞个人展览,这个诱惑实在是太大了,曾渔无法抵挡,就连尔蕉听了都兴奋。巴黎,全世界的艺术家向往的艺术圣地,曾渔以前把在国外办展览的机会留给了别人,现在他是自由身,没有什么需要回避的了。他略一迟疑便答应了,并且他有一个想法,将《盛体》也画成油画,这样可以和《黑香》《繁花》构成一个系列。尔蕉十分赞同,建议他与让见面回来后即可着手。

尔蕉帮曾渔掐好时间,去上海来回三天行程足够了。夫妻俩商量,曾渔快去快回,尔蕉留在家里,协助出版社完成对画作的拍摄。出版社的总编辑竟是一个曾渔早年画作的收藏者,一听曾渔要出画册,非常重视,还拿出了一套包括个展在内的完整营销方案。出版社要派出专业的摄影人员对入画册作品逐一拍照。

哪知计划赶不上防疫政策的变化。曾渔在上海和让接上头,头两天进行了访谈,第三天正在商议有关去巴黎办个展的事情时,被就地封控在酒店里了。

这突然的变故急坏了尔蕉,因为只作了三天的打算,曾渔没有带多少随身物品,心脏病方面的药品也没带。接下来不知道要封控多少天,他的心脏病万一发作了怎么办?

刚开始曾渔倒不紧张。他安慰尔蕉,不用担心,他住的是涉外酒店,他和让在一起,一般的生活用品、日常用药都会有保障的,只要做好防护,不让自己被感染,就不会去临时医院隔离。他最怕的就是去临时医院隔离。他很少去医院,对医院有着天然的恐惧。事实也确实如此,一个星期过去了,他们除了不能出酒店,

八 曾渔之死

生活都有保障。而且因为封控,曾渔和让聊得更为透彻。让的文章初稿都写出来了,在曾渔看来,让的文笔和评述的方式在国内美术界罕见。去巴黎办个展的事也谈出了眉目,甚至都谈到了一些细节问题,对于个展影响,让作出了非常令人振奋与期待的预判。

然而,随着时间一天天推移,尔蕉不淡定,曾渔也不淡定了。酒店里弥漫着消毒水的味道,穿一身白色防护服的防疫人员人数增加了一次又一次,楼道口、电梯口都布了卡,摆着长条桌子,桌子上摆满了口罩、消毒水、酒精、消毒纸巾和用于出入人员填写登记的册子,桌子前坐着三四个捂得严严实实,只看得见眼罩后面的眼睛的防疫人员,那阵势让人一看心就止不住怦怦怦乱跳。让因害怕被感染,归心似箭,经过层层申请和防疫措施后,总算获批回了法国。让走后,曾渔在酒店的封控生活就变得寂寞无趣起来,而疫情似乎没有丝毫好转,反而有越来越严重的迹象。

曾渔突然想到一个问题,自己这次万一遇到意外,再也回不了家了,该怎么办?

曾渔的额头上冷汗一阵一阵地冒了出来。他希望自己多虑了,但凡事不怕一万,就怕万一,现在的问题是必须面对现实。他来上海见让·皮埃尔,谁会想到被封控?封控到什么时候结束,谁也无法给予确切答复。灾难与幸运,你永远不知道哪一个先来,不知道在哪一天、哪一个时刻来……

曾渔冷静下来。他用酒店的纸和笔,写下了一份简单的遗嘱。他将遗嘱拍了照,把照片发给了书亚,提醒她万一自己出了意外,把这份遗嘱交给尔蕉。他这个时候不敢告诉尔蕉,怕她更加担心。书亚觉得他是杞人忧天,但也很郑重其事地答应了。

做好这些后,曾渔不再感到焦虑,安于现状地囤在酒店房间里,每天从社区规定的那几家店里叫外卖,尽量填饱肚子,保证营养。但不管怎样,肯定是不如待在自己的家里舒适,加上整天不能出房间,呼吸不到新鲜空气,他觉得憋闷得慌。他像当初让想回法国一样想回家,回到自己的农庄,回到尔蕉身边。

尔蕉后悔没有跟曾渔去上海,有她在,至少曾渔不会那么寂寞。最让尔蕉焦心的是,因为快递业务受限,她寄的物品迟迟不能送达曾渔的手中。

又是一周过去了,尔蕉再也放心不下了。情急之中,她找书亚想办法"救"曾渔出上海。书亚赶紧让夏问蝉帮忙调动上海的同道,看能否设法将曾渔送出城。

可是,正如夏问蝉所预料的那样,上海的同道回复说,虽然有熟人在参与防控管理,但在他们这个层面,无论是酒店、社区,还是街道,甚至是区疾控中心的朋友,都没人有胆量放曾渔出酒店。

尔蕉无可奈何,只能寄希望于曾渔能安然度过每一天。

曾渔在视频里笑着说:"你看我不是好好的吗?别担心,除了不能外出活动,不能吃到可口的饭菜,不如在家安稳,其他一切都还好。"

"这么多'不',还说还好。"尔蕉仍忧心忡忡。

"放心,应该快解封了。"

"但愿如此。先生,你一定要好好的啊。"

曾渔知道尔蕉有多在意他、心疼他。他小心翼翼地待在房间里，期待明天或后天就能突然解封回家。

酒店为了缓解顾客的恐慌情绪，建了一个由酒店员工和顾客组成的微信群，随时在群里发布最新防控资讯。顾客若不愿实名，也可以以房号或化名进群。曾渔进群时给自己取名"一缕光"。

在微信群里沉默了两三天后，曾渔发现，有些顾客事实上是真的很害怕、很紧张。他们担心食物短缺，担心突然发病，担心这种日子不知何时是个头，微信群里弥漫着悲观的情绪。相比较而言，他倒成了最淡定的那一个。

曾渔联想起尔蕉对自己的担忧，意识到这个微信群后面关涉着无数个家庭的悲欢离合，突然觉得自己应该改变"作壁上观"的态度，参与到微信群中去，发言表达自己的意见。

曾渔几经考虑，决定当一个美的使者，以美来化解群内的种种焦虑。

他跟酒店要了几支红的、蓝的、黄的等各种颜色的走珠笔、一沓A4纸，每天早晨用走珠笔在A4纸上勾画一幅甚至两三幅热带花卉，再配上一句美好的问候与祝福，拍照片发到群里。什么美人蕉呀，什么木棉花呀，还有椰子花、紫荆花、杧果花、鸡蛋花呀，等等，尽显热带花卉之美。

他的画一下子吸引了大家的注意力，有人问他画的这些是什么花，有人问哪种花可以在家里养，有人问他是不是画家。有群友还说，如果他是画家，等酒店解封后，这些画请他签名赠送给大家。他给众人带去美,带去鼓舞,神奇地起到了安抚人心的作用。微信群中抱怨的声音越来越小,恐慌的情绪越来越少,大家相互鼓励,相互提醒,温暖感人。

曾渔自己仿佛回到了在美院教学时被学生围着问问题的时光,感受到自己对于这个社会是有价值的,不由得感到慰藉,心境也安静下来。他开始反思,这些年的隐居生活,是不是也有着太自私、太懦弱、太矫情、太不明智的成分?他的艺术是属于社会的,是属于人类的,岂能因一盆脏水而被埋葬?曾经,书亚也向他表达过这些意思。现在,他接受让的采访,已从封闭状态下迈出了回归社会、回归美术界的第一步,但这远远不够,他要将自己的艺术价值,将自己的存在价值充分体现出来,甚至要弥补十八年来的损失。

清晨,朝霞满天。曾渔站在窗前,向着家的方向凝望,情不自禁地朗诵起唐代李泌的诗歌《长歌行》:

> 天覆吾,地载吾,天地生吾有意无。
> 不然绝粒升天衢,不然鸣珂游帝都。
> 焉能不贵复不去,空作昂藏一丈夫?
> 一丈夫兮一丈夫,千生气志是良图。
> 请君看取百年事,业就扁舟泛五湖。

这首诗还是他在热带植物园跟着父母亲辨认各种植物时父母亲教的,他曾经背诵过不下三百遍。此刻,他才明白那是父母亲对他寄予的厚望。

顿生愧疚的同时,也有种豪情在心中升起。

他感到神清气爽,回转身坐在书桌前,取过一张 A4 纸,在上面快速勾勒出一个海岛的轮廓,又画下了一枝蝎尾蕉花,拍了照发到了酒店群里。画的标题叫《天堂岛》。

就在曾渔思考着如何回归美术界的时候,酒店解封了!

然而,他却不能立即回家。按防疫规定,他必须集中隔离七天后方能回到自己的家。

他不想再过被围困的日子了。

他当即决定从上海直赴"天堂岛"——热带植物园所在的海岛。他要到那里完成《盛体》的创作。

曾渔兴奋地把"天堂岛"的照片发给尔蕉,让她立即去海岛与他相聚,他相信她一定会爱上那座海岛的。尔蕉一刻也不耽误地收拾行李出发,然而到了机场却被告知,他们的农庄虽远离市中心,却位于疫区范围,她不能上飞机。无论她怎么申辩自己没有感染,都不能出发,她必须等到整个疫区解封后才能飞海岛。不得已,她只得打道回府。

曾渔很顺利地飞到海岛,来到了植物园。曾渔还是八年前父母去世后回过一次植物园,如今很多人都陌生了。但由于两年前捐建了"曾渔美术学校",植物园企业文化部门的人与他有些联系,他们带他去看他捐建的学校。

"曾渔美术学校"建在离海很近的一个山坡上,放眼望去是蔚蓝的大海,学校背后则是茂密的热带森林。大海上鸥鸟翔集,天空中白云如山,风景优美极了。三层楼的学校主楼,褐色石墙、蓝色屋顶的建筑也成为这风景的一部分。楼前有一片面积不大的园子,里面的植物却品种繁多,高矮错落,乔木和灌木,椰子树、凤凰木、杧果树、芭蕉、美人蕉、蝎尾蕉、三角梅等等,每种植物似乎都只有两三株,他认出来了,全是他少年时画过的植物。学校主楼旁边有一座单层的木结构的房子,里面堆满了他少年时期的画作,一幅幅翻开来看,尽管稚嫩无比,却也一眼能看到其中的灵气闪耀。

曾渔诧异莫名。这是他父母亲当年亲自找人为他设计的"隐居楼"啊!他辞职时,父母亲没有埋怨他放弃了条件优越的工作,只是希望他回到植物园安安心心地创作,特意让他回植物园建一座房子。然而,丁飞的房子,让"隐居楼"的设计样稿最终没能派上用场。

见他困惑,陪同他的植物园的老王说起了原委。曾渔父母亲去世前,将这座楼的设计样稿交给了植物园。作为父母,他们知道曾渔是清白的,曾渔主动辞职就恰恰证明了这一点。如果曾渔真是一个流氓,他就会赖在那个位置上,要尽一切手段保住自己的社会地位。他们将收集的曾渔孩提时期的各种画的手稿也全部交给了植物园,嘱咐他们一定要保管好,待到曾渔重新出山,这些一定会是植物园的一笔财富。植物园领导当时并不看好已在美术界销声匿迹的曾渔,但出于对两位老人"植物园宝贝"的身份的尊重,答应保存曾渔的这批画作。二老去世后,植物园守诺保存了曾渔的画作。曾渔主动给植物园捐建学校时,植物园想起

八 曾渔之死 139

了这件事，便按照二老的图纸建起了"曾渔美术学校"，并规划将一间教室用作曾渔孩提时期的作品的展览室，木屋用作今后往来植物园的艺术家们的创作屋。但因疫情，负责布展的美术师担心自己被困在岛上，便回了老家，之后一直没有返回岛来。所以学校虽已经投入使用了，但木屋作为一间创作室，一直没有启用，那些装裱完工的曾渔画作，因美术师的离开也一直未能挂到展览室的墙上去，都暂时堆在木屋里。

"我知道了。那这间创作屋现在正式启用吧！我会在这里待一些日子，如果可以，这期间我也可以给孩子们上几堂绘画课。"

"那太好了，曾老师！您需要什么尽管吩咐，我们给您配置好。"

"好的，谢谢你。"曾渔觉得"曾老师"这个称呼有一些突兀，但想了想，也没有申明不要这么叫，关切地询问疫情对植物园有没有影响。

"只要不出岛，影响就不大。您看，您的这所学校还是在疫情暴发后建成的，建成后便开始招生了，一到周末来学画的人还不少呢。"

曾渔的兴致陡然高涨起来。

"哦？老师从哪里来？"

"都是岛上一些大中学校的美术老师，学生则以植物园周边学校的学生为主。"

正聊着天，响起了下课铃声。随后，二楼、三楼的两间教室里,分别走出了一群孩子和他们的老师。

老王说:"瞧,今天有两个初级班在上课呢!现在是七天假期,他们要上七天课。"

老王向楼上招手,让他们下楼来。

学生和美术老师下楼来了,得知曾渔就是这所学校的捐建者,都欢呼起来,那种崇拜、亲近的心情表露无遗。美术老师当即邀请曾渔为他们授课。

曾渔潜沉在心底的绘画授课情结像大海般涌起,儿时的记忆也像宇宙爆发,他再也无法抑制心中对教学的激情。

他来到三楼教室里,站到讲台上,一面讲述自己在学生们这个年纪时的绘画故事,一面用彩色粉笔在黑板上画出了一幅又一幅少年时期的画作。

连着几日,课堂上挤满了学生。最后一堂课后,他把师生们带到园子里辨认植物,然后把他们带到木屋里,将堆积的画作一幅幅翻开。师生们惊奇地发现,曾渔在黑板上画过的画,竟能与画作上的植物一一对应起来,也能与园子里的植物一一对应起来。

曾渔也吃惊地发现,那个在植物园里乐此不疲地辨认植物,将每一株新认识的植物都画到纸上的少年曾渔,奇迹般地复活了。

傍晚,大海平静,落日熔金。曾渔坐在木屋前,久久地凝望着大海出神。他的心里面满是感恩,感恩父母亲,感恩植物园生活,感恩那些未曾磨灭的少年记忆。

八 曾渔之死

他的脑海里也像电影蒙太奇似的闪过关于尔蕉的一串串影像：尔蕉遭受初恋情感暴击时那如梦初醒却万念俱灰的凄惶日子；尔蕉回到深圳，得知妈妈为了她上学无忧隐瞒了病重无医的消息后，夜晚坐在海滩上苦苦追问苍穹，无声呐喊的绝望姿势；尔蕉在大学期间无助而坚强地穿过流言蜚语时的孤独身影；尔蕉在银行被那个下巴尖得可以撬动地球的女主任刁难时拍案而起的决绝神态；尔蕉第一次走进他的花园时那般明媚自信的如花笑容……

所有的一切，渐渐幻化成一幅美艳骄人的蝎尾蕉图画，那是他的《盛体》。

他给尔蕉打去视频，翻转镜头，让她看学校的建筑，看环植在学校周边的高高的椰子树、旅人蕉，看开花的蝎尾蕉和三角梅，看木屋创作室，看植物园浩阔的森林，看蓝色的海洋、洁白的沙滩。他又将声音调到最大，让她听大海涌潮的声音。

他说："姑娘，我觉得这里才是你的'天堂岛'。"

尔蕉激动不已："还真是，比我在电视剧里看过的'天堂岛'还要美呢。只是好讨厌，我现在出不了城，不能去你那边。"

"没关系，姑娘。哪天能出城了，就立即飞来。你放心，我在这里潜心创作《盛体》，等着你。"他顿了顿，有点按捺不住兴奋，"姑娘，告诉你，我感觉自己正在迎来一个新的创作高峰，《盛体》将是这个高峰期的第一幅作品，我预感到它会超过我以往的任何一幅作品。这个海岛，我的植物园，会见证一幅伟大的作品诞生。"

"那真是太好了!"尔蕉狂喜。她相信曾渔,相信他的预感。她恨不得立即长出翅膀飞到他身边。但同时,她看到了一个神采奕奕、宣称要潜心创作的曾渔,暂时不能待在他身边也安心了。

画室很快就布置好了,相关的绘画用品也已经运进了木屋。曾渔开始在木屋里潜心创作《盛体》。

创作出奇地顺利,感觉出奇地美好。

曾渔完成《盛体》的那个晚上,海上的那轮明月将皎洁的光慷慨地洒在海面上。他提着画笔,细细地审视着《盛体》,希望能发现一点点瑕疵。

突然,电灯灭了。

就着月光,他在老王为他准备的生活用品中找到了一盒蜡烛。他点燃了七八支蜡烛,分别放在画台周围,使木屋里的光线明亮而均匀。

月光、烛光辉映,给画室增添了一种奇妙的、富有艺术感的光晕,《盛体》在这样的光晕中透出无限的神圣。

曾渔被深深地震撼。

"要有光。"他像受到启示似的,提笔在画上轻轻刮擦出了一些光影,光将画面衬托出一种神圣、神秘、纯洁、纯粹的品质来。

他太全神贯注了,以致起风了也全然没有感觉到。

海风从窗户吹进来,吹倒了燃得正旺的几支蜡烛。

那支靠近颜料的蜡烛也被风吹得忽忽悠悠地倒在地上。瞬间,颜料里的松油燃了起来。

倒在画框边的几支蜡烛也悄悄引燃了那堆画框。

曾渔依然没有察觉,一笔一笔地修改着画面。

他终于扔下画笔,退后,又一次审看自己的画作,嘴里赞不绝口:"极品,perfect(完美)!"

身后,画框腾起的火焰瞬间烧着了他的衣服。他这才发现房间里已是烈火熊熊,惊愕至极。

他本能地去抓手机,手机却砰的一声爆炸了,他吓得连忙捂住了眼睛。定了定神,他又下意识地取下《盛体》往屋外冲去。画框把桌上的蜡烛也带倒了。

整个房子已成了一片火海。

火海中,浓烟让曾渔睁不开眼睛……

尔蕉接到植物园方面的电话时,已是早上六点了。她呆坐在床头,整整过了一个多小时才意识到究竟发生了什么事。

她悲痛欲绝。

阿桂惊慌失措地把书亚叫来了。

"如果我能去他身边,就绝不会发生这样的悲剧,是吗?"尔蕉失神地问书亚。

书亚紧握着她的手,悲伤而镇静地说:"是的。可是你去不了。"

"为什么？为什么？为什么?!"尔蕉的眼泪默默地流,又默默地干了。

"尔蕉,我们现在仍然不能离开。你先平静,养足气力,待疫情缓解后我陪你去海岛。"书亚安慰着尔蕉。

"我是不是只能接受这样一个事实,曾渔死了,我的丈夫死了,死在这个春天里?"尔蕉的语气悲哀到绝望。

书亚的心情也十分沉重。曾渔的意外去世,也让她从此失去了一位忘年交,失去了一位智者导师。她因此联想起这几年来许多生离死别的故事,觉得应该写些什么。

书亚坐在尔蕉身旁,无声地为她递纸巾、茶水,陪着她流泪。书亚知道此时说什么安慰的话都是多余的,唯有安静的陪伴才是最有效的抚慰。她绝不能和尔蕉一样陷入悲痛不能自拔,有很多事需要她帮助尔蕉完成。

书亚在尔蕉家住了三天,直到尔蕉能平静地说事,她才回家。她咨询夏问蝉,像曾渔这种情况,有没有可能问责阻止尔蕉去海岛的有关人员。夏问蝉沉默了许久,才沉缓地说:"告诉尔蕉,等情况好转后,赶紧将曾渔的骨灰和遗物取回来吧!还有,你要闭紧嘴巴,不要就这件事在微博上大放厥词。"

夏问蝉又警告她说:"很多事要保持距离才能看得清楚,你现在置身其间还看不清楚。有人说,我们社会有一种灾难美学,就是在灾难过去后,主角和配角会颠倒过来。但我们也只能等到灾难过去才知道谁是主角谁是配角。你现在没资格评说。"

"你就是想让我装作什么也没看到没听见。可是文学是什么?有作家曾说,文学为的是,使丧志的人重新燃起希望,使受凌辱的人找回尊严,使悲伤的人得着安慰,使沮丧的人恢复勇气。我还没能力做到这些,但我至少可以告诉人们在我的朋友身上发生了什么。"

"我只是警告你。你写大龄剩男剩女的性生活,写人口老龄

八 曾渔之死 145

化,写婚外出轨现象,写什么社会现实问题都可以,或者干脆去写阳春白雪,但有些题材你不要碰。话只能说这么多了,你如果要一意孤行,你可以不考虑我,不考虑你自己,但一定要考虑一下我们的儿子。"

书亚沉默了。她必须承认,夏问蝉是对的,尽管她从内心里一点也不认同他的话。她想到儿子,眼中贮满了泪水。和其他所有母亲一样,儿子是她的软肋。

一个月后,在书亚的陪同下,尔蕉去海岛料理丈夫曾渔的后事。

植物园的老王告诉了她们事情的真相。火灾是被植物园里一个巡夜的工人发现并报警的。曾渔美术学校因为只有节假日才使用,所以平日并无人住校。大火被扑灭后,木屋烧得只剩下几根梁柱,室内的画作、为曾渔新配置的绘画用具,凡是有形质的东西全都被烧毁了。但奇怪的是,室内没有发现曾渔的任何遗骸,所有的灰烬中残存的硬质物都检测了一遍,也未有和曾渔的DNA相匹配的物质。可以称作曾渔遗物的,只有一小片被浸在清水缸里的画布。

他们小心翼翼地请尔蕉看那一片不到巴掌宽的画布。

尔蕉一看画布便哽咽了。

画布上,有两片蝎尾蕉花艳丽的红。她知道,那原是曾渔的《盛体》。

她把那一片画布烧了,把灰小心地装在一个小金属盒里。

《盛体》是曾渔最后的杰作,她要把这《盛体》的未完稿,当作丈夫的"骨灰"。

站在木屋的废墟上,尔蕉意难平。

书亚帮尔蕉办好了遗物交接手续后,陪着尔蕉在学校周围转悠,然后在木屋前坐着看海。她们凝望着大海,久久地沉默。

天空似乎只有蓝和白两种颜色,仿佛在与大海的蓝色一起,为曾渔默哀。

尔蕉梦幻似的说:"书亚,你说曾渔怎么会不留下任何生物信息,无影无踪?他真的死了吗?他会不会逃生进了大海里?"

书亚伸手抱了抱她的肩膀:"尔蕉,事情确实有些蹊跷,但火灾发生已经一个月了,即便他有幸逃出木屋,跑到海里去了,也应该早有消息了,你说是吗?"

"他跳到海里,却也葬身鱼腹。"

"你别乱想。只能说,那场火灾太惨烈了,燃烧得太充分,连骨头和牙齿都被烧成了灰烬。"

"要是我在这里,在他身边,就不会发生火灾,不会发生这般残酷的事。"

"尔蕉,你不要自责了。或许这正是曾渔作为一个大艺术家的独特之处。肉体可以化作无形,艺术可以永生于世。"

"若真如此就好了,就不是残酷,倒是艺术的升华了。"尔蕉轻轻叹息一声。

"我要告诉你一件事,我不知这是不是曾渔的先见之明,但确实他在上海时就担心自己会突然遭逢不幸,写好了遗嘱……"

"什么？遗嘱？"尔蕉浑身一震。

书亚把曾渔早在上海写好的遗嘱的照片给尔蕉看，幽幽地说："他没有死在上海，而是消失在他曾经成长的植物园里。这或许就是宿命吧。"

看到曾渔把所有的财产及处置权都留给了自己，尔蕉的内心又是一阵酸楚。曾渔，曾渔先生，亲爱的老公，你不在了，再多的财产也填不满我空荡荡的心啊！

"不管曾渔是在火里还是在海里，他实际上都不会离去的，尔蕉。但你的生活总是要继续的，你的理想还要成长。"

尔蕉心不在焉地点了点头。她的思路辽阔起来。是的，曾渔不会离去。

尔蕉捧着丈夫的"骨灰"，在书亚的陪同下返回农庄。

居然有几名记者等在农庄大门口，一见到她们，便蜂拥而上，举着话筒或手机伸向她们："你们谁是曾渔夫人？"

待到弄明白尔蕉是曾渔夫人，问题一个个像炮弹一样抛向了她：

"曾渔夫人，曾渔的所有遗产归你继承吗？"

"你如此年轻，为什么会嫁给曾渔？"

"听说你没有工作，你以后会带着'曾渔夫人'的身份独自生活下去吗？"

"你有什么打算吗？你会接管曾渔美术学校吗？"

"你怎么看曾渔性侵事件的发生和平反？"

阿桂听到外面的喧闹声，从楼里跑了出来，开了门，把尔蕉和书亚拉了进去,反身使劲地将门关上。尔蕉朝书亚点点头,向花园走去。她要穿过花园进楼里去。

书亚会意,目送她走进花园,这才回转身,隔着铁栅栏门对记者们说:"你们的问题都很无聊,曾渔夫人无可奉告。如果非要一个答案的话,我可以代表她统一回答你们所有的问题。曾渔夫人叫杨尔蕉,'曾渔夫人',这是她永远抹不去的身份,因为他们深深相爱。在嫁给曾渔先生之前,她是独立的。嫁给曾渔先生之后,她依然是独立的,拥有独立的人格、独立的思想、独立的个性。以后,她仍将是独立的,拥有独立的事业、独立的精神、独立的人生。请你们看在未亡人极度痛苦的份儿上,放弃这种无聊的采访吧,不要再打扰曾渔夫人。"

记者们大概从来没有见过这样的回答问题场面,一个个愣怔了许久,直到书亚穿过花园,身影就要消失了,他们才猛然回过神来,叫道:"你是谁?"

书亚没有回头,将一只手高高地伸过头顶,摆了摆。

书亚来到书房,见咖啡已经放在茶几上,尔蕉神情倦怠地坐在沙发上。

"我把他们打发走了。但有一个提问提醒了我,我也想问一下你。"书亚也在沙发上坐下,斟酌着说。

"什么问题?"

"你会接管曾渔美术学校吗?在海岛时我没想到。"书亚直视着尔蕉。书亚知道,这个时候尔蕉的回答会是最真实的,因为她来不及深思。

八 曾渔之死 149

"不会。不,是我不想这么做。"

"为什么?"

"曾渔美术学校本就是曾渔捐建而已,并非曾渔所有,所以谈不上接管。失去曾渔,我非常痛苦,但我也真正感受到了他的光环是多么巨大,我不想一直生活在他的光环下。"尔蕉幽幽地却又清晰地表达着自己的想法,"而且我知道,曾渔也不愿意我生活在他的光影里、他留下的遗产里。他一定希望我活成具有真正独立人格的自己。"

"尔蕉,你能这样想真是太好了。这样的话,我刚才回答记者们的话就是完美的。"书亚端起一杯咖啡,递给尔蕉,自己也端起咖啡喝了一口。她那颗悬着的心放了下来。从海岛到庄园,尔蕉已厘清了未来生活的方向和道路,她不会迷失。

尔蕉思来想去,决定将曾渔的"骨灰"一部分撒在春天将尽的蕉园里,剩下的埋在那棵高大的合欢树下,仿佛这样他就仍然活在花园的树木花草中,自己就仍有他的陪伴,她可以时时在花园里听他的叮咛,和他说话……

书亚陪着她做完这一切,轻声说道:"尔蕉,人死不能复生。从今天起,你必须振作起来。我想曾渔先生也不愿看到你整天沉浸在哀伤里。他更愿意看到一个自由、奔放、有勇气勇敢迎接未来的尔蕉。"

"他给了我全新的生活与生命。"

"所以呀,你只有让你的生命放光,让你的生活变得有光,才不负他。"

"嗯,我明白,"尔蕉有所触动,"我明白,要有光。"

那些天,尔蕉总是想起她和张千林分手后回到深圳却得知妈妈病重的消息时的情景,想起在海边独自承受内心痛苦的时光。神奇的是,那时候她感慨爱情突如其来的变故,感慨生命无常,并没有感受到大海的美,而现在回想起来,脑海里却浮现出大海反射城市辉煌的灯火的画面,光影变幻闪动,有如印象派画家笔下的画作。原来那美,那光,已成为记忆中的永恒。

"要有光。"尔蕉喃喃自语。这话,是来自天空中的声音,是妈妈的声音,是曾渔的声音,也是她心灵的声音。

尔蕉已经哭泣过,而天空依然明媚蔚蓝,满园的花朵正在绽放,她不能沉浸在悲伤里,以枯萎来对待芳华生命,她要振作起来。

尔蕉终于振作起来。

曾渔画册出版的事情,去法国办个展的事情,她必须替曾渔完成。但由于疫情原因,许多事还得继续搁置或等待。

只有出版画册的事仍然可以继续。

但不管怎样,书亚说得对,她必须勇敢迎接未来。她必须做些与曾渔有关的事,以及曾渔希望她做的事,比如画画。曾渔最希望她画画,将艺术天赋发挥出来。

对,画画。曾渔原本计划从上海回来就要开始画《盛体》的,中途却去了海岛。《盛体》画好了,却化为乌有。如今他不能画了,她要重新完成这幅作品。

现在,她觉得自己再也不能拖延画画的事了,她相信曾渔说的话,她有绘画的天赋。

她简单设计了一下,将画室分成了两部分,分别命名为"杨尔蕉创作室"和"曾渔绘画艺术展室"。她将曾渔的一部分画作挂到了"曾渔绘画艺术展室"里。经过她的一番布置,画室的艺术气息比原来更加浓厚。

她又将《黑香》《繁花》摆在画室里,将《盛体》的草稿也摆上,一遍一遍地看。

她走进试衣间,脱下衣服,站在穿衣镜前看自己的裸体。她已经成功地把自己肚腹上的蝎形疤痕掩盖了,身体的其他部位,皮肤光洁如玉,再没有其他的伤疤或斑痕。

她凝视着肚腹上的那枝蝎尾蕉花,回忆起与它有关的所有事情,眼睛里泛起泪光,一个狂热的想法冲进脑海。

  她查看着肚腹上的蝎形疤,
 像查看正在盛开的蝎尾蕉花,亦像查看自己的童真时代。

九　肉体，繁花似锦

她独自行走，有声音从空中传来：要有光！

光，让一切掩盖毫无意义。

尔蕉要用花朵把自己的皮肤覆盖住，她要把自己文成繁花似锦的模样。

她给书亚打电话，希望书亚来看她新布置的画室和展览室，然后喝咖啡聊一聊这个想法。

书亚却被困在家里——她所在小区发现了一例患者，结果一大早全小区就被封控了，七天内不得外出。

"真是防不胜防。不管怎样，虽外出不方便，但思想上是自由的。"书亚无奈中透出一种顽强的乐观。曾渔去世后，她想明白了，疫情防控是全民的事，只有大家积极配合，才能确保安全。于是，她不再焦虑，不再埋怨，而是打算做一个大的选题。她要好好利用这七天时间，仔仔细细地捋一捋思路，列出采访提纲。她让尔蕉帮她参谋参谋，这个选题会不会犯忌。

"你说说看。"尔蕉还没来得及说自己的想法，听书亚说"会不会犯忌",注意力便集中到她的选题上。

"《中国老人:当生命即将抵达终点》。"书亚报出选题,"我是想写老年人对待死亡的态度。"

"是有些敏感。"尔蕉想了想,肯定地应道。

尔蕉虽然涉世不深,但她深知,我们的世俗中有一种为长者讳的风俗,越是年长,越是不能谈论有关死亡的话题,尽管都知道死亡是生命的一部分。老年人对死亡的看法与对待死亡的态度,有助于人们认识生命。因为人至老年,漫长的人生已是一笔丰厚的财富,即使他们回避死亡的话题,也可以讲述他们独特的人生阅历与对世事的洞察、思考。两人就这个话题谈论了很久。

"好,你这条分缕析的,我信心更足了。对了,光说我的事了,你有什么新想法?"书亚转过话题。

"是这样,我想做个文身,全身的。"

电话那头,书亚半天没有吭声。

"有一次我问曾渔,如果我全身文身会是什么样子,他就给我画了两幅文身画草图,一幅正面,一幅背面。我觉得很好看,想试试。曾渔应该会喜欢。"尔蕉轻轻解释道,顺手发给书亚《繁花》和《盛体》草图。

尔蕉没有提及《黑香》,她觉得那是她和曾渔的秘密。其实还有一个更深层的原因,那是她的虚荣心、羞耻心作怪,她还无法将如此丑陋的疤痕揭开给书亚看。

书亚着实吃惊不小,尔蕉居然想在全身做文身。书亚的第一个反应是,尔蕉心理上出了问题,她还没有从曾渔离世的悲伤中走出来。

书亚急切地说:"尔蕉,你是不是……你跟我讲过你身上有疤痕的事,你文身遮蔽疤痕我很理解,要文全身我不赞成。如果文全身,我认为你的审美观已经扭曲了,你文身上瘾了,再也止不住了吗?不行,尔蕉,不能全身文身。"

尔蕉笑道:"你看得严重了。我就是觉得,我要把曾渔心目中的美变成肉体上的存在,它代表爱情,也代表艺术。"

尔蕉的笑声让书亚意识到自己确实把问题看得严重了。不就是文身吗?或许这真是尔蕉纪念曾渔的一种方式,而且文全身肯定要花不少时间,也许有利于尔蕉静下心来思考未来如何开始新生活。这样一想,书亚也就不再表示异议,只是嘱咐她一定要注意文身可能会引起感染风险,还有,外出要切切做好防护,更要避免出现突发情况,被困在文身馆。

与书亚通话后的那个傍晚,尔蕉在花园里独自散步。花园里的旅人蕉、美人蕉开得正艳,尤其是那几丛蝎尾蕉开始垂下花序,花朵饱满,花色艳丽,在晚霞中显得生机勃勃。合欢树绒花也已开至正艳,细柔耀眼。玉兰树、柿子树也都充满了生气。她站在合欢树下,抚摸着粗粝的树干,又扯住一根微垂下来的树枝,把玩着枝叶和绒花,在心里默默地和曾渔说话,告诉他自己这一阵子的想法,希望他能高兴。曾渔,我亲爱的先生,现在是蝎尾蕉、合欢树开花的时节,花园好美。你放心,我一定把你的画,包括《黑香》和《繁花》,推到世界美术殿堂上去。你是大师,就要闪耀出大师的光芒。

九 肉体,繁花似锦

一阵清风吹来,树叶唰唰唰地响,有几片青叶和绒花随风飘落下来,落在树下,落在她的身上,仿佛在应和她的心声。尔蕉的眼泪一下子涌出了眼眶,她以为那是曾渔的灵魂在应和自己。

第二天,尔蕉以全新的精神面貌,真正开始了失去曾渔以后的生活。

尔蕉找到了日本文身大师岸谷俊先生给她的电话。

岸谷俊大师的学生大海,是中国首屈一指的文身师,一听说是岸谷俊大师介绍的顾客,非常热情,随即加了微信。

尔蕉将《繁花》的照片和《盛体》草图的照片发给大海,请他给出明确答复,这样的全身文身需要多少时间。大海毫不含糊地说,两到三个月,看她对疼痛的承受力,自己会像岸谷俊大师给她文身一样用心。大海又补充说:"我们已歇业很长时间了,不知什么时候能复工。一旦复工,我首先给你做。"

"能变通吗?比如说你到我家来。费用不是问题。"

"那好,只要你不怕麻烦,我准备好器械去你家。我和助手每天可以工作八个小时。"

"好,我让我的助理配合你们。万一遇到封控,你们可以住我家。"

大海很爽快地答应了。两年来,他的文身馆时开时关,尤其近一年来几乎一直处在停业状态,他太需要客户了。他热爱文身事业,把文身当作一门艺术,希望遇到一些可以让自己大显身手的客户。从尔蕉发来的图样来看,无疑就是大师手笔,他有信心将大师的图样变成文在肉体上的艺术。

大海在尔蕉家工作了两个多月,完成了《繁花》和《盛体》的文身,实际上就是全身的文身。听尔蕉说了她和曾渔的爱情故事,大海在文身中倾注了特别的情感。他更加理解,也用心实践了岸谷俊大师文身的理念。绘画也好,文身也好,都是一种爱与情感的表达,是心中欲望的艺术表现。那青绿、蓝绿的枝叶,那旁逸斜出、似垂非垂的花枝,那红黄相间、艳光闪射的花序,那形似小鸟欲飞离而起的花尖,蝎尾蕉花的每一处细节都恰到好处地在尔蕉的身上铺散、绽放,织成灵魂与灵魂相互映衬、生命与生命相互交融的盛景。那些未文上文身的皮肤,闪烁着天然的光泽,呈现一种镂空的效果,空灵得很。

尔蕉喜欢那种针刺的感觉。一针一针,当色素进入皮肤的时候,她想象着肉体的原色正在改变,但那只是表皮的,她生命的底色从未改变。她在那刺痛中,感受到原始的痛苦到意志的升华,感受到自己的身体正在变成曾渔画中的形象。她以文身艺术实现了曾渔绘画的理念。

尔蕉休息了好一阵,在安全度过感染风险期后,开始构思如何将自己的文身画下来,也就是用油画对曾渔《盛体》草图进行艺术再创作。她没有独立画过一幅画,她要从画自己的文身开始,成为一个独立的"自由果"画家。

"杨尔蕉创作室"正式启用。

尔蕉在宽阔的大板台上摆放上曾渔的《盛体》草图和阿桂给她拍的文身照片,然后支好画架,在调色板上挤出各种油彩,又倒了一些松油,准备画画。她并不打算采用传统的画法,也不打算

九 肉体,繁花似锦

按照她早就熟悉了的曾渔的画法,她只想将色彩直接呈现在画面上,像提香后期绘画那样。

她先是画身体轮廓。

淡淡几笔褐黄,勾勒出蝎尾蕉花的形态,"之"字形的红色花序,浅黄、金黄的苞片密集排列,交错向上。很快,一枝盛开的蝎尾蕉花就生动地开在她的腰际。肩胛处,她则画了斜出的花枝,花尖犹如正在起飞的鸟儿的翅膀。而后,她用暗绿、蓝绿、亮绿甚至棕红、柠黄的颜色表现叶片,形态优雅柔美,与花翅形成动静相宜的图案。然后,她用一些白色的颜料在叶片与花序间刮擦出一些光的感觉,仿佛阳光正打在叶上、花上,散发出绒绒的白光。她想起曾渔的话:"画面上一定要有光的感觉,要有光。有了光就更有通透感,更立体生动……"

尔蕉没有想到,她只用一周时间就完成了背部的绘画内容。当然这只是起稿。她也明白肩膀、臀部和腿部的绘画要比背部难度大,但有了这个初成的背部画面,她信心倍增。

她放下画笔,兴奋地来到花园散步。天色已晚,气温已低近零度,但她一点也不觉得暮色深浓,不觉得时序已进入秋末初冬,寒冷日重。她转悠着,喃喃地诉说着这几天的绘画成果:"我真是有如神助。曾渔,是你吗?是你像以前一样握着我的手,引导着我画吗?但事实上我没有按你的画法画,我不想被你的画法框住。我要思想的自由,我要绘画的自由发挥,我们是'自由果',没有循规蹈矩的思维,我要按我的天赋来画画。"

花园里静悄悄的,天空飘起了雪花。雪花细细的、润润的,落在地里,落在绿植上,落在还没有落光叶子的灌木上,很快就积了薄薄的一层,在灯光反射下,洁净晶莹。

这寒气四溢的夜晚,尔蕉却感觉自己心中创作的火正熊熊燃烧,那火光映照出她对曾渔的爱情。

接下来的日子,尔蕉每天早晨六点就出现在创作室。早睡早起的习惯,是她在上中小学时期养成的,并一直保持了下来。她觉得,比起熬夜晚睡晚起的人,早睡早起更能有效地利用时间。她用花丝巾束住已经过肩的长发,又把宽松的纯棉围裙套在身上,这样显得干练而随性,可以避免画料弄脏衣服。阿桂笑着说,她如果用的不是画笔,而是镰刀,倒是很像俄罗斯油画里收割庄稼的农妇。阿桂是以前在曾渔画室里一本画册上看到过那样的油画。阿桂给尔蕉拍了很多张创作照,助理的工作越来越称职了。

尔蕉分外投入地画画,画她自己的文身人体。

就在尔蕉忘情地创作一段时间后,疫情防控全面放开。这突然的变故让尔蕉很兴奋,她觉得可以叫书亚来看她作画。但书亚反而犹豫了,她要等等,看看情势再说。这突然的放开后万一反弹甚至失控,她来容易回去就难了。再说这是尔蕉第一次画画,有人站在旁边看反而会影响到她。不过她得知尔蕉终于独立画画非常高兴,也坚信她定能马到成功。

书亚确实有先见之明。很快,疫情席卷了全国各地,阿桂、尔蕉在第二波感染高峰时也相继"中招"。高烧、嗓子疼、肌肉疼、咳嗽、腹泻、全身无力感,症状时轻时重。好在她们都年轻,没有

九　肉体,繁花似锦

什么基础病,很快就康复了。尔蕉搁置了一些日子的绘画,又继续进行了。

书亚正在奇怪她们远离市区,且几乎没有与外界打交道,怎么会这么快被感染,就发现自己也被感染了,而且她整整一个月才完全康复。

也许意外感染带来一种生命无常、时光易逝,一切的想法要及时付诸行动的新体验,尔蕉接续创作时,对于蝎形疤和文身有了更深刻的理解,表现手法也更从容细致,对色彩的运用更加大胆奇诡。她不是成熟的画家,却在画面上处处表现出随心所欲而又形意天成的高妙。

时间缓缓流淌。

终于,尔蕉完成了《盛体》。这是她独立完成的第一幅作品,真正的处女作,她不知与曾渔画的《盛体》有多少差异,但她知道他们表达的内涵是相同的,是一致的。她将自己的《盛体》画看作对曾渔绘画艺术的延续。此时春暖花开,花园又形成新景,而《曾渔绘画艺术》也将出版。

《盛体》的画面表现的是一个背部文着蝎尾蕉花图案的女子。阳光笼罩着画面,产生一种迷离梦幻的效果。这是一幅令人惊艳的画作。

"完美!"尔蕉将画笔往大板台上一扔,信心十足地赞道。

"要是先生在就好了,他看到了一定会为你高兴。"阿桂将画作完整地拍了下来。

尔蕉愣了一下,随即愉悦地说:"先生看得到。他一直在这儿看着我画呢！我感觉得到。虽然我画画和他画画的方法不一样,但他不会责怪我。阿桂,今晚我们得喝杯酒,庆祝画作完成。我也要敬先生一杯！"

"我这就去准备。"阿桂开心地应道,"要不要叫书亚来？她好久没来了,正好一起庆祝。"

尔蕉摆摆手:"今天太晚了,她住得那么远,骑摩托不安全。明天再喊她来。明天早上我再看看这画。"

晚上,尔蕉和阿桂喝了红酒后,一个人在蕉园里转了转。蝎尾蕉枯黄的叶子已有了绿意。整个冬天,它们忍受着与热带地区迥异的气候,看上去几乎奄奄一息,但尔蕉知道,它们没有死去,也不会死去。现在,果然生机又显出来了,它们很快又会绿得发亮,艳丽整个花园。

有些生命是永远不会消亡的。

转着转着,天空下起了细雨,缠缠绵绵,让她想起合欢树细细柔柔的绒花。

尔蕉来到合欢树下,站了好久,感觉到美好。

春雨后的早上,朝霞满天,尔蕉神清气爽地来到创作室,在昨天完工的《盛体》上又刮擦、点染出几处光影。

阳光正照进室内,光面越来越大,《盛体》在光辉中明艳而又梦幻,亦炫亦雅,妙不可言。

尔蕉毫不掩饰心中的喜悦之情。她完全有把握以这幅画跻身画坛,跻身画家行列。她并不是要在画坛抢占风头,只希望有足够的才情配称"画家"。现在,她已证实了自己的天赋,证实了曾渔先生的眼光。

她要凭这一幅画,办一场个人绘画展。

她兴奋地给书亚留言,让书亚到家里来看画,她也要把她的这个想法告诉书亚。

书亚风尘仆仆地来了。

　　　　她查看着肚腹上的蝎形疤,
像查看正在盛开的蝎尾蕉花,亦像查看自己的童真时代。

十　行为艺术展上的忏悔风潮

> 她独自行走,有声音从空中传来:要有光!
> 光,让一切掩盖毫无意义。

尔蕉彻底敞开心扉的长谈,让书亚更真切地了解到她的绘画心路历程,并为之感动。书亚为尔蕉的想法叫好,觉得尔蕉的任何计划都值得支持。而《盛体》与曾渔的《黑香》《繁花》组合在一起的画展,虽然总共只有三幅作品,但它的冲击波必不容小觑,就和她正在写作的《中国老人:当生命即将抵达终点》一样,将带给人们观念上的震撼。

事不宜迟,展览说搞就搞,没那么复杂。书亚自告奋勇地承担起策展人的重任,连同邀请嘉宾和个展消息发布,她都包揽了下来。

书亚按照尔蕉最初的思路,将"杨尔蕉画室"设计布置成"杨尔蕉画展","曾渔绘画艺术展"也将同步展出。

一切准备妥当,只差发邀请函了。

对于画展,尔蕉又有了全新的思考。她突发奇想,决定邀请张千林、郭立春、韦似、白扬四位前"男朋友"前来观展。她要让这些当年被她的蝎形疤吓跑了的男人,看看那蝎形疤今天的荣光。她想看看他们看到蝎尾蕉花时的反应。

书亚仿佛一直在等待这个决定一样,立即表示赞同。

尔蕉只给书亚提供了白扬的微信,张千林、郭立春、韦似三人的联系方式,均由书亚以策展人的身份想办法找到了。最神奇的是,书亚还找到了易建。尔蕉说:"易建不配见我,但我不反对邀请他。"

郭立春年轻单纯,大学毕业后去了美国读硕士,毕业后就地找工作,进了美国的一家金融科技公司。他很想见杨尔蕉,有些事他想当面向她解释,并向她道歉。但他因参与一个新项目研发,近期没有时间回国。尔蕉未置可否。

她们反反复复推敲邀请人,像是秘密策划一场诱敌深入的好戏,每一个可能的选项都做了最好的预案。邀请函发出时,还附了一张《盛体》画的照片。

为了确保他们能如约前来观展,书亚的邀请函写得深情动人。

亲爱的张千林(郭立春、韦似、白扬、易建)先生:

我叫池青莲,杨尔蕉的闺密。"杨尔蕉画展"即将开展,我非常荣幸成为"杨尔蕉画展"的策展人。"杨尔蕉画展"是杨尔蕉从事绘画事业的首场个人画展。她将这场首秀,献给她生命历程中最重要的人。虽然多年来她和你没有联系或联系极少,但这并不能说明她忘记了你。为此,她为你预留了时间段,并准备了精美绝伦的礼物。

恭请你光临指导。

书亚还特地写上了观展时间和观展原则:采用预约制,你可根据情况确定哪天观展,观展时间为两小时。一经确定,不得更改,以免影响其他参观者的时间安排。

除郭立春确实不能到场外,其他四人都接受了邀请。

书亚利用这个预约制,巧妙地根据尔蕉的意见,确保了四人的观展次序。

书亚回想着尔蕉的"恋爱"故事,细细体会着她当年的心境,既心酸又心疼。她明白那种伤害至深却又无法言说的苦痛,就像自己得知丈夫和一个阿姨级的女人出轨,好奇、不解、怨愤、孤独,那种复杂的心情永远也形容不了。但自己的情况比起尔蕉来说,还是要简单轻松一些,自己如果不愿意承受,可以一离了之,尽管离婚的过程也会是复杂难过的。尔蕉不同,那时她还是一个涉世未深的姑娘,一个先天就有的胎记和后天烫伤的疤痕叠加在一起的伤疤,本应该被最亲密的人视为最大的隐私予以尊重和保护,却成了众所周知的笑柄,她怎么面对她的青春和未来的人生?不管他们是有意还是无意的,烙在尔蕉心上的伤远比她肚腹上的疤痕要更深刻、更疼痛难忘。如果她不是遇见曾渔先生,她的人生会灰暗到什么程度?

十 行为艺术展上的忏悔风潮

这样想着,书亚把尔蕉办这个画展的目的归结为"骄傲的报复"。她认为尔蕉有资格以画展的形式雪洗他们对她的羞辱,让他们看到她的才华和成就的光——这才是最本质、最美丽的尔蕉。她的这种美丽反衬出他们当初的鄙薄和目光短浅。这种报复是对他们的自尊心的打击。

尔蕉不太确定自己是否出于"骄傲的报复"这个目的邀请他们,或许是真有那么一丢丢的报复心吧。可能在她的内心深处,真的一直潜藏着这个念头:他们伤害了她。她并不责怪他们受到惊吓离她而去,她是痛恨他们情感的虚伪与脆弱,甚至竟把她当作茶余饭后的谈资。想到他们以嘲笑的口吻说到她的伤疤,她确实恨过他们。真要说到报复心,也许是直到现在才显现出来。

书亚觉得,报复心不可耻,报复是人的基本情感的一种。她相信张千林他们看了画展,一定会后悔当初没想过深入了解一下尔蕉那个疤的形成原因,以及怎么适应并帮助尔蕉走出阴影。她希望尔蕉今天的美和才情像阴影一样留在他们心里。

阿桂更是觉得报复这样的男人不用心软。展览过后,他们可能会被蝎形疤和蝎尾蕉花反复折磨。她想象他们既害怕又羡慕的神情时甚至感到痛快。

"但我更希望他们忏悔。这个是我能确定的。"尔蕉沉默良久,肯定地说。

"忏悔?"书亚反问道。

"忏悔。"尔蕉的眼神坚定起来,"当初所谓的追求与爱,是浅薄的,是脆弱的,是毫无诚信、责任可言的。时隔多年,他们应该明白了这一点。"

"是的,一个有丑陋疤痕的身体变得艳丽,他们会惊掉下巴的。但他们再无机会得到她。"书亚朝墙上的《盛体》努了努嘴。

"他们从来就没有得到过,也永远不会得到。不过,我倒想借此次机会试探一下人性。"

"怎么试?"

"像那位伟大的行为艺术家玛丽娜一样,来一场行为艺术展。"

"哪个玛丽娜?"书亚问道。

"那个玛丽娜。"尔蕉微笑。

塞尔维亚的艺术家玛丽娜,被称作"行为艺术之母",她的故事书亚当然知道。1974 年,28 岁的玛丽娜在意大利那不勒斯举行了一场题为《节奏〇》的行为艺术展览。她尝试与观众进行互动性表演,把自己麻醉了绑在桌子前。桌子上有七十二种道具,有玫瑰、蜂蜜,也有枪、子弹、刀、鞭子等危险物品,观众可以使用任何一件物品,对她做任何他们想做的事,任意摆布她的身体。刚开始,有人给她涂口红,有人帮她冲洗身上的油彩。但是,当观众发现她真的对任何举动都毫无抵抗时,人类丑陋的本性被激发了出来。有人剪碎她的衣服,有人划伤她的皮肤,有人将玫瑰刺入她的腹部,甚至有人拿起了装有子弹的手枪,想开枪打死她。若不是工作人员惊醒过来将手枪夺走,玛丽娜将被丑陋的人性杀死。这次经历令玛丽娜痛苦,也让人们警醒:当一个人的权利处在一个完全不受限制的环境中时,隐藏在内心深处的邪恶就会被彻底释放出来,就像打开了潘多拉魔盒。

"你来真的,你疯了?"书亚不寒而栗,"你不怕他们把你身上的花卉图案全部挖掉?"

"就当是一次疯狂的测试,看看他们敢不敢触碰我的肉体,敢不敢伤害我的肉体。"尔蕉轻蔑地笑。

这真是一个愚蠢而疯狂的想法。书亚上网找到有关玛丽娜那次行为艺术展览的资料,觉得过程太过残忍,要尔蕉打消这个念头。如果他们人性中丑恶的一面被彻底激发出来,真伤害她,那后果不堪设想。即便一定要加一场行为艺术展,也要想一个两全其美的办法,既显露他们人性中潜藏的最深最真实的一面,又不致让尔蕉遇险甚至遇害。

"你明知玛丽娜以行为艺术试探人性遭到惨败,还要搞这样的展览,岂不是自讨苦吃?"书亚埋怨道。

"如果不这样,又怎么能试探并直面丑陋的人性?"

书亚见阻止不了尔蕉,便同阿桂悄悄商量,必须找到两全之策。

阿桂觉得书亚说得有道理,犯不着为这几个人以身试险。

两个人在几间展室里来回走了几圈,不约而同地有了对策,忍不住相互击掌"耶"了一声。

在隐秘、期待、痛快的情绪中,经过一番细致的准备,"杨尔蕉画展暨曾渔绘画艺术展"开幕了。

正值春浓,阳光和煦,花园里姹紫嫣红。画室里,从窗户照进来的阳光,与画室里的灯光、墙上的油画交相辉映,辉煌热烈。

说是开幕,其实就是请了二十位相对来说熟悉的朋友,以书亚邀请的出版和写作圈的编辑、作家、记者朋友为主,也有曾渔生前的两三位密友。展览开幕后,阿桂率大家参观。在参观完曾渔艺术展后,进入杨尔蕉画展部分,在这里参观的顺序依次为《黑香》《繁花》《盛体》,也就是一个文身的过程。人们惊叹三幅画作,既相互独立,又是一个系列,自然人体、人体艺术和文身艺术浑然天成。

接下来的三天,留给四个预约制"嘉宾"参观者,书亚将负责导展。尔蕉将参观画作的顺序倒了过来,依次为《盛体》《繁花》《黑香》,而且挂画比常规挂画的高度升高了,升高到齐天花板的位置。参观者参观了这三幅作品后,书亚会将他们带到特意为他们加展的部分——"杨尔蕉行为艺术展"。

易建、白扬、韦似、张千林四个"嘉宾"将按照这个名单次序先后来参观"杨尔蕉画展"。

易建第一个如约而至。

易建在和尔蕉"约会"后的第二年就结婚了,妻子是一家大医院的护士。婚后,易建的企业沉沉浮浮,一度面临破产,但转换经营方向后,赚得盆满钵满。但不幸的是,几个月前,他的妻子在防控政策突然放开后的第一波感染中去世了。目前,他带着四岁的孩子生活。当收到邀请函时,他甚至产生了一种错觉,认为这是杨尔蕉要和他重新开始的信号。如果判断正确,作为一个有过婚史、带着孩子的男人,他觉得对于杨尔蕉的蝎形疤的可怕记忆不再重要。

十 行为艺术展上的忏悔风潮

易建在书亚的引导下走进了第一个展室。迎面高挂的《盛体》,给他极为强烈的视觉冲击。画、灯光、场域,美的感受中,空间上却有一种让他喘不过气来的压迫感。他瞥了瞥书亚,略带紧张地说:"一个女人的身体如果真像这么一幅画,那男人就有福了,像那首歌唱的,'读你千遍也不厌倦'。池青莲女士,你说呢?"

书亚抢白道:"即便女人的肉体如画,也不会像画一样恒久不变的,她一样会衰老。"

易建点点头,忙用手机对着画拍了好几张照片以掩饰尴尬,然后随书亚走进《繁花》展室。

《繁花》是一幅正身人体艺术画,但人物的头部是侧着的,面部被几缕鬈发半掩住了,柔光衬托的眼睛部分带有阴影,而左下腹那枝蝎尾蕉花似乎特别抢眼。易建愣了愣,有种似曾相识之感,却又一时想不起来。

易建并没有深想,对于绘画,他知之不多,所以也没有联想这会不会是杨尔蕉当模特的人体艺术。他也没注意到画作者的名字不是杨尔蕉,理所当然地认为这也是杨尔蕉的画作。

直到走进《黑香》展室,仰头看到画面上高光打着的那枝蝎尾蕉花,易建才像触电一样浑身激灵了一下。他骤然间明白了,这画上的人是杨尔蕉!此时再看人物脸部,没有遮掩,就是杨尔蕉!杨尔蕉身上那个黑红色蝎形疤被画作了一枝花,那么丑陋的疤,开成一枝红底黄边的蝎尾蕉花!

易建热血沸腾起来,杨尔蕉真的接受了自己的建议,做掉了那个疤？她去做医疗美容了？她文身了？她不仅文了那个疤,她还文了全身！前两幅作品,画的也是她自己？这么看来,自己在她心中真是有分量的……

一个去掉了丑陋的疤痕、用文身美妆了全身的杨尔蕉,岂不是就如画中的一样美丽？

"杨尔蕉呢？"易建抑制不住激动。

"你马上就可以看到她了。"书亚伸手示意,请易建出了展室往前面走,一边走一边告诉他,他将进入的是"杨尔蕉行为艺术展"展室,从进展室的那一刻起,全程会有视频监控。

说着,两人已经来到了最里头一间展室,只见门口立着一个指示牌,上面写着"杨尔蕉行为艺术展"。易建一走进去,书亚就从外面拉上了门。

易建正要回头问书亚什么,目光却一下子被聚光灯下的杨尔蕉牢牢地吸引住了。

尔蕉稍稍朝左侧身,裸身半躺在一张阔大的席梦思床上,左手叠在脑后,头发随意而奔放地散开着,双腿半叠,正好挡住私处,左腹那枝红底黄边的蝎尾蕉花从腿根上方明亮地跳脱出来,原色的皮肤则像镶嵌在这些花叶中的碎钻。和《繁花》画一样,蝎尾蕉花错落有致地开在胸前、胳膊上、腿上,衬托着腹部的蝎尾蕉花。几片或青绿或亮蓝或棕红的蕉叶铺成底色,整个人像是醉卧在花丛中,又仿佛睥睨一切,表情清高而迷离,慵懒浪漫,性感诱人。

"好美!"易建惊呼一声,冲到床边,"杨尔蕉,真是你吗？"

尔蕉一动不动,依旧保持着原来的姿势。

"是杨尔蕉。易总,这是杨尔蕉的行为艺术展。"一个清爽的声音响起。

易建吓了一跳,循声一看,只见靠墙坐着一位中年女士,不由得紧张惊慌起来,额头上冷汗直冒。

"我是阿桂,杨尔蕉的助理,负责这个展室的接待工作。"阿桂不冷不热地自我介绍道。

"哦。"易建机械地后退了两步。

阿桂看看手机:"易总,你的参观时间是两个小时,你已用去了一小时十分钟。在你剩下的参观时间里,你可以对杨尔蕉做任何事,当然,除了杀死她。"

易建抬手擦了擦汗:"我不明白。"

阿桂往墙边一指:"喏,那里有不少用具,你可以用它们做你想对杨尔蕉做的事,任何事。"

见易建怔住,阿桂又补充说:"你放心,只要不致她死,一切都不用负法律责任。尔蕉已签署过法律文件的。"

易建这才发现靠墙摆着一个长条形五斗柜,便好奇地犹犹豫豫地走到五斗柜边,看了一眼,惊得回头看阿桂。

五斗柜上面,摆放着水果刀、菜刀、皮鞭、电棍、丝巾、绳子、石块、安全套等道具,还有玫瑰。

阿桂跟过来解释:"你可以用水果刀刺杨尔蕉,用菜刀砍她,用绳子捆绑她,用丝巾勒她,用电棍电她,用皮鞭抽她,用石头砸她……你如果要和她发生性关系,就使用安全套。"

172　盛体

易建像听天方夜谭一样,紧张、兴奋、害怕、惊奇、疑惑,种种情绪交织,一时分不清该怎么做才不致失态,但心里面有一种野兽般的欲望占了上风,他想占有这个遍身文满了花枝的肉体,这个肉体曾在他眼前裸露过,他却逃跑了。那时候,这腹上的花枝可是一个蝎形疤。这一次他不能再错过。他不想用刀子用皮鞭伤害这样的肉体,他只想占有……

易建感觉到自己的荷尔蒙在上升,欲火在燃烧,不由自主地拿起了安全套盒子,从中抽出一只,面红耳赤地看着阿桂。

阿桂意味深长地笑了笑,转身走了出去。

展室里,只剩下易建和依然保持原来姿势躺在床上的尔蕉,那鲜艳的金嘴似的花枝尖像一根根芒刺,轻轻刺着易建的心,挑逗着他,撩拨着他,引诱着他。

易建走到床边,解开了裤扣。突然,他停止了动作。他的眼前,尔蕉身体上那枝蝎尾蕉花十分真切地变成了一道蝎形伤疤。

他想起池青莲说的话,这个展室里有视频监控。这会不会是个圈套?他有些警觉地往展室四周和天花板上扫视。当他的目光落在床头柜上的墙体时,他"啊"的一声,惊得手上的安全套掉在了地上,一只手下意识地紧紧攥紧了裤头。

床头柜上方,尔蕉的裸体照片比正常挂位低了许多,下框抵住了床头柜面。那个原本的伤疤,正醒目地趴在肚腹上,像一只阴森可怖的蝎子。照片其实一直在那里挂着,但是易建进来时太专注于尔蕉的文身,竟没有发现床头侧畔挂有照片。

"杨尔蕉,你搞什么鬼名堂?"易建吼道,重新系上裤扣。他

十 行为艺术展上的忏悔风潮　173

感觉自己真的掉进了一个什么圈套,恼羞成怒。

"出什么事了?"阿桂风风火火地推门进来,身后跟着书亚。

"池青莲、阿桂,你们搞什么鬼?!这杨尔蕉是哑巴了,还是死人一个?!打我进来就没喘过气、没眨过眼!"易建怒不可遏,"好端端的画展,挂个那么恐怖的原身像吓人,太煞风景了!"

"易总息怒,请息怒!"书亚连忙拱手,笑哈哈地说,"我告诉过你,这间展室是尔蕉的,呃,是杨尔蕉的行为艺术展,她就是要用这样的行为来作艺术的表达,借此观察参观者的行为,从中试探一下人性是向善还是向恶。"

"哼!向善向恶个鬼!我看到的是文了文身的她,但我记得的还是那个丑陋的疤!我真应该拿刀子把她的文身全刮掉,还原那个鬼样子!"易建仍恼怒不已,手指指向那幅照片。

尔蕉身子一颤。

"易建,你现在也可以这样做。"尔蕉说。她的声音很轻柔,目光却坚定。

"尔蕉,你说话了!"易建转怒为喜,冲到床边,使劲伸手,却只能抓到尔蕉的脚。他很想去亲吻她,但因为床太大了,她在床中间,他够不着。他不得不承认,看到邀请函上遍身文身的杨尔蕉时,他是惊喜的,他渴望亲近一下这个身体。

"对不起,我不是想吓你,我只是想让你看到我真实的另一面,昨天的我和今天的我,都是真实的。"

"但今天的你已经脱胎换骨。"

"嗯,可以这么说。"

"我要向你求婚,可以吗?"易建脱口而出。

尔蕉莞尔一笑:"是因为我身上美丽的文身?"

"是,也不是。但文身确实让你美得不可方物。"

"我不会答应你。"

"我们可以重新开始约会。"

"我们从来就没有开始过,谈不上'重新'。也不是什么事都可以重来。"

易建一时无言以对。他对她这样的话也不感到意外,沉默了一阵才说:"那我买一幅画收藏,那幅《繁花》。你开个价。"

"那三幅画是一个系列,不单独出售。"

"那三幅我一起收藏。"

"你收藏不起。"

"杨尔蕉,你画画才算出道吧?我是想给你捧个场,别不识抬举!"易建极为不快了。

尔蕉朝书亚看了一眼。

书亚立即说:"要收藏可以,三幅画一个亿,人民币。"

易建瞠目结舌:"啊?!你们抢钱呀!"

书亚又说:"这三幅画是一组,但《黑香》和《繁花》是尔蕉丈夫曾渔先生所作。曾渔先生是世界级的画家,在纽约拍卖行,随便一幅起价五百万,美金。"

易建不屑地摇摇头:"丈夫?杨尔蕉嫁人了?如果这样的价格,那我确实买不起,买得起也不买她丈夫的画。"

尔蕉笑道:"不要紧,易建,你今天能来,我很高兴。也谢谢

十 行为艺术展上的忏悔风潮 175

你没有想用刀、皮鞭什么的伤害我。你以后如果真想收藏我的画,拍卖时我们通知你,你可以去参与竞拍。"

易建直起身,毕恭毕敬起来:"尔蕉,不管你这次展览是要试探人性向善还是向恶,请你不要因为当初的事记恨我。我那时说话不过大脑,可能重重地伤了你,那是你的隐私、你的尊严,我应该维护你,小心翼翼地探问内情才是。请你原谅我。"

"好,有你这句话,我原谅你!"尔蕉一下子从床上坐起来,扯过床头的一件袍子披在身上,下了床,从五斗柜上叠放着的一摞相框上取下一个,双手托着走到易建身边,笑盈盈地说:"这是我的《盛体》画的摄影版,是我送给你的礼物,名我已签好了。"

她将照片背面翻过来示意了一下,又翻回正面递给易建。她的签名在照片背面。

易建接过照片,顺手拉起尔蕉的手,欲行吻手礼,尔蕉却猛地抽出了自己的手。易建犹豫了一下,然后退后两步,转身,快步走出展室。

尔蕉如释重负。阿桂将摄像机所摄资料递给书亚。

书亚哂笑道:"估计这易建同志,都忘记这里安有摄像头这个事了。"

"先留着吧。他要的话,随时给他,或当他的面删除。"尔蕉穿好衣服,看了看五斗柜上的道具,嘴角挂上一丝丝笑意,"这个人本质上还不坏,虽然看得出他是个经不起诱惑的人,也有易怒、自负的毛病,但总体上没有膨胀,没有想在物理意义上伤害我,还懂得道歉。我要的就是'道歉'。"

"这样的话,不管他是不是真心,效果已经达成。"

"下午是谁来着?"

"白扬。"书亚说。白扬凭着他的聪明才智,在银行系统混得风生水起,如今已是区支行下属一家分理处的副主任了。

"白扬啊,他是唯一一个见过我的身体还保持联系的人,不知他会是什么表情。"尔蕉带点调侃的语气。

"肯定是惊艳、后悔呗。"阿桂快人快语。

下午,白扬按约定的时间到了,但很意外的是,他带着老婆一起来的。他接到邀请函时,本想直接在微信上问一下杨尔蕉究竟是怎么一回事,可又想她肯定忙于画展,不便一一邀请嘉宾,才有专人发函,也就没有问。在他看着《盛体》画的照片反复咀嚼邀请函上的语句时,他老婆往他微信上瞥了一眼,瞥到了杨尔蕉的《盛体》画,便警觉地查看他的手机,一看就明白其中必有不同一般的关系,而"杨尔蕉"这个名字她未曾听说过,也就是白扬未坦白过。她不动声色地说:"这画展肯定值得一看,你带上我。"白扬的岳父是他们银行的一位高管,没有这层关系,白扬再聪明、有才干也不会发展得这么快,所以在老婆面前,白扬往往是百依百顺,言听计从。这个事他没有理由拒绝,虽很无奈,但也只得同意带老婆来画展。

面对这个突发情况,书亚并不惊慌。也许是多年的非虚构写作让她对这种事司空见惯了,当下她就决定,通知尔蕉和阿桂,但参观程序不作改变,任其自然,看看是否会出什么幺蛾子。

书亚没有像对易建那样任其自己看画,而是作了简要的讲

十 行为艺术展上的忏悔风潮 177

解。《盛体》是杨尔蕉迄今为止独立完成的第一幅画,也是她到目前为止唯一的一幅画。《繁花》和《黑香》是她先生的画作,但三幅画构成一个完整的系列。

在《黑香》展室,书亚注意到白扬非常震惊的表情,而他老婆则显得很迷茫。

"这画上的人就是杨尔蕉吗?"白扬老婆问。

书亚温和地答道:"是的,这画中人物就是杨尔蕉。作者是她先生,大画家曾渔先生。"

白扬老婆眉头轻蹙了一下。也许她在思忖,杨尔蕉有丈夫,为什么自己的丈夫白扬会是"她生命历程中最重要的人"?

书亚微笑着,引导他们来到"杨尔蕉行为艺术展"展室,并告知此展室有摄像头。

像易建一样,白扬夫妇的目光一下子落在躺在床上的杨尔蕉身上。也许是因为老婆在侧,白扬微张着嘴,没敢喊出声来,他老婆则在惊疑之余,满脸愠怒地盯着他。

书亚给阿桂使了个眼色,阿桂会意地点点头。

书亚拉开门出了展室。阿桂轻步上前,对白扬说:"这里是杨尔蕉行为艺术展,在这个展室里,除了不能使杨尔蕉致死,你们可以使用这个展室提供的工具,对杨尔蕉做任何你们想做的事。"

她指了指五斗柜。

白扬有些机械地来到五斗柜边,目光不时地瞟向在床上躺着的杨尔蕉。她那么美,又那么冷;那么近,又那么远!

白扬老婆看着那些道具,抓起安全套盒子往床上扔去,还未扔到床上,里面的安全套小包装便在半空中散落下来,落了一地。她像发疯一样地向床上扑过去:"好你个行为艺术!"

白扬猛地惊醒,一把拽住老婆。

他老婆却一把甩开他的手,从地上捡起一只安全套抖动着,破口大骂起来:"什么狗屁画展!什么艺术!什么行为艺术!展室里居然放着这样的玩意儿,你们这是什么画展,什么艺术?行为艺术,独一无二的礼物,精美绝伦的礼物,原来就是这个女人?!什么画家,是妓女是婊子吧?下流!"她转身看着白扬,手指戳在他的脸上,"白扬,你今天不交代和这个女人的关系,我饶不了你!"

白扬脸上一阵红一阵白,越听越气愤,一副无地自容的样子。随着老婆骂得越来越难听,他忽然扬起手,怒不可遏地一巴掌打在了老婆脸上:"你胡说八道什么!"

白扬老婆哪想到丈夫竟然敢当众打自己,愣了片刻,"哇"的一声哭了,哭着冲到五斗柜边,拿起水果刀就要去扎尔蕉。

尔蕉仍然像雕像一般一动不动。

白扬吓得急忙从后面抱住老婆,阿桂也连忙走上前来。

白扬老婆挥舞着刀子朝白扬手上扎。

书亚推门进来:"怎么了?"一看情形便明白发生了什么事。书亚上前缴下白扬老婆手上的刀子,将她拉到旁边坐下:"白夫人请息怒。"

白扬老婆白了她一眼:"息怒?你们今天若不讲清楚这唱的是哪一出,休怪我报警抓你们!"她又指着白扬,眼睛里喷出火

十 行为艺术展上的忏悔风潮　179

来,"还有,你必须给我从实招来,这从哪里蹦出来的杨尔蕉?你们是什么关系?"

书亚笑着说:"白夫人,报警就小题大做了。你放心,这出戏,你马上就会明白。"

白扬老婆"哼"了一声,瞪一眼白扬,又瞪一眼杨尔蕉。

尔蕉的姿势还是那样,仿佛刚才的一幕不曾发生过一样。

书亚按下一个开关,照片上面的灯光亮了。白扬老婆看着照片上那个蝎形疤,有点发蒙。

白扬自知和杨尔蕉的"关系"隐瞒不了,又不知从何说起,扑通一下面朝尔蕉跪倒在床边,哀求着说:"杨尔蕉,求你说句话吧!当年我是追求过你,但被你的蝎形疤吓得魂飞魄散,没有亲近过你的身体,没有亵渎过你。请你告诉我老婆,你我之间并没有实质的恋爱关系!"

杨尔蕉嘴角浮起一抹轻蔑的笑:"白扬,我曾以为你智慧过人,所以,虽然我们没有发展恋爱关系,也一直以挚友相待,可没想到你也就这点出息。"

"不管如何,我们约会过,是我逃离了你,对不起。"白扬连连作揖。

当白扬说到"对不起"时,尔蕉眼皮一抬:"罢了。"她扯过袍子披上,裹住身体,下了床,走到白扬老婆面前,掀起袍子让她看了一眼腹部的那枝蝎尾蕉花,又指着墙上的照片说:"白夫人,你看,你看仔细了,那是我最真实的照片。以前,我身体上有一个如此丑陋的蝎形疤,这个疤吓退了和我约会的男人,也吓灭了他们的爱情火苗。白扬,他对我的'爱'的火苗,就因这个疤熄灭了。那时,你应该还不认识白扬。"

白扬老婆的面色渐渐舒缓下来。她狠狠地剜了一眼白扬,又对尔蕉嘟囔道:"他从来没有提过你。"

"也许他觉得我们的关系微不足道吧,也许他不想提及这个疤,这个疤给他造成的心理阴影可能不小吧。究竟为什么,你得问他。"尔蕉淡淡地说。

白扬朝她们转过身来,依然跪着:"老婆,请原谅。我没有坦白这件事,就是我当时受到的惊吓太大了。我以为我就是说了,你恐怕也不会相信有这种事。"

"那我问你,如果今天我不来,你是不是就会选择安全套?"白扬老婆撇了撇嘴,目光在白扬和尔蕉身上来回巡睃。

尔蕉先发制人:"我倒觉得,他可能会选择皮鞭。丑陋的蝎形疤变成了美丽的蝎尾蕉花,而他只能看着不能得到,此事会让他心生恼恨。"她是带着微笑说这番话的。

"我和杨尔蕉现在是朋友关系,普通朋友关系,这里又有摄像头,我就是吃了豹子胆也不敢。"白扬赶紧举起两个手指头,发誓一般说。

"谅你也不敢。"白夫人倒也识趣,顺坡就下了。

"就是。"尔蕉打趣道。她看着依然跪在地上的白扬,一语双关地说:"白扬,事情讲清楚了,你老婆也原谅你了,你就起来吧!男人膝下有黄金,别动不动就下跪,跪多了会伤骨头的。"

白扬看了老婆一眼,站起身。"下跪是一种姿态嘛!习惯了。"他有一些难为情,自我解嘲道。

"我看白夫人很通情达理呀,是你自己不够坦诚吧。"尔蕉笑了笑。

话音刚落,白扬老婆又一惊一乍起来:"哎呀,摄像头!我刚才那个样子可不能摄像!还有,白扬,我刚才用刀子扎伤你了没有?"

白扬急忙摸了摸自己的胳膊,摇摇头:"没有。"

书亚诡秘地一笑:"那刀子是假的,橡胶的,就像你在电影里看到的道具一样。"

阿桂将橡胶刀递给白扬老婆。

白扬老婆狐疑地看了看,又挥起刀子朝自己手上扎了几下,哈哈大笑。

白扬老婆说:"那也不行,你们那监控视频可要给我。"

书亚说:"没问题。"

阿桂从五斗柜上方的壁灯架上取下一个针孔摄像头,将它连接到手机里,将视频文件导出来。

"你看你,刚才像小泼妇一样,太难看了!赶紧删了吧。"白扬赶紧说道。

白扬老婆顿时面红耳赤:"删了,赶紧删了。"

阿桂便当着大家的面将视频彻底删除了。

白扬老婆虽然安心了许多,但仍有点尴尬:"刚才真是让你们看笑话了。"

"别这样说,我们都理解。我这是行为艺术,就是和观众互动,任何行为都能理解,就当这也是你的行为艺术表演呗!"尔蕉宽厚地揽了一下白扬老婆的肩膀,"相信白扬吧,如果你希望你的婚姻稳固的话。"

白扬老婆点点头。她坦承自己刚才太激动了,爱情都是排他性的,她绝不允许白扬和其他任何女人有不清不白的关系。

尔蕉从五斗柜上拿起一个相框送给白扬老婆,告诉她这是特意为参观者准备的礼物,希望她和白扬能喜欢。

白扬老婆看着《盛体》画的照片,眼睛一亮。她把尔蕉拉到一旁,问尔蕉是在哪里做的文身,她刚才看画时就觉得这文身好美,有些心动,也想去文身。

尔蕉一怔。尔蕉真没想到会有这样的效果,表示很乐意将自己的文身师介绍给她。但她真诚地提醒白扬老婆,文身是一件大事,切不可贸然决定。

白扬老婆已经完全释然,挽着白扬往展室外走去,脸上愉悦的表情一览无余。到门口时,白扬回头看了尔蕉一眼,眼中混合着依恋和歉疚的神情。

书亚送他们出画室回来,三个人回想起白扬夫妇在展室里的表现,哈哈大笑。

"真不明白,像白扬这样高智商的男人,竟也需要攀龙附凤求发展。"书亚叹息了一声,"好在这个凤虽然泼烈,但还懂得收敛。"

"估计今晚白扬要跪搓衣板了。"阿桂咧着嘴笑,毫不掩饰幸灾乐祸的心态。

十 行为艺术展上的忏悔风潮

"也很有可能他们会从此过上彼此防范、彼此隐瞒、彼此折磨直至彼此漠然、彼此伤害仇恨的生活。我最看不起下跪的男人,白扬今天在我心目中的形象已是一落千丈了,不知这份友情是否还能持续。"尔蕉有些伤感。

议论归议论,对于尔蕉来说,今天的收获还是很大的。阿桂去做晚餐时,书亚陪着尔蕉在花园里散了一会儿步。她知道尔蕉想对曾渔倾诉。金红色的晚霞正恣意地涂抹在花园里、屋墙上,有一种油画般梦幻的感觉,正在绽放的蝎尾蕉花等各种花朵,更是张扬出生命的热烈。当她们绕过蕉园来到合欢树下时,书亚朗声笑着说:"曾渔先生,今天是尔蕉画展的第二天,非常成功呢。我代你拥抱她,祝贺她!"

书亚张开手臂拥抱尔蕉。尔蕉伏在她的肩上静默了好一会儿,才抬起头走开,轻轻说了声"谢谢"。她扬手拉起一根树枝,手指轻轻拂过树叶,眼角挂着泪花,脸上是幸福的笑容。

书亚的手机响了,是微信语音的铃声。她看了一眼,说:"是易建打来的,我开免提,一起听听他要说什么。"

尔蕉急忙摆摆手说:"我不听。你接电话,我去厨房帮阿桂。"

说完,尔蕉往屋子里走去。

易建在电话里反反复复地表达着他的意思。他回到家,脑子里一直是杨尔蕉的画面。他后悔没有坦诚地聊一聊自己这些年的生活,真实的情况和他告诉池青莲的有很大出入。他非常高兴收到邀请函,杨尔蕉竟没有记恨他。他当初太不绅士了,竟因为她身上的一道疤,说了一些侮辱性的话。他后来很快娶了一个比杨尔蕉还要年轻漂亮的女孩不假,但她就是个花瓶。明知那女孩看上的是他的家世财产,但他还是因贪恋女色对这些闭眼无视。企业经营巨亏后,妻子嫌贫爱富的本性暴露了出来。两年后,他发现妻子在外面有情人,儿子也不是他的亲生儿子。这种打击让他颜面尽失,气得突发脑出血,差一点丢了性命。最让他寒心的是,有一次,他高烧39度多,烧得糊里糊涂,喊口渴,老婆却装作睡觉没听见,他只好自己迷迷糊糊地起来倒水,差点摔倒。他老婆去世前,才意识到自己没有尽到一个妻子的责任。收到杨尔蕉画展邀请函时,他瞬间记起了当初追求杨尔蕉的事,认为自己这些年的境遇是报应,是对杨尔蕉的无情招致的报应!自己因一张照片上的蝎形疤就看不起杨尔蕉,羞辱杨尔蕉,才会有这样的家庭悲剧。易建请书亚一定代他向杨尔蕉道歉,一定转告他对杨尔蕉的祝福,也祝愿杨尔蕉画展成功,事业辉煌。他觉得自己不配看到如此美丽的文身画,不配得到礼物,他会把这次参观画展见到尔蕉的事当成生命里的一次奇迹、一个谕示,从此洗心革面,做一个真诚的人、一个踏实的人。

　　书亚表示理解。她把易建的话转告尔蕉,尔蕉沉默了许久。这世上也许真有报应吧!当初易建的行为确实不可理喻,辱骂、拉黑她倒也罢了,还把她的照片散播出去,幸好那时她只拍了局部照片给他。

　　"他能专门打电话来正式道歉,说明他真正认识到了画展的价值,希望他能如他自己所希望的那样,做一个真诚踏实的人。"

尔蕉淡淡地说。

"人啊,也许只有自己经历了相似的遭遇,才能明白他人的处境。好在他知道错了。"书亚感慨。

"这样也好,我对明天的行为艺术展更有信心了。"

"但明天要来的是韦似,这个人不是省油的灯,你要有心理准备。"

"韦似,他现在干什么工作?"

"他在一个街道办当宣传科科长,能说会道,说起话来一套一套的。我联系到他时,他那个炫耀啊,好像天底下没有比他更有出息的人了。"

"呵呵,我倒想见识见识,上次见面以后他有没有反思一下,在社会上经风雨见世面几年,如今不会再那么不可一世、目无下尘了吧?"

"我看未必。"书亚撇嘴一笑。

第二天下午,阳光刚刚从西窗照进画室的时候,杨尔蕉画展迎来了第三个特邀嘉宾——韦似。他腋下夹着一个黑色小手提包,一手拎着车钥匙,一进画室便喊:"池青莲女士在吗?哪位是池青莲?"

书亚连忙迎上前去:"韦科长,我是池青莲,你好你好,欢迎韦科长莅临指导!"

"你们搞画展,怎么不见参观者?杨尔蕉难道还那么怕见光吗?还是你们宣传推广没做到位?我的车停在农庄外面了,你最好派个人把我的车开进来。喏,这是车钥匙!"

韦似仿佛不是应邀来做嘉宾,而是来指导工作的,完全一副命令的口气。他没注意到阿桂正跟在他身后,手指着他,朝书亚扮了个鬼脸,又冲他的背影翻白眼。

书亚接过钥匙,招呼阿桂上前来,对韦似说:"韦科长放心,画展今天是你的专场,所以没有别的参观者。这是阿桂。阿桂是杨尔蕉的助理,我是策展人。你放心,一切都会安排妥当的!"她说完,笑眯眯地递给阿桂车钥匙,嘱咐阿桂赶紧将韦科长的车开进车库,然后回来接待韦科长。

"但愿我不会后悔!我为了来参观杨尔蕉画展,推掉了一个有重要领导参加的活动。"韦似的话里有一些期待,有一些傲慢。

书亚领着韦似参观展室,很快就参观完了三幅画作。不待她介绍画作的背景,韦似就侃侃而谈,说起自己的感受。他没想到杨尔蕉会成为一个画家,而且是一个以自己为模特的画家,这是需要极大的胆量和魄力的。他的直觉告诉他,《黑香》那幅画中那枝花就是杨尔蕉身上的黑疤美化而来的。她文身了,她文掉了那个蝎形疤。从画展的宣传角度来说,这是一个能引起巨大反响的"爆点",可以大力炒作。一个画家将自己的身体裸露给观众,并讲述了一个文身的故事,从一枝花到全身文身图案,这中间有着怎样的心路历程?她为什么要文身?如果挖掘这幅画的前世今生,一定会吸引参观者如潮涌至……

"哦,对了,这画中的花是什么花?"韦似停住话头,装作漫不经心地问。

"呀,韦科长居然不认识这种花?这是蝎尾蕉,热带地区常

十 行为艺术展上的忏悔风潮

见的一种木兰纲植物。"书亚故作惊讶状。

"嗨！男人对花呀草呀，不如你们女人热心。见肯定是见过的，只是没放在心上。我更关心的是宣传推广方面的策略。"韦似很轻易地化解了书亚的挖苦，问书亚打算怎么包装杨尔蕉，如果需要他帮忙策划，他很乐意帮忙。站在他的角度，他会将画展提升到一个很高的站位。比如说，可以将人体比作土地，那个蝎形疤是这土地上最贫弱的一块，如何开成一枝蝎尾蕉花？又如何从一枝花到一个花园，最后变作春满大地的美景？

不得不说，韦似的应变能力很强，想法很具有煽动力，但书亚扑哧一声笑了："韦科长，这画作是纯粹的艺术品，没你所说的那么邪乎、那么高大上。"

"我跑题了，跑题了。"韦似哈哈一笑，没有丝毫的难为情。

"当然，如果真要说有什么深意的话，那就是丑可以被遮盖，虚饰的美可以覆盖一切的丑陋。还有，这三幅作品，只有第一幅《盛体》是杨尔蕉的，另外两幅是她先生曾渔画的。"

"什么？杨尔蕉结婚了？这么说她先生也是画家，我怎么不知道，很有名吗？我还以为杨尔蕉嫁不出去。不对，她文身了，她隐藏了她的蝎形疤，隐藏了她的历史。美遮盖了丑嘛！"韦似像受了刺激一般自顾自说着，言辞中不乏贬损与醋意，"对了，杨尔蕉呢？"

"韦科长，这边请，你马上可以见到她了。"书亚不失时机地做了个"请"的手势，将韦似带到"杨尔蕉行为艺术展"门口，并告诉他这是特别为他举行的展览，相信他懂得什么是行为艺术，只是这个展室里安装有摄像头。如果他不同意录像,可以通知工作人员关掉摄像头;如果他同意,最后也可以带走拍摄的视频。

韦似想了想,参观画展,摄影很正常,自己参加的活动,尤其是跟随领导参加的活动,哪一次没有摄像的跟着?说不定,明天街道办的公众号上就会有一条新闻配图发表出来,《韦似科长参观杨尔蕉画展并发表重要观感》。这样一想,他潇洒地挥了挥手,大踏步走进了展室。

"杨尔蕉,你这文身文的,我都认不出你了!"

韦似一眼就看到了尔蕉。她半躺在床上,寂寞,冷艳,像一株正在绽放花朵的蝎尾蕉。他以一种略带倨傲的口气说话,那种自信与傲慢让人觉得他没有和杨尔蕉有过隔阂,而是可以左右杨尔蕉命运的一个权贵。

就像昨天刚见易建、白扬一样,尔蕉一动不动,连眼睛都不眨动一下。

给韦似停好车已回到展室的阿桂笑盈盈地解释道:"韦科长,这是'杨尔蕉行为艺术展'。从现在开始,你可以使用展室提供的道具,对杨尔蕉做任何你想做的事。当然,除了致她死。"她把韦似领到五斗柜边,指着上面的道具。

"嚄,好新鲜!你们居然提供刀子、电棍、绳子,却不准置人于死地。"韦似扫了一眼五斗柜上的东西,轻蔑地笑了笑,仍是一副居高临下的语气。

阿桂干笑着不说话。

韦似看到了安全套盒子,伸手抓起盒子取出一只,讥嘲道:

十　行为艺术展上的忏悔风潮　189

"这莫非就是独一无二的礼物?杨尔蕉,如果我没有见过你的蝎形疤——那个如今被蝎尾蕉花遮住了的东西,你这美丽的文身也许能引起我的兴趣。不错,我发过誓,再见到你,就是闭着眼睛也一定要了你。可惜,后来我明白了,对于男人来说,权力才是最大的诱惑。"他用拇指和食指拈住安全套,又手一松,任安全套掉落下去,目光落在皮鞭上,"我选这个。我要用皮鞭重重地抽打你,以雪当年你扭头而去带给我的无尽耻辱。"

韦似说着,似乎突然起了心火,拿起鞭子就朝床边冲过去。可是当他甩鞭时,那皮鞭像儿童的纸玩具似的轻巧落下,虽然打在了尔蕉的身上,却是一点作用力都没有。

韦似气急败坏,又去取水果刀,对着尔蕉肚腹上的蝎尾蕉花扎了下去。他扎得很准,只是那刀子像叶片一样扁平地落在尔蕉的皮肤上。受他手的力道的影响,尔蕉的身子动弹了一下。

"这搞的什么名堂?戏耍老子吗?"韦似愤然,又去取了丝巾,跳上床,双手扯住丝巾套在尔蕉的脖子上,不料那丝巾一下子就碎了。

"杨尔蕉,你这是什么行为艺术?是骗术,是阴谋吧?好,我这就要你死!"韦似气得一手扼住尔蕉的脖子,一手往她腿根使劲地抓去,却不料指甲刮擦过尔蕉小腹上那枝蝎尾蕉花,大概是抠破了一点皮肉,尔蕉疼得尖叫了一声,条件反射似的双手捂住腹部。

"韦似你放手!这里有摄像的!"阿桂吓得大叫着冲上来制止。

书亚推门进来,按了一个开关键,将墙上挂着的照片打得通亮。

韦似一惊,扭头一看,全身立即瘫软下来,万分尴尬地下了床。他摸了摸自己的额头,感觉有沁出的汗水。他明白了,杨尔蕉这个所谓的行为艺术——为他设专场的展览,是要试探他人性中的恶。他猛然发觉,自己心里原来是深恨杨尔蕉的,恨那时她对他的鄙夷、决绝,恨她毫无解释地离去,伤害了他的自尊,伤害了他那颗骄傲的、游戏的心。不,是恨她未能被自己征服。他本以为杨尔蕉会向他哭诉那个黑红色蝎形疤的来历,博得他的同情与怜悯,然后关了灯,在黑暗中将少女的身体和心灵奉献给她。他带尔蕉到自己的房子,当时是有一种魔鬼般的心态,只要你臣服于我,我就把一切赐给你,尔蕉如果顺从他的心,他会像王一样赐给她漂亮的礼物和宠爱。哪知那个疤和尔蕉的骄傲把一切都打碎了,令他恼羞成怒,他将她的隐私公布于众,向那次联谊会上所有有联系方式的人揭穿了她的可怖的秘密……对了,自己当初就是为了看这照片上的黑红黑红的蝎形疤,才主动接近她,向她表白的。他是真的对她一见钟情,但这个疤,这个恶魔似的蝎形疤,阻断、粉碎了他的爱情梦想。

韦似越想越气,指着杨尔蕉训诫似的说:"杨尔蕉,有胆就放真刀真皮鞭,看我不给你剜个新疤,不抽你个遍身都是疤才怪!"他扶了扶眼镜。尔蕉发现,韦似原来的黑框眼镜换成了金边框架眼镜,透出一种阔气显摆的意味,和他盛气凌人的腔调倒是非常协调。

十 行为艺术展上的忏悔风潮

杨尔蕉摸了摸被扼过的脖子,轻咳了几声,身子一挪,坐到床边,然后下了地。她没有穿上袍子,而是光着身子站到那个照片框边,整个人就像是一簇优美的花丛,和原本身体上只有一个蝎形疤的照片形成鲜明的对比。优美的体态、丰满的胸、柔美的腰际曲线、疏密有致的蝎尾蕉花,一个美轮美奂的盛花身体,把韦似镇住了。

"韦似!"尔蕉痛心疾首地喝道。经过几年时间的历练,韦似有了头衔,以他的年龄,应该属于有头有脸的人士,但想不到他的本性不仅丝毫未改,反而已有变本加厉之势。他想掌控局势,他睚眦必报,他倒打一耙,他耍威风,在今天这个小展室里表现得淋漓尽致。

尔蕉接着说:"时至今日,你仍在记恨我转身离去带给你的羞耻感。你可曾想过,你的行径给一个女人造成的伤害与侮辱?你所谓的爱情,不过是想让我的身心任由你操纵!最可耻的是,你竟然在我的学校散布恶言!你作为一个男人,对一个你爱的女人,连起码的良知和道德都没有,你真是无耻出了天际!我以为,你今天会良心发现,当年因为一个疤痕而忽视了一个身体的美。原本这疤痕是可以消除的,你错失了一个人,错失了一颗心,错过了一段本可以美好的恋情,你会反思,你会道歉,你会忏悔……那时我转身离去,在今天看来,真是太明智、太正确了,你就是个无耻之徒!"

韦似震惊地望着尔蕉,脸色惨白。他躲闪着她的目光,渐渐地听不清她在说什么,满脑子交错的就是那个黑红的蝎形疤和眼前这个身体上那枝枝鲜红耀眼的艺术化了的蝎尾蕉花……他感到自己占有她、征服她的欲望陡地升起。他有些后悔,应该一开始就取安全套,而不是水果刀,不,应该直接跳上床去,完成那次约会未完成的目的……

"无耻之徒"几个字落进了韦似的耳里,像刀子扎进了心,疼醒了他。

韦似回过神来,脸上浮起了笑容,双手鼓起掌来。他这表情和动作,令尔蕉、书亚和阿桂都愣住了。

"杨尔蕉,几年不见,你真是出息了不少啊!成了画家不说,还变得伶牙俐齿了。你这么能言善辩,当年怎么不好好解释,不回应我?如果你不是甩门而去,或许事情的走向会完全相反……"

"没有如果,也没有或许。"尔蕉果断地打断他。

韦似看看照片,又看看尔蕉,神态不再那么傲慢,说:"尔蕉,如果我今天向你道歉,真心地向你道歉,我们还能重新来过吗?我保证不提旧事,保证利用我现有的一切资源,将你打造成画坛新星。你知道,我现在刚刚起步,前程远大得很。而你,从今天的画展看,你有天赋,潜力无限。我不会再记恨你对我的羞辱,我也不会嫌弃你有过婚史。如何?"说到最后,韦似的语气倒有点低三下四了。

瞧这180度的大转弯!

尔蕉、书亚她们面面相觑起来。

书亚冷冷地问:"谁告诉你尔蕉有过婚史?"她记得自己和韦

十 行为艺术展上的忏悔风潮

似只说过《黑香》和《繁花》是尔蕉先生曾渔的画作,并没提及曾渔已经去世。

韦似的脸上又泛起扬扬得意的表情:"你说到她先生时,我用手机查了一下,知道曾渔去年在一个海岛上去世了,那个求助的抖音好像就是你发的。"

尔蕉的神情瞬间黯淡了许多:"谢谢你有心了解我先生。"

"怎么着,一个快六十岁的老头过世了,你莫非还要为他守寡一辈子不成?你嫁给一个老男人,怕也是因为那个疤,万不得已吧?"韦似不经意地又是一副咄咄逼人的嘴脸,"忘掉那段历史,和我重新开始,一个从政,一个画画,比翼双飞,名利双收,双赢。"

这是多么任性妄为的一个男人!

这是多么精致的利己主义者!

这是多么没有悔过心、廉耻心的流氓!

他从来不会意识到自己身上的丑陋毛病,他犯了错,永远都不会反思,不会主动承认错误、承担责任,而是永远要狡辩,甚至将对方当成替罪羊,当玩物,任由他指挥、管控。

"书亚、阿桂,送客!"尔蕉的声音中透出一股寒气。她以为他有了身份,灵魂会变得高贵正派一些,但他却像掉进万丈粪坑永远也爬不出来的蠢猪。她善良的愿望落空了,她感觉像吃了一只苍蝇似的恶心,万般鄙夷地看了韦似一眼,从床头拿起衣袍,裹住身子,朝阿桂和书亚摆了摆头。

阿桂和书亚同时向韦似做了个"请"的手势。

行为艺术展上发生的忏悔风潮,让我顿悟到尔蕉坚持要为那几个曾经伤害过她的男人设置"行为艺术展"环节的真正含义。只有当光亮闪耀的时候,人性黑暗与否才得以完整显现。
　　　　　　——书亚的札记《随想录》之 No. 116

　　韦似被下逐客令,像是挨了当头一棒,十分恼怒,正想发作,但看到杨尔蕉和她的同伴们黑沉沉的脸,只好朝门口走去。走到门口,他又折转身来,嚷道:"摄像头!你们得把监控视频给我!"
　　"没有监控,今天我们没有启动摄像头。"书亚摊摊手。
　　"我不信。"韦似盯着尔蕉。
　　"是我让关了摄像头。我的担心还是被证实了,很遗憾。你这种人本性难移,你这么丑恶的表演不值得留下资料。"尔蕉微抬下巴,眼睑低垂,一副不屑一顾的神情。
　　"你看,灯都没亮。"阿桂指着安装有摄像头的地方。
　　韦似不放心地站到墙边,仔细地检查了一下摄像头位置,发现确实没有亮灯,这才犹犹豫豫地走了。
　　"看他那副德行!"阿桂撇了撇嘴,"这还只是个科长,若是当了处长、局长,那尾巴还不翘到天上,把天戳个窟窿?"
　　"这种人能当处长、局长,岂不是社会和民众的灾难?"书亚冷笑。
　　"说不定哟!他这种趾高气扬、眼高于顶、不可一世的做派,也许只是针对我们女人。越是欺凌弱小的人,越会趋炎附势,在比他职位高的人面前,必定是一派奴颜婢膝、摇尾乞怜的小人样子。小人才得志。"尔蕉悲观地说。

今天韦似没有诚心诚意地道歉,让尔蕉对韦似的将来很不看好,但这也只是指做人与良知方面。但不管怎样,今天骂他一番,很解气。如果他能静下心来细细回顾、品味一番,或许还有一些意义。尽管她有些悲观,但她还是希望他做人做事能君子一些,闪耀出与他的职位相称的人性与良知的光来。

"他还真是个小人,居然真的拿刀扎尔蕉,拿皮鞭抽,拿丝巾勒。"阿桂愤愤不平,回想着刚才的一幕幕,不禁有些后怕。

"不管怎么说,我们彻底认清了这个人。"书亚拍拍阿桂的肩,"就剩明天一场了。我担心的是,韦似会不会告诉张千林,张千林会不会临阵脱逃。"

尔蕉认为张千林不会临阵脱逃。韦似将她的事在清华同学里说了后,张千林和他绝了交。她和张千林虽然再也没有往来,但偶尔从老家人嘴里知道他的一些情况。正如书亚所了解到的,他学识水平很高,教学的口碑很好,现在已是副教授了。有一年,尔蕉回家乡,在同学聚会上,大家都谈论到张千林,夸赞他是家乡的骄傲。虽然张千林不在场,但她听到张千林的事,也像他当年见到那个蝎形疤一样跑开了。她的内心是复杂的。据说张千林一直没有结婚,也没有固定的女朋友,性格上有些孤僻。

"我觉得他一定会来,他对我应该怀有千般的好奇心。"尔蕉自信满满。

"他来就好。明天那场结束后,尔蕉便可以解脱了,到时我们只要展出这三张画就可以了。这行为艺术展还是很惊心动魄的,就这几个人,就出了这么些状况,真要面向社会开放,那不知会生出什么乱子呢!幸好没有像玛丽娜那样用真的刀子、剪子。"书亚舒了一口气。

大家回想起韦似的疯狂,确实都有些后背发凉。

照例,阿桂去准备晚餐,书亚陪着尔蕉去花园散步。

晚霞特别绚丽,染红了大半个天际,染红了花园。那棵合欢树和蕉园里的旅人蕉、美人蕉、蝎尾蕉的姿态格外俏丽。

第二天,尔蕉起了个大早。是郭立春的电话将她吵醒的。郭立春在电话里请求她原谅他当初在香山的行为。那时他年少不经事,原本是希望两颗孤独的心相互取暖,没想到自己被一个伤疤吓退了。从那以后,他一直是孤独的,被同学看不起,但这孤独和歧视帮了他,让他一门心思地攻读学业,大学毕业时顺利地考取了美国的名牌大学硕士生。他再也没有了孤独感。他变得阳光自信,充满青春的力量。他这才懂得尔蕉的孤独更重。为此,他郑重地向她道歉。他很遗憾不能来看展览,但他这几天一直在思考如何助推她的绘画事业,今天突然有了一个设想。他的一个美国朋友,参加了时下特别火爆的 ChatGPT 的开发编程——ChatGPT 是一款人工智能技术驱动的自然语言处理工具,对人类文明的影响比互联网发明还要大,前景可观。通俗一点说,ChatGPT 就是聊天机器人,但它又不单是聊天机器人那么简单,它甚至能完成撰写邮件、视频脚本、文案、代码等任务,它能够通过学

十 行为艺术展上的忏悔风潮

习和理解人类的语言来进行对话,不仅上知天文、下知地理,知识渊博,还能像人类一样聊天交流,帮助人们更快、更全面客观地认知复杂的世界,化繁为简。ChatGPT受到全球追捧不是没有道理的。他要想办法将"杨尔蕉绘画"编入程序,将来无论谁与它聊天,只要涉及杨尔蕉,它就可以自动生成聊天交流的文字内容,此举将大大提升她绘画艺术的知名度。他这样做的目的,就是想给当初伤害杨尔蕉一个道义上的补偿。

  尔蕉听得云里雾里,虽然ChatGPT概念在中国也火了一段时间了,但她并没有认真了解过。她觉得任何科技进步的工具,到了现实中,都会变成限制人的语言能力和思想成果的枷锁。因为程序都是由人设计的,是人操控着机器人。ChatGPT真的能拆掉人与人之间、国与国之间的思想樊篱吗?真的能解放人类的想象力,让更多的新思想、新创意、新技术和新商品更快地诞生,给人类带来繁荣的科技财富,引领人类向更快、更高、更远发展?真的是一场认知革命,甚至是下一个文明形态的入口?她有些怀疑。如果是在一个没有思考与言论自由的环境里,机器人聊天更可能自动过滤掉万千词语,而使网络环境变得更"干净",那又怎么能提高人的智慧和素质?尤其令人担忧的是,一旦这种智能机器人技术被邪恶势力控制,成为控制人类自由意志的洗脑神器,则会给人类带来巨大灾难,成为人类的危害。所以她没有跟风去关注ChatGPT,也没有像有些人一样,急不可耐地想方设法去尝试下载程序使用。但郭立春的动议令她感动,让她看到他的一颗美好的心。她觉得郭立春留学六七年,学到了人类最精华的东西:文明与良知。他当年被自己的蝎形疤吓退,但他已经道歉了,这进一步促成了她的计划,将他的人性升华到一个全新的高度。尔蕉由衷地为他高兴,为他骄傲,也为自己认识他而高兴、骄傲。她不仅早就原谅了他,还因为这个早晨的电话,将他当作一个特别值得信赖的朋友。她允诺他,他可以做他想为她做的一切事,即使弄砸了也没关系。

早晨的天空钴蓝钴蓝的,纯粹干净,清澈透明。尔蕉十分愉悦地来到画室,依次在《黑香》《繁花》《盛体》画前伫立观看。她不知道郭立春说的 ChatGPT 将来会怎样组织有关"杨尔蕉绘画"的词句,但无论如何,那是一件值得期待的美事。将来,这些画作将和她的人生故事在网络里永存。

她查看着肚腹上的蝎形疤,
像查看正在盛开的蝎尾蕉花,亦像查看自己的童真时代。

十一　历史，覆盖不了

　　她独自行走,有声音从空中传来:要有光!
　　光,让一切掩盖毫无意义。

　　尔蕉在画室里转悠,猜想着今天张千林会以一种什么样的心态来看展览。如果说刚开始她并没有"骄傲的报复"意识的话,那现在却分明体会到了书亚所说的那种情绪。因为张千林与易建、白杨、郭立春不一样,甚至与韦似也不一样。她感到自己有一种隐匿的快感,复仇般的快感。这个她生命中的初恋,让她品尝了爱情禁果的男人,这个给她的情感与人生造成深重伤害的男人,她要把他的心击个粉碎,击成齑粉!

　　多年来深埋在心底的那份痛与恨,醒来了。

　　预约时间到了,张千林却迟迟没有出现。书亚问尔蕉要不要打电话问他到哪里了。尔蕉不假思索地摇头:"他越是晚到,就越是没时间仔细观看并思考画展内容,到了行为艺术这个环节,受到的冲击就会越大。"她的语气有一些阴阳怪气。

　　"你怎么神经兮兮的?"书亚奇怪地看她一眼。

"是吗？我没觉得，我们就等，爱来不来。"

正说着，张千林的电话来了，问画展是不是在农庄里，他已经到农庄门口了。

三个人立即各就各位。

张千林看画展可以说看得激动万分，激情四射。虽然他嘴上没说什么，可那表情已泄露了一切。书亚不知道他是回想起了当年和尔蕉的恋爱，还是用记忆里的蝎形疤和画作中的蝎尾蕉花作对比，看到了美丽无瑕、美如图画的尔蕉身体。

"早知如此，何必当初！"张千林出了展室，长长地叹道。

书亚不作回应，引导他去"杨尔蕉行为艺术展"，并将观展规则讲明白。

尔蕉像前两天一样，稍侧着身子躺在光里，所不同的是，她没有让头发半遮住脸，而是把头发拢在脑后，露出光滑的前额和圆润的面庞，双眼低垂，羞怯多于冷媚。无论如何，张千林是她的初恋。初恋总是刻骨铭心的，不管那伤害有多深，初恋的那份纯真是永远抹不去的。

她眼睛的余光看到张千林进来了。他中等偏高的个头，朴实却经过精心打理的发型，整洁干净的衣着，一派知识分子清高自爱的模样。从外表看，他仿佛没有大的变化，但气质上又似乎变得更稳重、更儒雅、更精致了。

她看到他有一刹那的震撼，脚步稍有迟疑，但转瞬便激动起来。

"尔蕉，真的是尔蕉啊！我总算再见到你了！我以为今生今世再也见不到你了!"张千林一边痛惜地嚷着,一边直奔到床边,目光落在尔蕉肚腹上那枝蝎尾蕉花上。

尔蕉纹丝不动,仿佛没有听到他的喊叫。

"尔蕉,你搞行为艺术也好,搞人性测试也罢,我今天来,就是要见你,就是要当面告诉你,自分手以来,整整十年了,十年里,我无时无刻不在思念你,无时无刻不在忏悔自己对你的伤害!我爱你,却仅仅因为一道伤疤就逃离了你!当我设身处地地回想那一天时,我才知道我的行为有多么愚蠢、多么浑蛋、多么残忍!但我没有勇气回头去找你……因为我总是忘不了那道疤……今天我来,请求你的原谅。"

张千林的话语犹如决堤的江水,滔滔不绝。他说着说着抽泣起来,跌坐在床沿,双手趴着床沿,眼巴巴地望着尔蕉,一副伤心欲绝、忏悔不已的表情。

阿桂远远地看着,不知道该不该上前劝阻他。她还没有来得及向他解释五斗柜上的道具的事。

尔蕉的心里滚过一阵热浪,情不自禁地咽了一下口水。她相信张千林此刻的忏悔是发自肺腑的,只是他不知道她为什么一直心坚如铁。

既然他诚意十足,那今天就让他"死"个明白。

杨尔蕉身子往后挪了挪,坐了起来,头靠在床头上,乜斜着张千林,以一种冷漠的语气说道:"张千林,感谢你的坦诚。我告诉你吧,我恨你,因为你夺走了我珍贵的第一次后,却因一个疤逃之夭夭。作为拥有最亲密关系者,作为苦等我三年的男朋友,你连起码的人文关怀之心都没有。这是其一。其二,你竟借酒发疯,将我的隐私公之于众,以至于在校园里我成了怪物。其三,韦似追求我不成,再传我的隐私,你虽然与之断了交,却并没有采取更有效的方式阻止他。你先是学兄,后是老师,你是完全可以阻止他的。那些年,好多年,这些阴影笼罩着我,我即使走在阳光下,也感到如芒在背,感到有人在冲我指指点点,讥笑辱骂我。我心高气傲,却要自卑自贱;我想生活在光中,却始终要避开光……"

尔蕉越说眼神越空蒙,像是在呓语。她自己都不明白,为什么在张千林面前竟汩汩地流淌出这么多的话。

张千林感到心疼,尔蕉的话,混杂着恨、冷漠、轻视、绝望、恨铁不成钢等复杂的情愫,是那种初恋时被宠上云端又被摔进泥里的羞辱与怨愤,是那种纯净无瑕的爱情花苗刚出芽就被辣手摧折的湮灭感,是内心幸福的光突然被黑暗吞没后的惊惧惶恐……

"求求你,不要再说了……求求你。"张千林热泪盈眶,抽泣得更厉害了。

"阿桂,给他纸巾。"尔蕉的语气很高傲。

阿桂飞快地从五斗柜上拿起纸巾盒递给张千林。张千林连抽几张纸巾,使劲地擤着鼻子。他一把鼻涕一把泪的样子,在尔蕉眼里,大学教授、知识分子的斯文全然扫地了。

"尔蕉,你不要再责怪我了,全都是我的错。"张千林将纸巾揉成一团,起身走到五斗柜边的垃圾桶旁扔掉,一眼看到五斗柜上的道具,满眼疑惑。

阿桂连忙解释,他今天可以使用这些道具对尔蕉做任何事,只要不置她于死地。

张千林呵呵呵地笑了:"我怎么可能用刀子、剪子、鞭子什么的伤害尔蕉呢?我从来就没想过要伤害她,尽管客观上我给她造成的伤害非常深重。"

他正要伸手拿玫瑰,阿桂指指安全套,半开玩笑半认真地说:"那还有可选的呢。"

"不不不,我若选这项,那才是真的对尔蕉的伤害!"张千林害怕似的连连摆手,语气竟有一些悲怆。

阿桂不解地"哦"了一声。尔蕉靠在床头,目光箭一样地射了过来。

张千林看了看阿桂,犹豫片刻,狠下心来往床尾一站,正对着尔蕉,悲戚地囔道:"杨尔蕉,今天既然已经谈到了伤害,我也不再隐瞒,不再遮掩了。"他顿了一下,扬起下巴,咬牙切齿地说,"我所受到的伤害,恐怕比你还要深重!"

尔蕉的身子像触电一样弹直了。

张千林的话语再次像江水决了堤。

在看到自己爱慕的尔蕉身上那道恐怖疤痕的那一刻,他真的吓得魂飞魄散,几乎是本能地逃离了现场。他并不曾对尔蕉是否完美有某种设定,但这道怪异、丑陋的疤痕确实打破了他的幻想,成为他一时无法承受之重。从尔蕉身边逃走后,有好些日子,他睁眼闭眼都是杨尔蕉和她身上的那道蝎形疤。有时候做梦,那蝎形疤也像闪电一样骤然出现,将他从梦中惊醒。他这才想起自己当时太惊慌失措了,没有像个真正的恋人一样,关切地问她伤疤是怎么造成的,没有表现出丝毫的人道精神。他由此也发现了自己人性中的弱点,遇事不能沉着,不能勇敢担当。如果稍有责任心的话,应该问明原因,再想解决的办法。他自忖,作为恋人,他的行为是让人不可接受的。因此,他断定杨尔蕉再也不会原谅他,初恋结束了。

他深陷在对杨尔蕉的爱情中,却又不敢当面向她解释,任由这种后悔和自责的心理折磨自己。得知杨尔蕉也考到了北京的大学,他曾想去找她,请求她原谅,可终究还是没有勇气。他担心她不接受他的道歉,他的自尊心和虚荣心都会严重受挫。直到和韦似等人喝酒讲爱情故事,他才趁着酒劲将自己憋在心里、纠缠了他几年的恋爱故事一吐为快。哪知这个被蝎形疤毁灭了的爱情故事,像风一样地传开了,而杨尔蕉,一个身上"长"蝎子的女孩子形象,也在校园中悄悄传开。他们好奇,他们惊奇,他们兴奋。但好在尔蕉是外校学生,一时对杨尔蕉并无大碍。可韦似那个毫无底线的浑蛋,乘参加大学校园联谊会之机故意结识杨尔蕉,追求杨尔蕉。在爱情亦因蝎形疤幻灭或者说被杨尔蕉看清了之后,他却又添油加醋地把杨尔蕉的隐私曝光。张千林为自己"酒后吐真言"追悔莫及,愤而和韦似断了交。为了彻底摆脱对蝎形疤的恐惧,摆脱与杨尔蕉分手事件带给他的心理上的压力,张千林决定开始新生活,他要开始与女生约会,开始新的恋爱。

大学毕业,他以占绝对优势的成绩留了校。年轻的大学老师,自然不乏女生倾慕。他开始新的约会,开始谈女朋友了。

然而,他惊恐地发现,面对女朋友年轻漂亮的胴体,他却无论如何也无能为力了!一个、两个、三个……当第五个女朋友因无法和他亲热而极度失望、极度蔑视并断然离开他的时候,他意识到和杨尔蕉品尝禁果的那个晚上,杨尔蕉小腹上的那个狰狞可怖的蝎形疤,像真的有毒的蝎子蜇了他一样,已重创了他作为男人的雄风!

他那个悔呀,那个恨!

他无法形容自己在确认性功能障碍后的那种绝望的心情。他设想着那些女朋友在背后议论他的情景,仿佛天都塌了,仿佛所有男人都在他背后嘲笑他不是个男人,仿佛所有女人都在窃窃私语他的无能。他恨不得立即找杨尔蕉算账,用刀子剜掉她那个丑陋的蝎形疤解恨。

他千方百计地打听到了杨尔蕉毕业后的工作单位,真的到了她所在的银行门口。他站在那里看人来人往,却始终没有勇气走进银行营业厅的大门。他的眼前浮现出女朋友们嫌弃他的目光、带着讥笑的嘴角,他忽然深深体会到杨尔蕉当初蒙受的耻辱和痛苦,或许当时她比自己更无辜、更脆弱、更愤怒、更绝望。

他突然释然了。

但他仍然无法战胜自己的生理缺陷。

他求医问药也没有用。他一次次交女朋友,一次次败下阵来,一次次在心理上承受着屈辱,自尊心、自信心丧失殆尽。终于,他鼓起勇气秘密访问了一位有"神医"之称的民间老医生,一五一十地坦露了自己的初恋。老医生说:"你这因惊吓过度而来的毛病,与你心里的阴影很有关系。首先得去掉你的心魔。"他连忙问:"怎么去掉?"老医生说:"去见那个蝎形疤的主人,了解清楚疤的来历,以爱心、同情心去看它就好了。那就是个伤疤,不是真正的蝎子。"老医生还说:"其实,蝎子身上有毒刺不假,但对于人来说,并不是那么可怕。蝎子的毒刺是一种自卫武器,蝎子不会主动蜇人,只有在受到侵犯时才会用毒刺进行自卫。正常情况下,人被蝎子蜇了,疼几个钟头就没事了。但那种难忍的疼,让人谈'蝎'色变。你认识到这些,也许会放下心结,那个伤疤,即使是真正的蝎子,你也不会产生那么浓重的心理阴影了。"

"那就是个伤疤,不是真正的蝎子。"他记住了这句话。

他再去银行,勇敢地走进了大厅。然而银行的人告诉他,杨尔蕉辞职了。

他不再刻意找她,但一直在期待这样的机会,再见面的机会。如果有一天能见到她,他一定问她那个疤的来历,如果他能再亲眼看到那个疤,他一定不会再感到惊恐。

他今天终于见到她了,那个伤疤却已被文身重重覆盖。

"尔蕉,我今天能说出这一切,是因为我真的不再恨你,也不再觉得自己受到了伤害。"张千林结束了冗长的讲述,脸上完全恢复了清高自爱而又温文尔雅的神态,有一种轻松解脱、自尊自信的光。

尔蕉一直静静地听着,内心波涛汹涌。待他说完,她的眼眶里已有晶莹的泪光在闪烁。这是她从来不曾想到过的事情,张千林竟因那个蝎形疤而丧失了一个男人的性能力!这比自

十一 历史,覆盖不了

己受到的心理屈辱还要严重多倍！他受到的伤害既有精神上的，也有生理上的。十年，一个男人黄金般的十年，被她身上的伤疤毁掉了！

尔蕉下了床，披上袍子，站到那幅照片旁。阿桂开了壁灯和射灯，让灯光照射在照片上的蝎形疤上。

"张千林，你站过来，仔细看看这个疤吧！"尔蕉语气明显温柔了下来。

蝎形疤在灯光下似黑似红，乍一看真像一只蝎子，周边浅浅的齿形胎记，仿佛蝎子爬过的痕迹，但仔细看，就是在胎记上微微隆起的一道因烧灼而成的伤疤。

张千林喃喃地说："这样看它并不可怕。就像那位老医生说的，它就是个伤疤，它不是真正的蝎子。都怪我当时心理素质太差。"

"不怪你。"尔蕉坦然地微笑着，撩起袍子，拉起张千林的手，放在自己左腹下侧那枝蝎尾蕉花图案上，"你看，它如今是一枝美艳的蝎尾蕉花。"

张千林的手剧烈地抖动起来。他轻轻抚摸了一下蝎尾蕉花，含着泪笑了。

多么美艳的蝎尾蕉花！

尔蕉轻轻一笑，拉着他走到五斗柜上，打开一本画册，翻到第一幅画，《黑香》。

她缓缓地说道："这幅《黑香》，刚才池青莲带你参观过，但她肯定没告诉你，这幅画的作者不是我，是我的先生曾渔。刚认识我先生时,我就主动给他当人体模特,就是想让这个疤暴露在光影中,摆脱这个疤带给我的羞耻感。但曾渔先生把这个疤画成了一枝花,他这个举动把我的心融化了,掳掠了。我像灰姑娘嫁给王子一样,嫁给了曾渔先生,过上了幸福快乐的日子。虽然天妒英才,他不幸去世了,但我的幸福快乐因为有过他,而没有死灭,也永远不会死灭。这个疤在他眼里是一枝花,不是因为他是画家,而是因为他是一个有良知、有厚爱、有胸怀和高情商的男人。"

她的眼里、她的脸上,洋溢着幸福快乐的光。

这光如此炫目,让张千林不敢直视,他感到她说的每一个字都在敲击他的内心。看着画册上的《黑香》,看着那枝蝎尾蕉花,他的脑海里渐渐变幻出惊人的一幕:他开了灯,看到尔蕉光洁的皮肤上,一枝蝎尾蕉花缓缓绽开,鲜亮耀眼,和他们的青春一样……

"好美,真的好美。"他梦呓似的说。

尔蕉真诚地希望这画上的美能改变张千林恐怖的记忆,让他放下自卑,重拾信心。无论如何,他很真实,也懂得道歉忏悔与反思包容。这在今天是极为珍稀的品质,说明他人性中美好的一面还没有死去,没有泯灭。

尔蕉将摄影画《盛体》和画册《曾渔绘画艺术》放进一个手提纸袋,递给张千林,告诉他这是她赠送给他的"精美绝伦的礼物"。

属于张千林看展的时间结束了。他期期艾艾地说:"尔蕉,我能拥抱你一下吗?"

尔蕉愣了一下,大方地笑道:"当然可以。"

她张开双臂和张千林拥抱,袍子原本是披着的,这一来掉在了地上,露出光洁的身体,但文身就像一件花色衣服,紧裹在她的皮肤上。她并不在意,张千林的身体却分明颤抖了,脸也一下子红到了脖子根。

尔蕉暗暗欣慰,这张千林,还保持着起码的廉耻心、羞耻心,相对来说还是很单纯的。

那一晚,尔蕉和书亚喝着咖啡聊到天明,聊应约而来的易建、白扬、韦似和张千林,也聊郭立春。回想起张千林他们四人在行为艺术展上的行为,书亚觉得痛快。她觉得对于伤害过女人的男人,一定要让他们道歉忏悔,这才是人间正道。人们一直说"女人的名字叫弱者",但在一个文明、现代的社会里,人们对弱者应该抱有起码的同情心,并找出其苦难的根源,任何一个弱者都应该得到尊重,而不是被羞辱。在他们被不公正地对待、被羞辱、被践踏以后,如果没有人为他们主持公道,至少他们有权利用自己的方式获得道歉,乃至伸张正义。

"这一页总算可以翻过去了,我为你高兴。"书亚真挚地说。她指着窗外,"以后我们的生活,要像这早晨的太阳一样,越升越高,越来越明亮。"

一轮初升的太阳,正把霞光洒满大地。楼下的花园里,树木生枝展叶,有些花开得越发鲜艳了,春天的气息异常浓烈。

"一定会的。"尔蕉站起身走到窗边,往楼下看,往远处眺望,

"我俩真是一杯咖啡到天明呢。有这样随时可以一起聊天的朋友,真好,真美,就像这春天的早晨,就像这花园。"

书亚也起身走到窗边,往花园看:"我们就是春天的早晨,就是一座花园。"

两个人的对话,充满了诗意的情感。

接下来二十多天的展览,按计划由阿桂协助尔蕉打理,只要每天待在展室回答一些提问即可,尔蕉不出面。因为"杨尔蕉行为艺术展"已关闭,展出的内容只有尔蕉的《盛体》和曾渔的《黑香》《繁花》组成的系列,以及"曾渔绘画艺术展"了。农庄远离市区,参观者不会多,书亚料想到尔蕉和阿桂完全能应付,也就回家安心写她的文章去了。

前三天,果然不出所料,参观者寥寥,而且都是年纪稍长的人、知道曾渔的人,完全是冲着"曾渔绘画艺术展"来的。不过虽然人数不多,但来参观的人无不觉得收获巨大,对于"杨尔蕉画展"上的作品,也大呼是意外的惊喜。

从第四天开始,参观人数却突然暴增,越到后面,参观的年轻人越多,而且他们还质疑为什么没有行为艺术展环节。其中有一小部分人是看到书亚在网上发布的消息得知这个画展的,是神秘的文身画《盛体》蛊惑他们前来参观,而更多的人则是想看文身画的人物原型,说白了就是想看杨尔蕉。尔蕉和阿桂惊诧莫名,仔细一打听,才知是网上疯传一篇署名"天晓"的微博文章,题为《杨尔蕉的画:蝎尾蕉花原来是一个丑陋的蝎形疤》,文中极尽嘲讽、批判的口吻,写杨尔蕉的画展只不过是一个以美遮羞、以美遮

十一 历史,覆盖不了 211

丑的"戏法"实录,谈不上艺术,并广而告之说,蝎形疤的主人,就是画家杨尔蕉本人,她在画展上还设了行为艺术展环节,展出她那用文身覆盖了丑陋的蝎形疤的身体……

尔蕉一听这些话,就知是韦似搞的鬼。

有的人心真是诡诈!

只是韦似没想到,他原本是想抹黑画展,丑化尔蕉,却引得参观者蜂拥而至。

书亚得知,义愤填膺。她连续向韦似发去几段语音,痛骂他身为年轻人,思想却腐朽落后,现在文身在全世界非常流行,我们也早已习以为常,何来"大逆不道"?何来"负面的影响与危害"?并指责他做人阴险毒辣,连自己曾经爱过的女人都不放过。她希望他不要欺人太甚,赶快撤下文章,如果二十四小时还未撤下,她保证以其人之道还治其人之身,用自由写作者的身份将他那天的丑态公诸天下,届时影响到他的远大前程概不负责。书亚的话警告意味深厚,韦似听懂了。虽然他在微信上强词夺理,不承认网上的帖文是自己指使人所为,但终究知道后果是可预见的,便悄悄地删了帖文。不过他觉得,自己还是赢了,毕竟杨尔蕉的"丑事"暴露了,这时候删了帖子,池青莲就不会真写文章,自然不会影响到他的前程。

这件事后,韦似这个人在尔蕉心里彻底死去。

展览临近结束的时候,一个身材高大、褐发蓝眼的年轻外国男子出现在画展上,看上去友善、机敏。他默默地看完"曾渔绘画艺术展"和"杨尔蕉画展",用生硬的中文说,他要找杨尔蕉女士。

他竟是法国《巴黎艺术》杂志的记者让·皮埃尔。

　　　　她查看着肚腹上的蝎形疤，
像查看正在盛开的蝎尾蕉花，亦像查看自己的童真时代。

十二　卢浮宫的诱惑

她独自行走,有声音从空中传来:要有光!

光,让一切掩盖毫无意义。

尔蕉又惊又喜。让是曾渔生前见过的最后一位朋友,仅此一点,就让她感到无比亲近。曾渔去世后,她心中曾闪过一个念头——通知让,但终因出入境手续烦琐,也不知怎么联系到他而打消。待拿到曾渔的包括手机在内的遗物后,事情已过去两个月了。

让是在互联网上看到"'杨尔蕉画展暨曾渔绘画艺术展'在北京举行"的消息的,这消息令他欣喜不已。和曾渔在上海分别后,让回到法国,将采写曾渔的文章作了进一步完善。待文章刊出后,他拿着样刊去见卢浮宫卡鲁塞尔展厅的相关人员,仔细商榷曾渔到法国办画展的事,最后达成共识。曾渔是一位真正的世界级大师,他的画展将为卢浮宫增光添彩,迎接曾渔来法国的事只等中国疫情过去即可实施。但是,当他想将卢浮宫的答复告知曾渔时,曾渔的电话、微信却怎么也打不通了,邮件也得不到回复。情急之下,他打给中国美术界的一位朋友,得到的却是一个噩耗:曾渔在他离开上海两个月后便去世了。这让他倍感惊愕。在深感痛惜的同时,他以为自己和曾渔谈妥的事情泡汤了。但他也没有完全放弃。他认为,曾渔的画不能来卢浮宫是法国乃至世界爱好绘画艺术的观众的损失。他希望联系到曾渔的妻子杨尔蕉。曾渔曾和他谈过她,虽然谈得不多,但在让听来,那是一位奇特的女子,她让曾渔重新焕发了生活、生命和艺术的活力。他不知道,在他打探杨尔蕉的时候,尔蕉正在专心致志地文身,文身后又投入了绘画创作。他有些灰心,毕竟杨尔蕉太年轻、太寂寂无闻了,别说中国美术界,就是曾渔的朋友也鲜有知道她的,更谈不上和她有联系了。

防疫政策一夜之间放开后,让又将目光投向中国美术界的活动。他知道,很多几年来蛰居在家的艺术家将纷纷出来参加活动,在各种被推迟的画展上亮相,以显示自己的存在和存在的价值。他希望从这些活动中发现曾渔绘画的蛛丝马迹。

互联网时代真好,它让世界联通,让东西方的信息传递变得简单便捷。

让看到书亚在网上发布的信息后,又跟踪此画展的后续报道,根据参观者发布的抖音、微博,对画展作进一步的了解。他收集了相关信息,再次和卢浮宫商榷,有了更宽广的思路、更详尽的计划。经过一系列准备,让胸有成竹地飞赴北京,按照画展信息上的地址,径直找到了画展。

尔蕉感动至极。她将让请进小会客室,向他讲述了曾渔去世之事和自己在曾渔去世后所做的一切。她做的一切都是曾渔希望她做的,也是她自己喜欢做的,即便让不来找她,有朝一日她也会将曾渔的画作推向世界画坛。曾渔的艺术是属于世界、属于人类的。

让安静地听着尔蕉的讲述。他完全理解了曾渔关于尔蕉的介绍,也相信即使自己此行的目的达不到,但能见到曾渔夫人,也已经足够值得了。

"曾渔夫人,不,杨小姐。"让似乎一时不知该怎么称呼尔蕉。

尔蕉莞尔一笑:"让,你就叫我尔蕉吧,我的朋友们都这么叫我。你是曾渔的朋友,你今天能出现在这里,就已经是我的朋友了。"

"OK,尔蕉,我很荣幸。"让的神情放松下来,"我要告诉你的是,我相信,在法国办个展是曾渔先生生前最大的愿望,我希望你能继续这个事情,我们一起完成它。"

"是,那是先生的遗愿了。"尔蕉眼里闪过一丝哀伤,但很快,她脸上有了光一样的明媚,"我当然要这样做。你可以像信任曾渔先生一样信任我。"

"那太好了,尔蕉。你需要将曾渔先生的所有画作整理好,打包,办理国际托运。你需要多长时间完成?"

尔蕉一愣:"我不知道。但我想,原来已挑选过一百幅,这一百幅作品已结集成画册出版了。"

"好,那就一百幅。我将画展时间排到一年以后,也就是明年春天,四月,如何?让你有充分的时间准备。"

"好。"

"此外,卢浮宫希望除展出曾渔的作品外,也能将你的《盛体》一并展出。可以在曾渔画展中增设一个单元,和曾渔的《黑香》《繁花》作为一个系列展出。"让充满期待地看着尔蕉。

"在卢浮宫展出?"尔蕉喜出望外。她知道,一个艺术馆主动邀请画家办画展,是对画家的充分肯定,那画作必定具有非凡的艺术水准,曾渔曾和她说过。卢浮宫这样的世界顶级艺术馆,更不会轻易地主动邀请画家办画展。尔蕉虽然明白这三幅画作组合起来价值连城,却没料到卢浮宫会主动提出展览她的《盛体》。

"是的,在卢浮宫展出。确切地说,是参加在卢浮宫卡鲁塞尔展厅举行的春季艺术展。"让肯定地点头。

法国卢浮宫卡鲁塞尔展厅,每年举办两次 ART SHOPPING 全球当代艺术展,致力于为各国艺术家提供世界性的舞台,被称为法国当代艺术无障碍交流的主要国际艺术展会之一。在这里,艺术是个关于欲望和情感的问题,收藏家往往也可以从中发现新的艺术家。

让这次来之前,带着尔蕉画展的消息去见了展厅的相关人士。大家一致认为,这些画作会成为春季展中的高光作品。三幅画作,揭示了人类审美意愿的扩展、人性中对美的无限追求,也是人性欲望的本质展现。它们的内在精神和审美张力,或许能与《蒙娜丽莎的微笑》相媲美。

终于有人把这三幅画的深刻含义准确地表达出来了!尔蕉眼角温热起来。是的,她的画作,不只是像书亚说的表现女性自爱自珍、骄傲自尊的情操,还饱含着人性的欲望和审美意愿的扩展。

"我们希望了解这三幅画背后的创作心路历程,以便更清晰准确地表述它们的艺术价值。卢浮宫坚信,这三幅画有着非凡的故事。"让迫切地盯着尔蕉的眼睛。直觉告诉他,曾渔和杨尔蕉将会是世界美术史上的传奇,这样的画家和画作已经很多年没有出现过了,他们将给美术界带来巨大的冲击波。

尔蕉回过神来,清润的脸庞因激动而泛起红光。她颔首沉吟道:"让,我带你再去看看那三幅画吧。"

尔蕉带着让出了小会客室。阿桂正在指挥两个小时工撤除铝合金隔板,她对阿桂说,告诉书亚过来一下,让来了。

尔蕉和让先来到了那间行为艺术展展室,不过这间展室已还原为创作室。她从靠墙摞着的一堆画里抽出一个画框,将正面翻转过来,对着让。

让看到的是尔蕉带着原始伤疤的照片。灯光下,那道伤疤呈蝎子形状,似黑似红,通透有光,狰狞丑陋。

"这是我先生为我拍的裸照,也是我唯一的一张裸照。"尔蕉认真地介绍着。

让后退了两步,捋着下巴,从不同的角度反复看照片。

"好了,我们去看那三幅画吧。"让看了一阵,说。

尔蕉领着让从《黑香》到《繁花》,再到《盛体》展室,逐一看画,诠释着从照片上的蝎形疤到画作上的蝎尾蕉花,再到蝎尾蕉花绘上整个身体的过程:"那确实是我对自己的肉体和精神在审美意义上的一次颠覆、一次救赎的过程。其间,我的心灵受到洗礼。"

"救赎。"让坚定地望着尔蕉,"就是它!这个词更准确。"

让飞快地又在三个展室看了一遍,然后回到画室看那幅裸身照片。

"尔蕉,你告诉我,你本可以只处理这个疤印的,像《黑香》那样,为什么要将全身文上图案?"让直言不讳地问。

这个问题书亚问过,文身师大海也问过,尔蕉自己也问过,但是答案是模糊的,从来没有清晰过。尔蕉觉得文身去掉了丑陋的疤,可以让身体变美。她觉得既然可以以一枝花覆盖丑,那么文一身花则可以使身体变成锦绣花园。

文身是一种美容,到底是追求美,还是遮盖丑?是掩饰缺陷,还是迎合他人的审美嗜好呢?而尔蕉文身呢?是通过文身达到肉体和精神在审美意义上的救赎,使自己从蝎形疤导致的一次次情感伤害中彻底走出来?

尔蕉面对让的问题,仍然无法阐释得清。但她觉得,卢浮宫要展出那三幅画,她无论如何要捋清自己内心那些复杂的思绪,让潜意识里的答案浮上心来。

让没有再追问尔蕉。他知道了尔蕉和曾渔的创作历程,知道了从蝎形疤到蝎尾蕉花的背景,认为自己来中国寻找杨尔蕉是一个明智之举。

"对了,让,我还没有告诉你这个画展上发生的事情,或许它们会有利于我们寻找到完整的、清晰的答案。"尔蕉想起了那几位"预约者"。

"哦？请快说给我听。"让兴致陡增。

尔蕉便将"杨尔蕉画展暨曾渔绘画艺术展"开幕以后，她和好友、策展人书亚以及助理阿桂，联合"预约"她的几位前"男朋友"前来观展的前后经过告诉了让，特别是行为艺术展的环节。她也毫不掩饰地描述了易建等四人的种种表现，以及自己在此过程中的所思所想。她还让阿桂将行为艺术展中录下的视频放给让看，虽然视频只有易建和张千林的，但足以展示行为艺术想要表达的内核。

"老实说，这已大大超出了我的想象。尔蕉，非常棒，非常棒！只要我们深刻思考，从这个行为艺术展中，人性的弱点、人性的丑陋、人性的光辉，都可以被还原出来！"让激情澎湃。这两个视频连同尔蕉讲述过的故事以及她的创作历程，已构成了一个精彩完美的文本框架，既充满戏剧性，又承载着复杂的人性，最后以最高的审美艺术呈现，简直太完美、太生动、太丰富了！他一定要把尔蕉由一个伤疤而起的精彩人生写出来，写成一本书，在曾渔先生巴黎画展开幕的同时，这本书也要呈现给读者。

无疑，尔蕉会成为卢浮宫春季艺术展上的新星。让表示，他马上去酒店起草协议，以尽快和尔蕉签下协议，他好回国作准备。

让走后，书亚还没有来，尔蕉不由得有些纳闷，照理，书亚会放下手中的一切赶过来的。她拨打微信语音通话，响了很久书亚才接电话。书亚说，她正在准备出门，两小时后见。她的声音听上去有一种沮丧甚至悲伤。尔蕉心头一紧，忙问她怎么了，她只说见面再说,便挂断了电话。

尔蕉在焦虑中等来了书亚。

书亚的神情十分憔悴。短短二十多天未见面,她像变了个模样似的。

> 意大利人克罗齐说:"一切历史都是当代史。"那么,一个婚姻的历史呢?一个人的心灵嬗变历史呢?
> ——书亚的札记《随想录》之 No. 119

尔蕉心疼不已:"发生什么事了?!"

书亚眼睛一热:"我离婚了。阿桂发信息的时候,我正在民政局办离婚手续。"

"啊?这么大的事你怎么没说一声?!"

"我觉得你这边的事更重要,我不能让你分心。"

"究竟怎么回事?快坐下说给我听。"

书亚在沙发上坐下:"韦似真是个浑蛋小人。感谢上天,当初没有让你和他发展出恋情。"她的眼睛里布满忧伤,但语气平缓。

韦似在网上发文攻击尔蕉,被书亚威胁制止后,他虽然删了文章,但从此对书亚怀恨在心。他利用自己的职业之便,通过各种渠道查到了书亚的经历,又查出了她丈夫夏问蝉所在单位及他的工作履历,将他的升迁与调动之路狠狠地研究了一番,发现他从机关调到企业做企业高管的助理,到担任企业中层之职,都与

十二 卢浮宫的诱惑

企业高管顾薇相关。这引起了他的注意,他以为这中间存在着权钱交易,便深入下去,又把顾薇研究了个底朝天。这一研究,他像哥伦布发现了新大陆一样激动,与顾薇有关的公开活动资料图片中,竟从来没有见过她身边有任何女性身影。相反,夏问蝉给她当助理的那几年,一直伴随在她身边的,就只有夏问蝉。韦似的好奇心完全被吊起来了,他没日没夜地在网上搜寻顾薇的活动,有些在百度上搜不到的,他就到活动当地的网站上搜索,终于从有限的几张照片和视频中发现了蛛丝马迹。顾薇看夏问蝉的眼神出卖了他们的秘密。韦似顺藤摸瓜追踪了顾薇高升后的活动,发现她身边始终只有帅哥陪伴,他觉得这太反常了。在确定了顾薇的年龄和有家的事实后,他确认了顾薇和夏问蝉是婚外出轨的关系。他兴奋地、不声不响地给顾薇老公写了匿名信,在信中附上了相关网址。结果顾薇老公的愤怒远远超过一个女人对老公小三的愤怒,很快来了个兴师问罪,派人直接来到了夏问蝉单位,将夏问蝉痛打了一顿,曝光了他依附阿姨辈女上司换取前程的丑事。此事在夏问蝉所在企业影响极为恶劣,四十八小时内,夏问蝉就被撤职发配到后勤部门做了普通职工。而顾薇也挨了处分,降了两级使用。

夏问蝉回到家,提出了离婚。他因为别人对他的举报和名声的败坏而承受着巨大的压力,受到了很大的伤害,但他不愿意再将这种压力和伤害带给自己的妻子和家庭。

书亚原以为自己已经适应了丈夫有过婚外恋事实的生活,理论上也认识到,丈夫是真心想维持这个家的,因此她还是尊重他,选择与他过一种不再像以前那样心心相印的夫妻生活。但这个事件让她认清了一个令人难以接受的事实：社会上像韦似这样的人是处处存在的，他们一旦发现你有把柄可抓，便会死死抓在手里，平时躲在暗处黑处，不知哪一天就会跳出来，为他们自己的可耻阴暗心理而将你置于险境。但一个人要完全没有弱点是不可能的。她仔细考虑了夏问蝉的离婚主张，觉得他是对的。他们有家庭，有孩子，她不能让韦似对她的报复祸及家庭，影响到儿子。最关键的是，尽管她对顾薇老公派人殴打、羞辱夏问蝉的事十分愤慨，但她也从顾薇老公的愤怒里，感受到了自己内心深处的不痛快。毕竟，她接受的爱是不健全的，事实上，夏问蝉的婚外恋曾经伤害到了夫妻感情。而且，什么事情越想掩盖，就越掩盖不住。她不想为丈夫的错误掩盖一辈子，也不想再和韦似这样的人扯上半点关系，他让她对人性产生绝望。在韦似的报复中，夏问蝉是无辜的，但只要韦似对书亚的仇恨在，韦似的报复就不会终止，从而祸及全家，尤其是儿子。而她要反制韦似，也必须和丈夫切割。

　　想到儿子，书亚和夏问蝉征求已是三年级学生的儿子遥遥的意见，如果爸爸妈妈离婚，他选择跟爸爸还是跟妈妈过。他们作好了思想准备，儿子会哭闹，会不肯选择，不让他们离婚。

　　谁知遥遥很随意地说："你们决定吧，我跟谁过都可以的。"

　　儿子的平静坦然让他们大吃一惊，连忙探问他小小年纪，为何能如此淡然面对爸爸妈妈离婚这样严重的事情。

　　遥遥天真地笑了。

　　遥遥班上有好几个同学都是单亲家庭。他们的爸爸妈妈离

十二　卢浮宫的诱惑

婚时为财产、为子女归谁打得头破血流,闹得像仇人,离婚后大多忙于再寻伴侣,把他们当成累赘而不管他们,有些有新家的,遭遇也各不相同。遥遥没见过像自己爸爸妈妈这么平平静静谈论离婚的。他不知道他们离婚的具体原因是什么,但是他觉得他们这样子分开,对自己是极大的"利好"。

"'利好'?"夏问蝉不明白遥遥为什么会用这样一个词。

"你们任何一个人都不会在我心里造成阴影,虽然我并不希望你们离婚,但是,我能够承受这种结果。我无论跟谁过,都不会改变我是你们的亲骨肉的事实,都不会缺少另一方的爱。而且我相信你们会争着给我更多的爱与亲情。嘿嘿。"

"我的天,这是现在三年级学生的家庭观、亲情观吗?"书亚惊呼起来,身子往椅背上一靠。平时她只管儿子的作业、家长会、成绩,与儿子交流的也是读书、学校教育的话题,从来不会涉及家庭问题,谁知道现在家庭问题在孩子心目中早已不是问题了。

书亚在儿子由她抚养的前提下,同意离婚。

夏问蝉其实是个很通透的人。他非常感谢书亚不吵不闹的态度,毫无保留地袒露了自己的心声。一个人要对自己的行为负责,他认为离婚正是一种对妻子、对家庭、对自己真实的生命负责的态度。按道理他应该马上辞职,离开那个令他颜面扫地的单位,但眼下他必须为柴米油盐计,在那里继续工作下去。而且,他想在哪里跌倒就从哪里爬起来。

离婚手续办妥的那天晚上,夏问蝉深情地亲吻了书亚乳房上的红色四叶草胎记,像他们新婚时期那样,享受了灵与肉交织在一起的性爱欢愉。

夏问蝉的事像一面镜子,照见了夏问蝉隐秘的心理,也照见了像韦似一样的人形妖怪。

婚姻解体,这应该是书亚和夏问蝉最好的选择。韦似的阴险成了他们离婚的契机。但其实,书亚知道,在夏问蝉心里,除了婚外情这个历史污点是一根刺,还有一种隐秘的自卑心理在作祟。书亚在网上的名气越来越大,尤其是她成功地策展了尔蕉画展以来,杂志和出版社邀请书亚作讲座、采风、与读者见面的活动多了起来,这对夏问蝉形成了无形的心理压力。男人总不愿意自己女人的风头盖过自己。本来,书亚是自由职业者了,他是大企业的中层领导,社会地位怎么样都高于书亚,但现在,他职位没了,一下子显出了书亚的高来,他的自尊心受不了。书亚并不赞成夫妻间夫高妻低的俗套观念,但事实上,丈夫的社会地位低于妻子的话,往往是过不幸福的。夏问蝉有了这样的想法,就很难逆转,长此以往,只会越过越糟。与其走向一个可预测的糟糕的结局,不如当止则止,给双方以自由的空间。

书亚目光幽幽,像是从一种复杂的情绪里解脱出来,又像是仍纠缠在其中而不辨方向。

"生活也许就是这样,像一条河,时而宁静,时而汹涌;像我们的花园,树叶不可能永远青绿,蝎尾蕉或美人蕉也不是永远都在绽放,感情岂能永远一帆风顺?如果你觉得哀痛,你就哀痛吧,哀痛的人也是有福的。"尔蕉做梦都没想到,这段时间里书亚经历了这种备受煎熬的事件。

"虽然我的情绪跌入了谷底,但这可能也是我潜意识里想要的结局吧。只是它以我意想不到的方式结束了。"书亚叹息一声,仿佛终于结束了一场看不到终点的马拉松似的。

"世上万事万物没有完美的,奔腾的河水不能倒流,森林里有悬崖,人不能像鸟一样飞翔,动物不能说话。这话是我不知从哪里看到的,但我认为非常有哲理。"

"我明白这些道理。能将你从生活的谷底里拖出来的,从来不会是时间,而是你的格局和你发自内心的释怀。"书亚点了点头,神色明快了许多,"这也不是我说的。"

书亚信奉梭罗的生活态度。梭罗说:"如果你满心欢喜地去迎接每一个清晨和夜晚,如果生命像鲜花和清新的芳草一样散发着芬芳,从而更加富有活力,更加星光璀璨,更为神圣不朽,那便是你的成功。"当明白离婚不可避免时,有些天她过得很糟,但她想到生命中有尔蕉这样的知音,她就又阳光起来。她接纳了没有丈夫的自己,直面单亲家庭生活。

"放心吧,我今后仍要满心欢喜地去迎接每一个清晨和夜晚,仍要过我的清简明润的生活。我的自由写作,要更纯粹一些、更极致一些。"书亚补充说。

"你当然能够做到。你也不要忘了我们是两生花,从抚养孩子的立场,你不是单亲母亲,我可以帮你一起抚养。"

"两生花,我当然不会忘。"书亚眼睛一亮,从刚进院时的憔悴中舒缓过来,完全恢复了一个自由写作者的姿态,"好了,说说让来找你有什么好事,我能为你做些什么。"

关于两生花有很多种解释与传说,书亚觉得用两生花形容两个相同的灵魂,最美,最真实,最神圣。

"让要在卢浮宫给曾渔办展览,也要把我们的三幅画一齐展出。"

"噢?!不愧是卢浮宫,太英明了!"

书亚比尔蕉还要高兴。她想起初见尔蕉时的情景,想起尔蕉辞去银行工作时的情景,想起第一次带尔蕉见曾渔时的情景,想起无数次陪尔蕉在花园里散步时的情景,觉得尔蕉配拥有这些荣耀,她的画作、她本身已成为一道光。

尔蕉要书亚安排好时间,到时和阿桂一起陪她去巴黎。阿桂是肯定没有问题的,书亚时间上就不那么自由了,她毕竟有家、有孩子,接下来要做单亲妈妈,还有写作计划。但书亚立即表示,尔蕉的这件事高于一切,她既然是"自由写作者",她肯定能自由支配时间,如果她连这个都做不到,那她还配叫自由写作者吗?

书亚虽然经历了离婚的痛苦,但也有值得高兴的事——她刚刚完成了十三万字的《中国老人:当生命即将抵达终点》的初稿。

这些天里,书亚马不停蹄地采访了三十位从六十岁到一百岁的老人,积累了丰富的素材。三十位老人中,有刚刚退休拿高额养老金的官员,也有靠捡废品为生的孤寡老人;有怀着"好死不如赖活着"的理念谈"死"色变的老人,也有觉得生不如死,盼望上天早日召唤他的老人;有子女环绕几世共欢的幸福老人,也有卧床不起生活已不能自理的空巢老人;有认为人终有一死,谁也躲不过,当顺天应命的老人,也有从来不考虑老不老这个问题,认为活一天就要努力做事不荒废一天的老人……他们每一个人的经历都是一本厚书,都留着时代和历史的烙印。不同的人生经历,让他们对生死的看法大相径庭,但真正谈到自己对死亡的态度,却又没有几个人是真正淡定的。除了极个别人表现出达观的人生态度和对生命价值的尊重,面对生命必将消亡的事实,大多数人都有着无限的眷顾而又无可奈何的心态。生活不如意者,叹息自己没有什么留给后人;功成名就者,自信自己会被写进家族史或某个领域甚至全社会的历史;有雄厚的财力者,则为自己可以留给子孙后代丰厚的财富而心中坦然;子女成就非凡的,自豪地夸耀后继有人;子女不成器的,担心自己身后家庭没落;也有人眼见人们往往连自己祖父母的名字都记不住,对自己在后代中的影响力很悲观,所以他们只想抓住生命的最后时光,努力给自己涂抹辉煌的传记,哪管身后洪水滔天……凡此种种,都像光一样照进书亚思想的大门。

在采访老人的过程中,书亚有了一个重要的发现,中国人的认知体系里,有三种教育是严重缺失的——性教育、爱教育、死亡教育。这也是关乎人们的身体、灵魂、生命的教育,它们的缺失导致人们对自己的性生活感到羞耻,对灵魂感到迷茫,对生命价值认识模糊。尤其是死亡教育的缺失,让人们不敢正视死亡。面对每一位受访老人,书亚最后总会提出相同的几个问题,那是极其尖锐的问题:如果来生不能选择做人,你会选择做什么?你死后,希望以什么形式陪伴你留恋的人和事?在人生的十字路口,你是否都作出了正确的选择?你是否在不该放弃的时候放弃过梦想?

回首往事,你是否敢问自己到底真诚地爱过吗,爱过几许?你最恨的是什么,最想忏悔的是什么?用一句话作为自己的墓志铭,你会怎么写?……人们的答案五花八门,但她可以感受到,大多是违心之语,不足信。

当然,从这些老人的经历中,书亚也清晰地意识到,人在变老的漫长过程中,随着年龄的增长,会具有丰富的人生阅历,可以积累丰富的人生经验,从而更全面地认识社会,透视人性,总结出对人生具有指导意义的感想。

"我最近刷到一个帖子,一首打油诗,倡导老年人过慢生活。"阿桂插话说。

"我也刷到了,还真只是打油诗,关于生命与死亡的哲理思考并不深。"书亚说,顺手把书稿文档发给尔蕉,让她有空时看看。

尔蕉在手机上打开书亚的稿件,随意地翻看着。关于生命与死亡,尔蕉在曾渔去世后也时常有所思考。其实,一个人寿命的长度,并不能代表他生命的长度。一个人来到这个世界上,不是来走一遭就了事的,一定要让生命发出光。以曾渔为例,曾渔的物理生命在今天这个时代太短了,他留下的艺术作品却可以与日月同辉,从这个意义上讲,他的生命是永恒的。

她相信书亚一定能在作品中传递给读者这样的信息:生命要有质量,这个质量不只是生活上的、健康上的,更应该是精神上的。书亚应该倡导老年人最大限度地燃烧自己,发光发热。就是说,老人在职责使命上退出了舞台,但在思想上、精神上要保持活跃。中国人讲求天人合一,老人退居到生命的最自然状态,他们认为过慢生活是这种境界的体现。

"不管怎么说,你这个作品必会在社会上引起巨大的争议,你要小心随时可能出现的网络暴力。"尔蕉提醒道。

"无所谓,我已习惯了。"书亚坦然说,"但说到网络暴力,我必须插播一条好消息。"

"是什么?"

书亚绘声绘色地"播报"起来。韦似参观了"杨尔蕉画展暨曾渔绘画艺术展"后,在他们街道办的公众号上发了一条消息——《韦科长莅临曾渔绘画艺术展并发表重要观感》,结果有人呛骂他有什么资格使用"重要"二字,由此又引出质疑,质疑他平日里参加活动总喜欢出风头、抢风头,好像整个街道办只有他一个人在工作一样。与此同时,纪委接到匿名举报,举报他是靠走后门才提拔到现在的位置的,还把走谁的后门讲得一清二楚。举报信还提及了他们家在北京拥有四合院和豪车的事,暗示他们家怎么买得起三进四合院。相对于前面的呛骂与质疑,这举报才是重磅炸弹,一下子牵出了韦似的父亲和提拔他的人,说不定背后隐藏的就是一个不大不小的贪腐案呢。纪检部门立即立案调查。现在韦似已经被隔离审查了。

"我去过他们家的四合院,怎么就没想到和贪腐有关呢?"

"你脑子里没那根弦。韦似坑爹是坑定了,他自己,最轻最轻的处理结果,他那个职务是保不住了。"书亚喜笑颜开。

"这么快就让他被举报的蝎子蜇一下,是好事,说不定能让他建立起'内心法庭',先将自己提审一遍。"尔蕉显得淡然。

"贪腐者哪里会惧怕'内心法庭'?"书亚酣畅地笑着,"你知道我是个疾恶如仇的人,我离婚时还闪过要怎么样狠狠地报复一下这个家伙的念头。可转念一想,又觉得他不值得我花时间、精力,他这样的人必然会跌一个大跟头的。没想到这么快。"

"这个人,我们都把他从我们的生活中抹去吧,谈他都提不起兴趣了。"

"好,那我们以后不再谈这个人。言归正传吧。哦,对了,还有一件事,我因为这段时间心情乱糟糟的,还没来得及和你说。"

"你说。"

"前不久,你们那个尖下巴主任和白扬来找我了。"

"什么?!"

书亚笑笑。尔蕉原来就职的银行现在要大抓文化建设,策划来策划去,要成立一个"艺术训练营",就是利用节假日组织员工和家属进行"艺术训练",以提高银行系统的整体文艺素质,同时定期开展支援边疆贫困地区的艺术教育普及事业。征求各分理处的意见时,白扬说:"现在文学创作也很受重视,我们要不要把'文学'加上,成立'文学艺术训练营'?这样内容更丰富。"尖下巴主任附议。此建议当即被采纳,并责成白扬和尔蕉曾经的上司——那个尖下巴主任负责协助筹办训练营。这真是赶鸭子上架,但银行这么做,也是考虑到他们在年轻人中工作时间相对长,有一定的组织能力和人脉。因为训练营要聘请驻营老师,白扬非常自然地想到了尔蕉和书亚。他和尖下巴主任一说,尖下巴主任刚开始坚决反对聘用杨尔蕉,但最后还是决定摒弃前嫌,同意在上报名单里列上她的名字。

"杨尔蕉画展暨曾渔绘画艺术展"后,银行也以杨尔蕉曾是他们的员工而骄傲,自然而然地同意了外聘名单,并希望白扬他们尽快将训练营组建起来。

为避免尴尬,尖下巴主任建议白扬和她一起先找池青莲谈。

白扬开门见山,希望书亚能接受邀请,并做通杨尔蕉的思想工作。银行的优势是不差钱,也不会过多干涉训练营的教学内容,组织活动有专人负责。书亚和尔蕉是要好的朋友,一个负责文学,一个负责绘画,珠联璧合,有一份与金融文化建设共生共长的职业,岂不美哉?

书亚却一口回绝了:"如果我要一份职业,我当初就不会辞职了。"她眉间的竖纹轻轻跳动了一下。

但话说完她又觉得有点草率,而且她觉得尖下巴主任已经表现出高姿态,或许尔蕉也会有新想法,便又说:"当然,这牵涉到尔蕉,待我和她商议了再回复你们。"

尖下巴主任很诚恳地说:"池老师,请你无论如何要转告杨尔蕉,我为当初刁难过她而深感歉意。那是因为我嫉妒她,我们有利益冲突。请她放心,这几年我也得到了磨砺,对她现今的成就深表钦佩。希望她能接受我们训练营的邀请,共同为金融文化、为贫困地区文艺普及作贡献。"

书亚承诺,一定给他们准确答复。

"你觉得怎么样?愿意担任训练营绘画老师一职吗?"书亚看着尔蕉的眼睛。

232　盛体

"书亚,你还记得吧,关于是否接管'曾渔美术学校'的问题?曾渔的事我都不参与,训练营的事,我自然不想参与。"

"我猜你也会与我一样拒绝的。"书亚轻拍了一下茶几。

"当然有一点是比较吸引我的,那就是他们说的'为贫困地区文艺普及作贡献'。我出生在贫困地区,深知贫困地区的孩子是多么需要文学艺术的滋养,需要知识。但目前,我自己也刚刚起步,还没有足够的能力和经验,不能胜任。要是现在去做,只会适得其反,既教不好孩子们,也会让自己的成长放慢。"

书亚脸上笑容绽放:"好,明白了。我们要先将自己的翅膀练硬了才能教人飞。我回头正式回复他们。"

"嗯,就是这个意思。我们要学会自由飞翔,光有天赋还不行,必须读万卷书,行万里路。而卢浮宫画展只是我们迈向理想的第一步。待我们的理想实现了,我们才有资格有经验造福他人。"

"他们应该能理解。"

"一定能理解。还是说回你的《中国老人:当生命即将抵达终点》吧。"尔蕉点点头。

"好嘞。"

其实,对于写作这个长篇非虚构作品可能产生的种种后果,书亚在策划这个选题时就已深思熟虑过。她对老年人看待死亡的态度问题感兴趣,最初源于自己的母亲。

自她记事起,母亲就时常将"死"字挂在嘴边,生气时动不动就说"我要是死了,你们就安生了""我都是土埋半截的人了""我死了,看你们怎么过"之类的话,以此吓唬孩子们,让孩子们听话。但书亚发现,母亲过了六十岁生日后,话语里基本上就不再有"死"字。谈到熟人、朋友间有人死了,也是极其回避"死"这个字眼。那种微妙的心理变化,让书亚敏感到,人越老越拒谈死亡,越恐惧死亡。也许是因为生命进入晚年以后,切实感到时间以倒计时的形式在进行了吧。步入老年的父亲虽然要豁达许多,但也不像以前那样无所顾忌地谈论生死话题。怕死,也许是人类的共有心态。眼见子女长大,事业有成,家庭兴旺,生活越来越美好,自己也可以不用像以前那样含辛茹苦地操劳了,可以优哉游哉地享受生活了,生命却进入倒计时,想来谁也不甘心吧?留恋亲人,留恋人世间,不愿死去,害怕死去,可以理解。虽然人人都不希望死去,但是就像女作家三毛所说,若是人都不死,都长生不老,那世界会是什么样子?会不会很可怕?现实生活中,谁都知道与世界生离死别的那一天终将到来,却又都盼望它不要到来。

书亚决定,为参加尔蕉在巴黎卢浮宫春季艺术展上的活动,她要快马加鞭地修改完《中国老人:当生命即将抵达终点》。这部作品不仅有两家杂志已约定发表,有一家出版社对它的市场前景也非常看好,以首印十万册的承诺和她签订了合同,并写明在她交付书稿的时候支付她一半稿酬,而且,他们还将持续出版她的作品。她让尔蕉放心,她一定在出发之前将书稿交付出版社。书亚自信地说,一年后的春天,她要以这部作品打下自己的文学"江山",她和尔蕉会成为文学和绘画的两生花、双子座,一起大放异彩。

两个人全然忘记了对韦似的愤怒或鄙视等话题带来的不快，聊得很嗨，又见落霞飞天，便去花园散步。春风吹拂，温柔怡人。合欢树的叶子时而青绿，时而泛光，时而映上红霞。尔蕉经过合欢树的时候，特意停留了片刻。她像对着树，又像对着书亚说："曾渔是我的光。他的画是艺术的光。如果他还在，该多么美好。"

　　书亚挽起尔蕉的手往前走："尔蕉，萨特说，自由的极致，是不惧失去喜欢的人和事。何况你在物理意义上失去了曾渔，但在灵魂意义上没有失去他。他在天上看着你，看着我们。放心，曾渔先生一直在你生活中的。"

　　"嗯。"尔蕉轻轻回答了一声，内心满是感动。她为自己的生命中有书亚这样的密友，有过曾渔这样心灵相通的丈夫而满怀感动。

　　　　她查看着肚腹上的蝎形疤，
　　像查看正在盛开的蝎尾蕉花，亦像查看自己的童真时代。

十三　圣洁的觉醒（代尾声）

　　她独自行走，有声音从空中传来：要有光！
　　光，让一切掩盖毫无意义。

　　书亚说，她想在尔蕉家住一晚，她想静静地思考今后独自抚养孩子的人生。
　　尔蕉自然很乐意。她让书亚先好好休息，自己去画展再看看。
　　尔蕉来到画室，一个三十岁左右的陌生青年正在和阿桂说话。
　　陌生青年竟是曾渔的儿子曾越云。
　　曾越云显得非常谦卑。他是从画展消息上得知尔蕉和他父亲的事情的。他十三岁那年离开父亲出国，在加拿大念书念到硕士毕业，拿到了法学硕士学位，在一个律师事务所找到了一份工作。当初母亲和父亲离婚时母子获得的家产，加上后来在房价高涨时卖掉房子的钱，足够他们在国外无忧无虑地生活，但在他上大学期间，母亲遇到了情感骗子，差点被骗得一无所有。母亲后悔当年与父亲离婚并出国,但知道为时已晚,也不好意思再与父亲联系。而后,母亲给人当家政,他自己勤工俭学,才得以维持生活。可是就在他刚刚有了一份工作时,母亲被查出来胃癌,经过几年的治疗,目前已稳定下来。她不知自己还能活多久,想回国生活。曾越云这才下定决心联系父亲,不料得到的却是父亲已离世的消息,顿时绝望至极。曾越云也从母亲的悔恨中了解到父亲的经历和为人,当年的愤怒已化为乌有,取而代之的是深深的懊悔和思念。少年不懂事,懂事唯伤悲!他来找杨尔蕉,是因为从伦理上讲,杨尔蕉是他的继母,他希望她能理解他的诉求。

"你需要我做什么?"尔蕉听得心里一阵阵难受,直接而关切地问。

"我母亲回国的话,能不能让她住在我父亲的房子里,不,住在你家里?医生说,她最长只有三年的生命了。母亲这种状况,不想去求任何朋友或亲人。或许,这是她内心对我父亲的一种依恋和悔恨吧,我不知道,但我希望能满足她最后的愿望。房租、其他生活费用、医疗费用由我来支付。我随她回国,相信我能找到一份律师工作。"曾越云不卑不亢,语气真诚。

尔蕉的内心像打翻了五味瓶。尔蕉很反感曾渔的前妻,她在曾渔最需要家庭支持的时候离开了曾渔,并且让他净身出户,可见她是多么狠心、绝情的一个女人……

但最终,尔蕉的善与同情心占了上风。

"你们什么时候回国?"

"今年年底。因为我和公司有协议,提前解约成本太高,而

十三 圣洁的觉醒(代尾声)

母亲的治疗还有两个疗程。"

尔蕉在画室里来回踱了踱步,回忆起曾渔说起过他前妻的决绝和儿子的愤怒,感受到曾渔对他们母子的歉疚之情,作出了一个惊人的决定。

"曾越云,论辈分,我是你继母;论年龄,你长我两岁,但都是年轻人。年轻人就不要思想狭隘,要往光明里想。我想,既然你们是曾渔的家人,也就是我的家人。这个房子,我过到你名下。你们回国后就在这里生活吧。"

"什么?过到我名下?"曾越云浑身一震。无论如何,他代表母亲来求杨尔蕉帮忙安置住处,并没有别的过高的奢望,他甚至作好了被拒绝的心理准备。

"是的,你没听错。我唯一的条件是,你们推迟到明年五月回国。我四月去巴黎办画展,行前将房产之事办妥。"

"那你住哪里?"

"你放心,一切,我都会有的。"尔蕉十分笃定地笑道。

曾越云注视了尔蕉一阵,郑重地说:"你让我好意外。我庆幸父亲的生活里有你。"

曾越云将见到尔蕉的事告诉了大洋彼岸的母亲,母亲泣不成声。

尔蕉把见到曾越云的事说给书亚,书亚只说了一句话:"尔蕉,我为你骄傲。"

书亚知道,尔蕉虽然年轻,但经历了这么多事后,她已变得很通透、很超然,对人怀有一份慈悲、包容与爱。换作自己,她不敢保证自己也有这样一种胸怀与境界。

那天晚上,尔蕉做了一个梦,梦见自己少年时代赤裸裸的身体,左腹下侧一道又黑又红、形似蝎子的疤痕,在洁白的肌肤上那么醒目、那么恐怖,高高扬起的蝎尾仿佛喷起的黑红色烟柱。然后,那烟柱化为缕缕青烟袅袅地飘向天空,在天空中扭动一番后,又倏地俯冲而下,坠落在她的肚腹上,像盖章一样印下一个蝴蝶般的胎记。她正在惊奇,一道酒红色的蝎形疤快速地烙在了胎记上,非常美,非常痛。她吓得尖叫一声,醒来了,一身冷汗。

她开了灯,站到穿衣镜前,撩起睡衣,查看自己腹部上那枝妖娆万千的蝎尾蕉花。

她的脑海里交替出现蝎形疤和蝎尾蕉花的形态,从童年痛苦的烫伤到恋爱中的耻辱,到行为艺术展上易建等几个人众口一词的对于蝎形疤的恐怖记忆,从曾渔画《黑香》和《繁花》的画面,到让有关救赎的话,从书亚乳房上的红痣,到夏问蝉对自己遭遇人生旋涡的深层剖析,从所谓的曾渔性侵事件,到曾越云母子对离开曾渔越来越深的懊悔之情,一组组如电影镜头一样地闪过。她突然觉得万事万物都是破碎的、被遮盖着的,内心空虚莫名。

救赎。

救赎。

救赎什么?

对真相的恐惧?对伤痕的记忆?对爱情与心灵的伤害?对希望破灭的绝望?对自己独有的生命记号的遗忘?对又从终点回到起点的启示?

她陷入了深深的思考与追问。

一切始于那个疤。可是当那个疤被美艳的花取代,带着丑陋标志的身体被文成一幅美丽的图画时,那个疤被掩盖,被颠覆,记忆中却依然浮现出那个疤,印象如此鲜明、深刻。那是身上曾有的烙印,这烙印如今成了心上的烙印,怎么遮也遮不住,覆盖生命印记的行为不仅不能否定疤的存在,反而会给自己的灵魂造成一道无形的疤痕。

本以为文身覆盖了伤疤,美覆盖了丑,但覆盖可以遮掩一时,却遮掩不了一世。时间改变不了有关蝎形疤的记忆。那个蝎形疤是她的历史,身体上的历史,也是心灵上的历史;是她的纪念碑,是她的神圣真相,是她的颠覆不了的历史事实。但是她自己,从来没有真正地正视过这些真相和历史。

一瞬间,尔蕉觉醒了。她的心中倏地闪出一个意念,像闪过一道光。

她裹了一件厚的睡衣,出了卧室,去敲客房的门。

"出什么事了?"书亚急急地开了门,揉着惺忪的睡眼。

"穿上衣服,陪我去一下画室。"

"哦,好。"书亚愣了愣,迅速穿上外衣,和尔蕉一道下楼去。

尔蕉说:"我有个可怕的想法。"

"是什么?"书亚的睡意完全消失了。

"等我们再看看那三幅画再说。"

两个人从《黑香》看到《繁花》,再看到《盛体》,又从《盛体》看到《繁花》,再看到《黑香》,反复了几次。尔蕉不厌其烦地看画,把书亚看得心里慌起来。

"《盛体》,曾渔真的希望看到这样的身体吗?"尔蕉终于停在《盛体》画前。

"你的可怕想法,莫不是要将这些画作毁了?"书亚不解也不安地问。

"那怎么可能?"尔蕉笑道。她的手指在画上指来指去,又指着自己,看着书亚的眼睛,极为认真地说:"书亚,这画上的这枝花,你告诉我,你看到这画,脑子里是否也闪过那个疤?"

书亚略显犹豫:"呃……是会想到原来的疤。"

"这就对了!"尔蕉像是得到了鼓励,兴奋起来,"我想把所有的文身去掉,把原来的那道疤还原,然后我要再画一幅洗去文身后的画。"

"你疯了!"书亚目瞪口呆。

"我没疯。"尔蕉严肃地说,细细讲了自己刚才的梦和醒来后的所思所想。她明白了一件事,这个疤是她的历史,抹不去,遮不掉。那些看见过这个疤的人的记忆,也是抹不去的。而她,她质本洁。她那最初的带疤的身体,才是圣洁的本体。圣洁,不是说不允许身体有缺陷,而是它的品质、精神,心灵意义上的纯洁、纯净、纯粹。那时候的她,天真烂漫,心灵未受世俗的任何污染,是圣洁的。"说到底,这也是我的忏悔,我观念上、认知上的忏悔。我忏悔自己当初粗浅地以为文身可以带来美,带来遗忘。我错了,我自己遗忘不了,他们更不能集体遗忘。"

"但是你是还原不了你的身体的,而且去除文身比文身更痛。你这是矫情!"书亚真的觉得尔蕉不可理喻。她觉得尔蕉陷入了一种文学虚构的意象中,要故意将自己的身体与预设的绘画艺术高度契合。

但是尔蕉踌躇满志。她甚至已经想好了画的名字,叫《圣体》。《圣体》将和前三幅画作构成一个真正完美的系列。既然谁也忘不掉那个疤,她自己也不可能忘记,那又何必用繁盛的花枝将真实的肉体覆盖掉?她不能假设那个疤真的不存在了。它是存在的,一直都会存在。以遮掩丑陋的方式是完成不了对人性的救赎的。只有让事物真实的面貌暴露出来,才是对美的最大的尊重。《圣体》,就是天然的境界。虽然她的疤是因被烫而起,但它只是肉体上的一个瑕疵,并没有改变肉体纯洁的本质。她能深刻领悟到这一点,是命运对她的恩典。

书亚一时竟无法反驳她,但从内心里认为她是走火入魔或意乱情迷。这是书亚认识尔蕉以来第一次完全不认同她的想法。书亚建议她把这个疯狂的想法告诉让,征求一下让的意见。因为这样就多出一幅画作,画展计划也会随之调整,包括时间,尔蕉需要时间去洗文身并创作《圣体》。卢浮宫画展排定牵涉众多艺术家的时间和行程,画展时间的调整是一件非常麻烦的事。她觉得除非让也是一个疯子,否则是不可能赞成的。书亚寄希望于让能打消尔蕉的念头。

事情却完全出乎书亚的意料。

第二天,让接到信息来到画室,和书亚正式见了面。让一听"圣体"二字,当即就赞叹起来,称这是"一个完美的构想,一个伟大的行为,也是人类真正的对真相的还原与自我救赎"。

"至于时间,根本不是问题,有一年的时间呢!"让把握十足。

"让,你是站着说话不腰疼!尔蕉洗去文身,她的身体并不会还原,而是会变得千疮百孔的!"书亚气愤地嚷道,双眉之间的那道竖纹剧烈地跳动起来。

尔蕉得胜似的笑,二比一,少数服从多数。

书亚不甘心,喊阿桂来,直通通地问:"阿桂你说,尔蕉要把全身的文身洗掉,想再还原那个蝎子疤,是不是脑子进水了?就算是艺术,她后面的人生还要不要过?"

阿桂很干脆地回答:"我虽然知道尔蕉文身的故事,但有关艺术的事并不太懂,我只是就事论事地说,也有文身的人因后悔去洗掉文身的,这没什么呀!再说了,当初曾渔先生不是把那个疤看作花,才有尔蕉后来的全新人生吗?我觉得洗掉文身一点也不影响尔蕉再次找到真爱。"

"对对,阿桂说得对。"尔蕉的头点得像鸡啄米,"当然,我不是后悔,我是有了突然的觉醒。这样的文身是伪装,骗得了不明真相的人,却骗不了知道真相者,是吧?"

"觉醒,任何时候都不晚。"让哲人般地说。

"你们都瞎胡闹!"书亚简直气得要吐血。她收拾起东西气咻咻地要回家,走到门口又回转身,气恼地说:"杨尔蕉,你的身体你做主吧!但你要三思而后行!文身也好,洗文身也好,一旦感染,后果不堪设想!"

气归气,回到家,书亚还是忍不住想尔蕉要洗去文身复原伤疤的事。她将原来为尔蕉画展布展时拍下的几幅图片下载到宽屏电脑上,放大了看,尤其是那幅裸体照。这幅裸体照确实将人体艺术发挥到了极致,尔蕉全身笼罩着淡金色的光影,双腿不经意地交叠,正好挡住了隐私部位,也使左下腹的蝎形疤显得柔和,俨然没有她第一次见到这张照片时的感觉了。那时,那道疤"扭曲蜿蜒,似死似活,令人触目惊心"。

再把照片放到最大,她不愿意在这种时候产生错觉。

"妈妈,我回来啦!"随着一声指纹锁开锁的声音,儿子遥遥回来了。他一边摘书包一边跑进书房。书亚家房子不大,书房是共用的,中间用一道布帘隔开。平时他们用书房的时间基本上是错开的,所以布帘也很少拉上。

"哎,遥遥,今天又提前放学了?"书亚转头看着遥遥。她这才想起,今天去尔蕉家时,以为要待到很晚才能回家,她特地通知过夏问蝉去接儿子。"爸爸呢?"

"爸爸在停车。"遥遥放下书包,走到书亚身边,一眼瞄见书亚的电脑,立即欢喜地嚷了起来,"蝎子,这蝎子好漂亮,像要飞咧。"

"你说什么?你再说一遍。"书亚扶紧儿子的肩。遥遥的话把她一下午纷乱的思绪炸开了花。

"我说这蝎子像是要飞。"遥遥抓起鼠标,将画面缩小了些,缩成了尔蕉人体艺术摄影照片的原图大小,"哎呀,这是尔蕉阿姨的人体摄影照。"

"去去去,你小孩子懂什么?"书亚连忙将儿子扒拉开,她不想让儿子看到整体画面。

遥遥笑了:"妈妈,这有什么呀?这是人体艺术摄影,又不是人体本身。你平时不总是教我欣赏艺术吗?"

书亚愣了一下。在她心里,这就是尔蕉,是遥遥的尔蕉阿姨,让儿子看到尔蕉的裸体照多有不宜。儿子只见过尔蕉一次,那是她带夏问蝉和儿子参加尔蕉的婚礼,当时儿子才六岁。没想到时隔三年,儿子还能一眼认出尔蕉。

不过儿子的话提醒了他。

"那你说说看,你为什么看到蝎子不怕,反而觉得它漂亮,它像是要飞?"

遥遥正要回答,夏问蝉进屋来了,听见母子俩在说话,便走进书房。听书亚一说原委,他也有兴趣起来,鼓励道:"遥遥,你说。"

"如果一提蝎子或者一看到蝎子就觉得可怕,那是对蝎子的偏见、对美概念的偏见。"遥遥有板有眼地说起来。他们班有个同学的乡下亲戚是养蝎专业户,他让他们几个胆子大的同学看过养蝎的视频。他们这才知道,蝎子一点不像传说中那么可怕、那么毒、那么具有攻击性,而且,它的毒是极好的药材。

遥遥一边说,一边在键盘上敲打,上了百度,搜索出蝎子的词条来。

"呃,"书亚又把尔蕉的图片点开,"可是它不是蝎子,儿子,你看,呃……它是你,呃……是你尔蕉阿姨,呃……身上的一道蝎形的伤疤,难看得很。"

书亚吞吞吐吐的样子,在遥遥眼里显得有些奇怪。他看着妈妈,咧着嘴笑。

"臭小子,你笑什么?"夏问蝉弹了弹他的脑袋。

"我笑你们大人观念有问题。蝎子不可怕,蝎形疤又有什么可怕呢?仔细看,它不过是一个造型奇特的疤罢了。你们就不能把它当成一个文身吗?现在很多人在身上文龙呀、蛇呀、老虎呀,也没见吓到别人。不就是一个人的个性癖好吗?尔蕉阿姨那么漂亮,就算疤不好看,也只不过是荷塘里掉入一滴墨汁,可以忽略不计。你们大人想事情总是想得太复杂、太严重。"遥遥无遮无拦地说。

书亚呆呆地望着电脑,那神情仿佛飞出了书房十万八千里。

"哎,书亚。"夏问蝉碰了碰她的手。她清醒过来,使劲地抱住儿子的头,在他的额上重重地亲了一下:"宝贝儿子,你真棒!"

"嘻嘻,这有什么呀!我们生物课学的东西可多了呢!我不管你们了,我踢球去了!"儿子自豪地说,转身跑出门去。

"瞧,最单纯的童心给出了最单纯的答案。"夏问蝉坐到电脑前,点击下方的图片标志,尔蕉的人体艺术照跳了出来。他是第一次看到这张照片。虽然书亚曾经跟他说过不少关于尔蕉的事,他也见过尔蕉几次,但毕竟没有单独聊过天,更没有深入的交流,他不太清楚这张照片的背景。

"你感觉如何?"书亚急切地问。

"一幅艺术摄影作品而已。"夏问蝉平淡地回答。

"没有一种恐惧或丑陋感吗?"书亚将鼠标停在蝎形疤那儿,

放大,之后又将图片缩小看整体效果。

"我觉得我们儿子说得对。"夏问蝉仍然语气平淡,"我也许是主观上受到了儿子的影响。"

"怎么说?"

"这样,我们假设这个疤是任何一个女性的。"夏问蝉沉思片刻,有条不紊地分析起来。

在夏问蝉看来,如何看待这个疤,完全取决于个人的观念。而人的观念,又取决于他的个人修养、见识阅历、价值观,取决于他对于这个女人的目的。目的不同,看事物的视角就会不同。孩子是天真无邪的,眼睛里没有成人的欲念,只有对事物本身的喜爱与否。而成人不一样,如果没有爱上她的灵魂,而只停留在物象的表面,对蝎子的认知也仅限于蝎子有毒,那这时候他看女人的肉体和精神是分离的,他爱慕的或者说想得到的只是女人的肉体,是美色,心理上可能会受到刺激。如果把这个人的肉体和灵魂视为一体,那可能就会将这个疤看成任何一种形式的疤,而不会妖魔化它。

"有道理,有道理,这样一切就解释得通了。韦似、郭立春、易建等人,痴迷的只是肉体、美貌、青春,只是表面的物象。即使是张千林,也只是爱她与家乡女孩不同的气质。而曾渔,他爱的是尔蕉肉体和灵魂的融合体。"

"对,曾渔对尔蕉的蝎形疤及那个疤带来的伤害,像我们遥遥对蝎子一样,有全面、深刻的了解。后来张千林、郭立春表现出忏悔,也是因为他们在认知方面有了提高。"

十三 圣洁的觉醒(代尾声)

"我明白了,就像我所采访过的那些社会问题,如果认知深刻,首先以接受与包容的态度对待,不将它视为洪水猛兽或隐患,然后竭力找到解决问题的办法的话,可能一切就迎刃而解了。"

"但是人的认知水平的提高、价值观的认同,是需要时间的。你所说的那些社会问题,比尔蕉的文身、洗文身等问题要复杂得多啊。"夏问蝉的语气不再平淡,而是有一些阴郁。

"如果你是我,你支持不支持尔蕉洗去文身?"书亚的焦点又落回尔蕉身上。

夏问蝉严肃起来:"既然尔蕉自己决定了,那我支持不支持不重要。如果我们对于蝎子的态度回归理性,相信她复原疤痕是为了表达回归圣洁的一种仪式,有何不可呢?"

夏问蝉一手重重地拍在书亚的肩上。

夏问蝉走后,书亚重新端坐在电脑前,开始上网查找有关文身和洗文身的资料。虽然儿子和前夫对蝎形疤的态度让她不再像回来时那么生气,但她还是希望找到洗文身导致身体受到伤害的理论依据和真实案例,以劝阻尔蕉。

查找结果却显示,高水准的文身和洗文身,对身体并不会有大碍。书亚不甘心,又查到大海的文身馆,扮成顾客咨询了一番,确认只要安全措施到位,不会对健康产生影响,也不会留下疤痕,这才放下心来。

她冷静地重新审视洗文身之事,也重新思考了尔蕉想洗掉文身的深层理由,站在更高维度来看待这件事,似乎理解了尔蕉。尔蕉应该了解,洗掉文身,肉体需要忍受数月的不适和疼痛,同时,她也会看到自己曾经精心纹饰的美丽图案慢慢消失,在心理上也绝对是一个漫长而痛苦的过程。但尔蕉要以这样一种仪式来达到一种圣洁的意境,表达任何美化都掩盖、消除不了真相的思想。让说她"伟大"可能就是这层含义。尔蕉要抵达圣洁,这圣洁是肉体的,也是艺术的;是心灵的,也是精神的。

书亚已经坚定地认为,让一件事物回归它的本来面目,才能让人彻底地正视它的后果。唯有内心纯净丰实,人生才真正能够越来越丰盈美丽。

书亚给尔蕉发去了一段话:"我也疯了,我支持你。遥遥说得对,这不是一个疤痕的问题,是我们的观念问题。无论是文蝎尾蕉花的文身,还是现在要复原蝎形疤,都是表面的形式,价值观才是深层的原因。你是光,我们是光,无所畏惧。"后面跟了一连串表情符号:赞、爱心、拥抱、咖啡、玫瑰花、胜利。

尔蕉回了个"心花怒放"的动图表情。她知道书亚会理解并支持她的,所以书亚当时气得破天荒地喊她"杨尔蕉",她也没有急着追着解释。书亚激烈反对,完全是出于对她的皮肤安全和身体健康的担忧,但最终书亚会明白自己的精神归旨。瞧,敏锐的书亚回来了。

> 历史,覆盖不了。还原身体的真相,尔蕉纯真的灵魂闪闪发光。追求圣洁的勇敢,让她成为光。
> ——书亚的札记《随想录》之 No.120

十三 圣洁的觉醒(代尾声)

就在这时,尔蕉的身体出现了可怕的瘙痒。

尔蕉洗澡的时候感到腹部那个曾经是蝎形疤,如今是蝎尾蕉花的地方,有些轻微的痒,她忍不住挠了几下,又猛然停止。她轻轻摸了摸,有种细微的硌手的感觉。她的手停在上面,确实有细微的硌手的感觉,好像凸起了纤细的纹路。她突然想起,这是那天韦似抓破的地方,当时是抓破了皮,很痛,但因为一直处于高度紧张的状态中,一晃就过去了。后来结痂时用药物止住了瘙痒,这么多天来,也没有特别痒的感觉,今天是怎么了?化脓了?这一想,她吓了一跳,脱了衣服,凑近镜子仔细看那枝花,果然在花瓣的黄蓝红色彩相连处,有一条细如发丝的痂,但周围已渗出细细的血渍。

她直感到头皮一阵发麻,心里紧张万分,她知道,文身最怕的就是皮肤破损导致感染。但是她很快又镇定下来,甚至有些窃喜,在快一个月的时间里没有注意到的皮肤破损,偏偏在她下决心要去洗文身之际突然发生瘙痒,这是不是巧合?这是不是证明她的想法并非书亚所斥责的"矫情"?这是不是意味着她必须尽快完成洗文身的计划?

是的,是对她还原真实疤痕、直面个体内在价值的赞赏。

清晨,尔蕉去了花园。花园里,蝎尾蕉、旅人蕉、美人蕉及其他花都在盛开,树上有喜鹊鸣叫。放眼农庄,已是一片春浓的景象了。她仿佛听见曾渔说:"勇敢的姑娘,洗去文身,洗去浮华。我支持你。"

尔蕉快速地重新整理了一下思路,下意识地对着合欢树点了点头。洗文身是件痛苦的事,但她既已打定主意,就一定能承受住痛苦。

尔蕉立即通知让准备好合同,按原计划于明年四月份在卢浮宫搞"曾渔绘画艺术展"。《黑香》《繁花》《盛体》《圣体》系列,以"曾渔和杨尔蕉组画"单元融入其中。让连连说好。

"而且,我要告诉你,昨晚我在花园里散步时,心里作出了一个决定。你可以把这个写到合同里。"

"OK,是什么?"

"展览过后,我将把曾渔所有的画作无偿捐赠给卢浮宫,所有的作品,包括《黑香》和《繁花》,包括未拿去参展的作品,无偿的。"

"什么?为什么?!"让震惊得好久才说出话来,"你的房子要给曾渔先生的儿子,你再全部捐出画作,无偿,你就一无所有了啊!"

"严格意义上讲,我不是一无所有,我还拥有我的《盛体》和《圣体》画。"尔蕉笑了,"曾渔的艺术应该是属于世界、属于人类的,我个人没有资格据为己有,尽管从法律上讲,我有这个权利。但是,卢浮宫才是曾渔艺术真正的归宿。"

让激动得连声说:"尔蕉,你真是太伟大了!你是一个奇迹!我先代表卢浮宫表示深深的感谢,向你致敬!"

书亚得知尔蕉要捐出曾渔的所有画作,和让一样感觉到她的伟大。但她比让要现实一些,她建议尔蕉选择曾渔的十幅画留下。毕竟,房子没有了,又没有固定工作,尔蕉自己目前只有一幅画,《圣体》画好了也只有两幅画,展出并不能代表她以后可以以画为生,曾渔的画能保障她今后的生活。

尔蕉却轻松幽默起来:"你忘记了,我们是'自由果'呢!没有了物质的束缚,或许我更能随心所欲地画画了。我可以去岛上画,去街上画。我一无所有,但我拥有无尽的世界和自由。万一真遇到生活困难,不还有你吗?我相信你不会见死不救的!你现在可是出版界的宠儿了,版税要拿到手软的。"

书亚拍着脑门,也笑了:"也是,你辞职那会儿,不也和现在差不多吗?况且你的画在卢浮宫一展出,不愁没有市场。我是太爱你啦,总是从世俗的层面看你的处境。就按你的意志生活吧!我做你坚强的后盾!"

与让的合同一签,尔蕉就给阿桂布置了任务:按照《曾渔绘画艺术》画册中一百幅画作的排序,整理曾渔的作品,并制作说明卡片。她原打算自己亲手整理的,但时间来不及了,她不想因为洗文身而推迟画展时间。

尔蕉来到大海的文身馆。文身馆恢复正常营业有一段时间了,尽管顾客人数远不如以前,但总算有了些生气,有了希望。因此,大海不能像当初给尔蕉文身一样把设备搬去,上门服务,尔蕉只能每天往返文身馆。

大海并没有细问尔蕉为何要洗文身,只是特地建议她打麻药,以减轻痛苦。洗文身的事常有,理由五花八门,但都是有深层次的心理原因。尔蕉所说的恢复旧有的伤疤,虽然特别,但大海也能理解。他相信尔蕉必定在生活中悟出了常人难以悟到的道理,才会有如此大的决心将美好的文身洗掉,哪怕遍身可能留下疤痕。

"我不打麻药。"尔蕉坚定地说。

"那真的会很疼的。你是全身洗,面积大,色彩又多,可不比一处两处的小面积文身,也不比单纯的黑灰色文身。你身上遍布红、黄、蓝颜色,文身时是刺在皮肤的中层和深层位置,还需要洗几次才能完成,不打麻药的话,针刺一样的疼痛感,甚至烧灼感会很强烈,很考验你的疼痛承受力。"

"不怕,你只要注意别让我感染就行。"

"好,你放心,我一定确保零风险。"大海面色严峻,"但是现在这个出现瘙痒的创口,一旦化脓就很可怕,为确保万无一失,我要先从它开始处理。"

"怎么处理?"

"挖掉这一块伤口,然后缝合。不过这样更好,既有了天然疤的感觉,又可防止创口化脓和面积扩大。本来这道疤是应该最后才完成的,洗掉花枝后,再造型成原来的蝎形疤。"

"好,你是专家,一切听你的。"尔蕉信任地说,十分放松地慢慢褪去了衣裳。

大海回忆起当初一针针文出这前身、背部、胳膊、腿上的花纹的情形,心中实在有些叹惋。但他知道,诚如岸谷俊大师所说,当人们决定洗去文身时,一切语言都是多余的,唯有尽心尽意地洗去这些花纹,让他们的疼痛最大限度地减轻,才是一个文身师的职业良心。因为,对于文身者来说,随着时间的推移,有人会逐渐意识到自己所追求的真正价值,重新思考人生的意义和方向;有人会学着接受自己的缺点和不完美,变得更加坚强和自信。文身是一种选择,去除文身是一种重新选择,也许还是人生的一个转折点。让异化的形象回归本原,真正重新定义自己,展现出全新的风采和魅力,是一种勇敢和成长的表现。

大海的助手准备好了文身机、消毒水、止血药、缝合针、激光针、手术刀片等工具。大海戴上了专用手套,让尔蕉平躺在手术床上,放松。

洗文身手术开始了。

灯光打在尔蕉左腹下侧的那枝蝎尾蕉花上。大海拿起手术刀,一手在花枝上探摸了几下,在有渗液的伤口边精准而快速地切了一刀,割下了一小片皮肤,那道被韦似抓伤结痂的发丝般的伤口完整地浮在表面。

尔蕉尽管早有心理准备,还是忍不住喊叫了一声。这是割肉之痛啊,她疼得眼泪都出来了,额头上汗水涔涔。

"这一刀是洗文身过程中最痛的一刀,以后就不会这么痛了。"大海故作轻松地说。

他的话是带安慰性质的,希望给尔蕉一种心理暗示,之后的痛会轻许多。其实,虽然不会再有割肉之痛,但要洗掉遍布全身的文身图案,过程是漫长的,痛的强度一点也不会亚于这种割肉之痛。

日复一日的疼痛,尔蕉都默不作声地忍受着。

终于,繁复的洗文身过程结束了,尔蕉长长地嘘出一口气,眼里溢满了泪水。她为自己感动,第一遍洗文身期间书亚来看过她一次,之后都不敢再去看她。书亚看激光针一点点刺去尔蕉身上的颜色,心疼得好像那针刺在她自己的皮肤上。那时还只是针对浅层的墨色、青色的洗文身手术,刺痛还比较轻微,即使那样,过后皮肤也出现红肿。那些红色、蓝色、黄色的文身,位置较深,清洗起来更疼痛,有时还伴有烧灼感,她不知是什么样力量让尔蕉硬生生地承受住了。

大海感慨地说:"虽然这种痛一般都能承受,但长时间反反复复地洗,没有非凡的毅力,是不可能承受这种痛的。"为此,他坚信尔蕉是个意志坚定的人,她的事业一定会成功。

尔蕉的身体能沾水时,她将自己泡在了浴缸里。浴缸里放入了药水,撒满了玫瑰花瓣。玫瑰花是她从花园里摘的,她想象那是曾渔为她采摘的玫瑰,芳香浓郁。她躺在水中,轻轻抚摸着肚腹上的蝎形疤,完全放松了自己,感觉肉体在水中被洗去了文身留下的残色,灵魂也在水中被洗涤干净。她的身体越来越接近原貌,她的心越来越接近纯真时代的自己,她感到欣慰。现在,她完成了"还原圣洁"的仪式,感觉很轻松、很自由、很洁净。她重新理解和接受了自己身体的原始状态。正是这种原始状态带给她的个体经历,是她的独特性和价值所在。

沐浴后,尔蕉叫来阿桂,让她给自己拍照,拍正面、背面、侧面的裸体照。阿桂拍照的技术已非常好,尤其是对光的运用。照片上,激光洗过的文身印记仍很明显,皮肤有着浅浅的淡红的皱褶。尽管再过三个月或五个月,她的皮肤就能恢复如前,但尔蕉要的就是现在这个效果,她要画的就是一个女子洗掉文身后的真实身体。现在的皱褶、印记,恰恰是对清洗过程的记忆。

阿桂将照片拿去洗印成大尺寸的照片,装入相框后,尔蕉开始以照片人物为蓝图、以曾渔《黑香》画的规格为参照作画,但她将光影的运用发挥到了极致。蝎形疤和文身洗过的印记上分别使用了亮光和柔光,衬托得蝎形疤暗红阴森,身体其他部分原为青枝绿叶、蝎尾蕉花图案的文身印记,则透出水洗过的火山石似的颗粒状,似乎还可以感受到针刺般的疼痛。画面上,尔蕉斜靠于冷硬的赭红色墙石下,双手向左右平伸,头微微歪斜,几缕长发绕过肩拂在胸前,目视前方,眼神中有一种坚定圣洁的光,是只有信仰才有的光芒。

尔蕉画了一个月就完成了《圣体》。画完最后一笔,她退后几步观看自己的作品。时值上午八九点钟,阳光从高高的窗玻璃上映进来,映照在画室里,映照在她的画上。她越看越激动,用手机拍了照片发给书亚:书亚,《圣体》画完成了,你快来看!

书亚还是在尔蕉第二次洗文身后来过一次画室。那时她看尔蕉的身体,看得眼泪止不住地流,但是她也为尔蕉的意志折服,表示自己在勇气和毅力方面要向尔蕉学习。说到勇气和毅力,其实她一点也不输尔蕉。她的书稿《中国老人:当生命即将抵达终点》,在尔蕉洗完文身后交了稿。出版社三番五次地提出修改意见,不是这个部分太尖锐了,就是那个提法太敏感了,还有侵犯受访者隐私的问题,等等。虽然文责自负,但若真出了问题,出版社是要被追责的。但书亚坚持自己的看法,作家的作品就是作家的

"江山",她肯定对自己的作品负责,因为她要建立自己的"江山"。采访来之不易,她愿意承担所有的风险。为了打消出版社的顾虑,她花时间和精力,重新找到那些采访对象,就采访内容请他们签字授权发布。在这反反复复的过程中,书亚坚持住了自己想要表达的初衷,没有人云亦云,没有做风中摆动的杨柳。

书亚从尔蕉的留言里感受到了尔蕉对这幅新画作的得意态度,也从照片里感受到了画作的独特价值,她兴奋地放下手头的事情,骑着她的蓝色摩托就赶来了。

书亚站在画前,像尔蕉一样,远远近近地看了又看。尔蕉站在一旁,脚步随着她的脚步的移动而移动,紧张地等待她的评价,仿佛书亚对这幅画的评价,就是最终的评判。

书亚看着画,感到有一种深深的感动冲撞着她的心扉。

"惊艳至极!尔蕉,这真的配得上《圣体》这个画名,也只有《圣体》这样的名称才托得起这幅画作的内涵。惊艳,完美,绝对的 perfect!"

书亚激动得说话都有些颤音。她的眼里有了晶莹的泪光。

"我期待的,正是你这样的感觉。太好了,书亚,那么事情成了!"

尔蕉拿起一支签名用的小油笔,在画面左下角的空白处龙飞凤舞地迅疾写下"《圣体》,尔蕉,2023 年 12 月"的字样。因为激动,"圣体"的"体"字中"本"的那一竖往下拉得很长,和整个画面人物形成天然的呼应。

"人有两次生命的诞生,一次是肉体的出生,一次是灵魂的觉醒。尔蕉,我完全理解了你……"书亚仍然在激动中。

"是的,我经历了两次生命。我觉醒了,我将成为爱,创造爱,开始真实、真正的生活。"

"你让我明白,苦难是辉煌的铺垫。你经历了那么多的创伤,它们成就了今天的你。"

"不,书亚。我的所谓苦难,在今天看来,真的算不上什么。最初经受打击的时候,我真的以为人生就倒塌了。但真正的苦难来自我们内心的脆弱、狂躁,是因为我们生活的积淀和生命能量的储备不够丰富,是因为感受到一切有意义、有价值的思想,却无能力进行完美表达。如今,我们初步具有了表达的能力,我以绘画,你以文字。"

"你以切身体会从更形而上的层面重新定义了苦难。"

"我哪有什么形而上呢?你侧重在物质意义,我侧重在精神层面,都是有价值的。"

"你的话让我想起了曾渔对我们的比喻:两生花。两个相通的清澈灵魂,最美,最真实,最神圣。"

"我们就是这样的两生花。"

尔蕉将签了名的《圣体》拍照,发给远在法国的让。

让居然秒回了尔蕉的微信,发来一串语音:

震撼!

惊世之作!

卢浮宫的新荣耀!

上帝之光！

今夜我将无眠！

让回国后与卢浮宫协商尔蕉要加一幅画的事。他将自己对尔蕉的认知，人格上的和艺术上的，毫无保留地讲给他们听，认为尔蕉的《圣体》和《盛体》是珠联璧合的姊妹画，完全可以加进"曾渔和杨尔蕉组画"单元。这是一个创举，值得为这个创举冒险。虽然那时《圣体》还只是一个构想，但卢浮宫毫不怀疑让对《圣体》的期待之情，同意调整展出规模。

一切如有神助。

一整天，尔蕉和书亚都在激动和兴奋中度过，两人无休无止地谈论《圣体》，书亚甚至萌发了写尔蕉的想法。虽然让也要写尔蕉，但她相信自己写的尔蕉和让写的将有完全不同的风格。她冒着风险采写别人，为什么不能写一写身边最亲密的朋友呢？尔蕉的成长历程，比那些故事更独特，更能赢得世界的认同。

正聊得兴起，刚上完"艺术经纪人培训"课的阿桂回来了。她原来是上网课的，疫情过后便开始线下听课，她要到离家十公里的地方去上课。三个人一起把《黑香》《繁花》《盛体》《圣体》按顺序挂在创作室的墙上，逐一欣赏。阳光慷慨地照耀在墙面上，发出似黄似红的光，令画面顿生一种辉煌神圣之感。

"这四幅画构成一个系列，可取名'圣体'。"书亚发表着看法，尔蕉和阿桂表示完全赞同。

阿桂破例没有准备晚餐，征得尔蕉和书亚同意，点了必胜客外卖。

晚霞满天的时候,外卖送来了。她们煮了咖啡,开了香槟与红酒。三个人频频举杯,喝得脸红扑扑的,欢声笑语不时飞出窗子,飞到花园。她们还特地到花园里的合欢树下撒酒祭奠曾渔。尔蕉说,这《圣体》里也闪耀着曾渔的艺术之光。没有曾渔,她的艺术天赋可能还被黑暗遮盖着,就像她肉体的圣洁被世俗的目光遮盖一样。

三个月后,她洗去文身后的身体,将完全复原至她原来的模样,那是至圣至纯的。而她则再不会受到易建、白杨、韦似、张千林们的惊扰。她将带着自然的、天成的光,带着她圣洁的躯体,带着她的《圣体》画、她的艺术,走向世界,走向人类艺术中心,走向更炫目、更广阔的光中。

她会自信地微笑,她将融入那光明中。

她会听见一个声音:要有光。

至于这三个月中会不会再有什么蝎形疤似的事情发生,她们不去想。

    她查看着肚腹上的蝎形疤,
像查看正在盛开的蝎尾蕉花,亦像查看自己的童真时代。

余 音

  明亮的镜子前,尔蕉撩起衣角,久久抚摸肚腹上那道举世无双的蝎形疤,眼里显现出盛开着的蝎尾蕉花,那真实的生命,鲜艳无比。

  尔蕉,你的身体你做主吧!我说的不再是气话,而是心灵的祝福,因为我知道,你是自由的,你是光。你不是一无所有,你拥有你的《盛体》和《圣体》,拥有无尽的世界和自由,拥有未来。

  让未来来得更美一些吧!我们的心,都是自由的。

——书亚的札记《随想录》之 No. 177